Harald Schmidt

JUNGFRAU, MÄNNLICH, SINGLE, MIT TEDDY

*Bibliografische Information der Deutschen
Nationalbibliothek:
Die Deutsche Nationalbibliothek verzeichnet diese
Publikation in der Deutschen Nationalbibliografie; detaillierte
bibliografische Daten sind im Internet über http://dnb.dnb.de
abrufbar.*

© 2016 Harald Schmidt

*Covergestaltung: Casandra Krammer
www.casandrakrammer.de*

*Titelfotos:
Depositphotos*

*Herstellung und Verlag:
BoD – Books on Demand, Norderstedt*

ISBN: 978-3-7412-9905-6

Harald Schmidt

JUNGFRAU MÄNNLICH SINGLE MIT TEDDY

Roman

1. Kapitel	5
2. Kapitel	18
3. Kapitel	30
4. Kapitel	46
5. Kapitel	53
6. Kapitel	70
7. Kapitel	86
8. Kapitel	108
9. Kapitel	122
10. Kapitel	129
11. Kapitel	138
12. Kapitel	148
13. Kapitel	161
14. Kapitel	173
15. Kapitel	185
16. Kapitel	198
17. Kapitel	213
18. Kapitel	228
19. Kapitel	242
20. Kapitel	253
21. Kapitel	271

1. Kapitel

Dieser Tag und ich ... keine gute Basis für eine bleibende Freundschaft. Nichts deutete darauf hin, dass sich mein ruhiges Leben von Grund auf ändern sollte. Mama hatte mir schon seit frühester Jugend eingebläut, dass unnötige Hektik direkt nach dem Erwachen den gesamten Tagesablauf vorherbestimmen würde, und ich mit einer entsprechenden Ruhe und Zurückhaltung sogar einem Infarkt wirksam vorbeugen könnte.

Vorsichtig öffnete ich ein Auge, um befriedigt festzustellen, dass mein Biorhythmus exakt wie ein voreingestelltes Uhrwerk funktionierte. Perfekt, es war sechs Minuten vor Sieben. Mit dem Zweiten registrierte ich, dass sonnenangereichertes Tageslicht durch die Schlitze der Jalousie drang. Der erwachende Morgen begrüßte mich, den unermüdlich werkelnden Angestellten der örtlichen Finanzbehörde, auch heute mit all seiner Pracht. Genüsslich gähnend reckte ich die steifen Glieder. Meine Fingerspitzen berührten das samtweiche Fell der besten, allerdings auch einzigen Freundin. Bienchen, die Plüschbärin, saß wie immer am Kopfende, denn sie hatte sich zur Aufgabe gemacht, in der Nacht den Schlaf ihres Herrn und Gebieters zu bewachen.

Nach dem obligatorischen dicken Kuss auf ihr Schnäuzchen hockte ich mich abwartend auf die Bettkante. Mama hatte davor gewarnt, mich allzu schnell zu erheben. Sie meinte, dass mein Blut schließlich Zeit benötigt, um sich gleichmäßig im Körper zu verteilen ... zumindest so ähnlich. Den geübten Slalom um das Bügelbrett am Bettende und die Schuhberge im Dielenbereich schaffte ich unfallfrei, das war reine Routine. Mit noch halbgeschlossenen Augen tastete ich vorsichtig nach dem Toilettendeckel. Die Blase wurde, begleitet von einem erlösenden *Aaah,* vom übermächtigen Druck befreit. Als ausgebildeter Sitzpinkler konnte ich Urinspritzer in der Toilettenumgebung vermeiden, die so manche Ehefrau sicher zur Weißglut trieben. Mama hatte mich einmal stehend erwischt, was dazu führte, dass sie mich das Bad wischen ließ ... eine ganze Woche lang.

Geschickt bückte ich mich unter dem vorstehenden Kleiderhaken der Garderobe durch und erreichte ohne Blessuren die Küche. Der Geruch abgestandener Essensreste, die in Töpfen und auf Tellern dem möglichen Reinigungsprozedere entgegensahen, schlug mir entgegen. Jahrelanges Training der Nasenschleimhäute erstickte den aufkommenden Würgereiz im Keim.

Während ich mein Müsli löffelte, das am heutigen Tag einen hohen Nussanteil enthielt, ließ ich den neuen Tag im Geiste ablaufen. Für den Vormittag hatte ich mir Freistunden genommen, um dringende, private Angelegenheiten zu erledigen. Dienstbeginn war also erst um dreizehn Uhr. Heute Morgen war Stufe eins der Körperpflege angesagt, zu der unter anderem das Zurückschneiden der Fußnägel und der Augenbrauen anstand. Danach Geld von der Bank holen, Blumen kaufen und nach der Arbeit das Traum-Finale: Abendessen mit Verena. Ich musste nicht lange nachdenken ... nein, es war mein erstes Date.

Als sie sich gestern einen kleinen Prüf-Schraubendreher auslieh, überraschte sie mich mit der Einladung. Sie ließ sich nicht dazu überreden, die Serienschaltung der Dielenbeleuchtung einem ausgebildeten Elektriker zu überlassen. Ich konnte mich nicht anbieten, da für mich das Arbeiten am Stromnetz mit Todessehnsucht gleichzusetzen war. Aber solche Kleinigkeiten erledigte Frau selbst, war ihre Devise ... Hochachtung. Die Zaubermaus Verena wohnte seit zwei Wochen eine Etage unter mir. Seitdem saß ich des Öfteren in der Küche und starrte auf den Fußboden, so als könnte ich durch die Decke sehen. Im Geiste sah ich sie genau unter mir sitzen, das Gemüsemesser geschickt über die festkochende Grata-Kartoffel führend, und vergnügt Wolle Petrys Erfolgshit *Der Himmel brennt* summend.

Bisher hatte ich nie den Mut gefunden, sie anzusprechen, obwohl sie mich stets freundlich grüßte. Solange ich denken konnte, hatte sich Mama alle Mühe gegeben, mich vor diesen berechnenden, jungen Biestern zu warnen. Sie hätten es immer nur auf das Eine abgesehen. Weitere Erklärungen blieb sie mir nach dieser Feststellung schuldig. Ihren Rat hatte ich in den letzten dreiunddreißig Jahren konsequent beherzigt. Grundsätzlich war ich damit bisher gut gefahren. Die Enttäuschungen, von denen meine Arbeitskollegen häufig am Mittagstisch berichteten, waren mir bis heute erspart geblieben. Meinen Tagesablauf wollte ich nicht fremdbestimmen lassen. Mein Leben lief perfekt. Ja, wenn da nicht ...

Verena fiel einfach vom Himmel. Engelgleich war sie neben dem Möbelwagen aufgetaucht und hatte mich allein durch ihr Lächeln in eine andere Galaxie geschleudert. Nach dem Zusammenprall wurde meine gestotterte Entschuldigung von einer noch nie vorgekommenen Körperstarre begleitet. Ich hätte mich dafür ohrfeigen können, weil ich sie den Inhalt der heruntergefallenen Einkaufstüte selbst aufheben ließ. War es das, wovon Kollegen in den Pausen immer wieder berichteten? Waren das alles Hormone, die sich plötzlich im Körper verteilten, wie eine ansteckende Krankheit ... ein gefährlicher Virus? Wenn ja, war es zumindest nicht unangenehm. Mama könnte sich ja auch dieses eine Mal getäuscht haben. Sie hatte schließlich auch immer behauptet, dass Frauen viel sparsamer seien als Männer. Die Behauptung stand nur solange, bis ich abends, nach einer feucht-fröhlichen Geselligkeit, die Tür zum Bad mit ihrem Schuhschrank verwechselte. Sie versuchte, die immense Anzahl an Pumps damit zu erklären, dass sie lediglich die Grundausstattung einer verheirateten

Frau ihr Eigen nannte. Ich hatte nie gefragt, wie Papa das mit seinem Gehalt hat finanzieren können.

Beim Einzug half ich Verena, die schwere Bodenvase in die Wohnung zu tragen. Da geschah es zum ersten Mal. Als sie sich mit diesem besonderen Lächeln und dem flüchtigen Wangenkuss bei mir bedankte, rebellierte mein Bauch. Da war etwas durcheinander geraten, es flatterte eine Armee von … ja, es mussten Schmetterlinge sein, da war ich mir sicher. Fortan tauchte Verena wieder und wieder vor meinem geistigen Auge auf. Sie schob sich immer öfter vor Mamas strenges Gesicht, was ich als absolut positiv einstufte. Ich hätte dieses Wesen aus dem Gedächtnis zeichnen können.

Mein absoluter Hit ab diesem so bedeutenden Tag wurde *Living next Door to Alice*. Smokie vergötterte ich schon immer, jetzt bekam Chris Norman die Seligsprechung. Allein die Existenz dieser Frau stellte mein gewohntes Leben komplett auf den Kopf. Das Fell der Teddydame Bienchen hatte den Geruch meines neuen Rasierwassers nun ebenfalls angenommen, was sie jedoch mit stoischer Ruhe tolerierte. Schließlich ging es ja um das Wohl und das Glück ihres Papas. Das Chaos in der Zweieinhalb-Raum-Wohnung war überschaubarer geworden, sogar die Bettwäsche wurde jetzt schon rein prophylaktisch alle drei Wochen gewechselt. Es tauchten plötzlich Tätigkeiten auf der To Do-Liste der Hausarbeiten auf, die zuvor von mir sträflich vernachlässigt wurden. Die

Umräumarbeiten bedeuteten allerdings für mich als Gewohnheitstier eine komplette Neuorientierung in der Wohnung. Vieles befand sich nicht mehr an dem angestammten Platz. Das Unterbewusstsein, sogar die motorischen Bewegungsabläufe, erfuhren ein komplettes Reset.

Für mich wäre mein folgendes Leben wohl anders verlaufen, wenn ich, wie gewohnt, die Gummimatte beim Duschen in die Wanne gelegt hätte. Als ich das Versäumnis bemerkte, war es bereits zu spät. Unheilig lieferte den aktuellen Ohrwurm *Geboren um zu leben*, der mich zu Bewegungen verleitete, die ausschließlich für trockenen, stumpfen Untergrund geeignet waren. Meine angeborene Motorik war mit diesen Tanzeinlagen völlig überfordert, die Wanne außerdem zu glatt. Das dumpfe Geräusch der aufschlagenden Stirn auf dem Wannenrand bildete den Abschluss einer ungewollten Pirouette, die mindestens die Traumnote neun auf der Wertungsskala erlangt hätte. Da es unter der Stadt Essen häufiger zu Stolleneinbrüchen kam, störte sich auch jetzt niemand im Haus an den Erschütterungen, die nach kurzer Zeit wieder verebbten. Als ich nach wenigen Sekunden das Bewusstsein wiedererlangte, orientierte ich mich in dem beigegekachelten Badezimmer neu. Da ich den Ellenbogen während meiner kurzzeitigen, geistigen Abwesenheit auf den Auslauf gedrückt hielt, hatte sich das Wasser schon einige Zentimeter aufgestaut. Mit einem zufriedenen Gluckern nahm es nun den gewohnten Weg und ich wälzte mich über die Wannenkante auf die Badematte, die meinen Aufprall wohlwollend abfederte. Die starke Blutung versuchte ich, mit einem Handtuch zu stoppen. Allein die Vorstellung, bereits hektoliterweise dieses wichtigen Lebenssaftes verloren zu haben, brachte mich an den Rand einer erneuten Ohnmacht. Der verspätete Schrei zerriss zwar die Stille des Bades, befreite mich aber auch von der eingetretenen Angststarre.

Vor dem Spiegel betrachtete ich den angerichteten Schaden genauer. Gut, ich konnte mein lockiges Deckhaar in die Stirn ziehen, damit die Wunde verstecken ... aber das war auf Dauer auch keine Lösung. Meine braunen Augen wirkten heute nicht so klar und selbstsicher, wie ich es gewohnt war. Ich gewann sogar den Eindruck, dass ich durch die abnormale Schonhaltung geschrumpft wirkte. Mama war immer so stolz darauf, wenn sie meine einhundertneunzig Zentimeter Größe vor Bekannten als Wertemaßstab anführte. Sie meinte, dass große Männer viel erfolgreicher durchs Leben gingen, mehr Türen für sie offenstanden. Nun denn, sie mochte damit recht gehabt haben, denn das hiesige Finanzamt, in dem ich tätig war, hatte wirklich ein imposantes Portal.

»Fuck, wie sieht das denn aus? So kann ich mich doch nirgendwo sehen lassen. Verdammt, verdammt.«

Ich mochte mich ja täuschen. Aber dieses Grinsen in Bienchens Gesicht war vorher weniger intensiv und nicht derart spöttisch. Zur Strafe drehte ich das Plüschtier mit dem Gesicht zur Wand und marschierte gespielt beleidigt zum Erste-Hilfe-Kasten. Nachdem ich die Varianten Nähen und Tackern ausgeklammert hatte, richtete sich mein Blick auf den Zwei-Komponenten-Kleber. Jedoch der beißende Geruch des Lösungsmittels ließ mich auch diese Methode als ungeeignet einstufen. Schlichtes Pflaster musste in diesem Fall genügen. Solange es sich bei Krankheiten nicht um die gefürchtete und todbringende Männergrippe handelte, vermied ich konsequent den Besuch einer Arztpraxis. Das sollte sich in diesem speziellen Fall rächen.

Obwohl ich mich vorsorglich mit drei Schmerztabletten in eine Zwischenwelt gedopt hatte, brummte der Schädel immer noch. Das Mountainbike wurde sorgfältig draußen angekettet, denn man konnte heute nicht vorsichtig genug sein. Das Pflaster, das der Fahrtwind unbemerkt gelöst hatte und jetzt unschuldig eingeklemmt am Schutzblech zappelte, bemerkte ich dabei nicht. Dass die Platzwunde wieder Blut nachsickern ließ und mir als Rinnsal über die Wange auf das Sakko tropfte, entging mir ebenfalls. Mit sicheren Schritten näherte ich mich dem Bankschalter und sah mich einer zierlichen Angestellten gegenüber, die fasziniert auf meine Verwundung starrte. Erst als ich damit begann, mit meinen Fingerspitzen auf die Theke zu trommeln, nahm die freundliche Dame, die sich mit ihrem Namensschild als Viola Schönborn zu erkennen gab, auch vom Rest ihres Kunden Notiz.

»Das muss doch sehr schmerzhaft sein, Sie hätten das verbinden lassen sollen. Mein Gott, ist das geschwollen, und das viele Blut. Ist das gerade erst passiert? Sie sollten damit besser zum ...«

Mir fehlte jegliches Verständnis dafür, dass ein bloßes Kopfpflaster dermaßen viel Aufmerksamkeit und Entsetzen hervorrufen konnte. Ich fuhr mir über die Wange und sprang erschrocken zurück, als ich plötzlich das viele Blut auf dem Handrücken bemerkte, das ich nun durch das Wischen über das gesamte Gesicht verteilt hatte. Frau Schönborn nahm sich zu meinem Entsetzen eine unplanmäßige Auszeit, indem sie die Pupillen nach oben verdrehte und im Zeitlupentempo hinter der Theke verschwand. Mein Helfersyndrom ließ mich über den Tresen in den inneren Bankbereich springen. In dem Augenblick, als ich die Wange der verkrümmt daliegenden Dame tätschelte, bannte mich der panische Aufschrei einer ihrer Kolleginnen. Der Ruf durchschnitt die gewohnt verhaltene Stille des gesamten Raumes und sorgte für unterschiedlichste Reaktionen.

»Ein Überfall, Hilfe, ein Überfall. Er hat sie umgebracht, ruft die Polizei! Das viele Blut, oh Gott. Er hat bestimmt eine Bombe. Wo bleibt die Polizei?«

Im Kundenbereich hatte sich eine Menschentraube gebildet, die einen respektvollen Abstand zum Tatort einhielt. Erste Hände reckten sich zum

Schalterhimmel, Augenpaare weiteten sich vor Entsetzen, um sich dann furchtsam wieder zu schließen. Die Totenstille wurde nur von einzelnen, still gemurmelten Gebeten unterbrochen. Nervenzehrende Ruhe beherrschte das grausame Szenario. Jedem der anwesenden Opfer wurde wohl in Sekundenschnelle bewusst, dass es genau sie getroffen hatte, obwohl es doch tausende andere Bankfilialen im Lande gab. Nein, das Schicksal hatte sie dazu bestimmt, von der Bombe eines Wahnsinnigen zerfetzt zu werden. Die Entschlossenheit in meinem blutüberströmten Gesicht zeigte ihnen, dass ich nicht beabsichtigte, mich von meinem schrecklichen Vorhaben abhalten zu lassen. Ihrer aller Leben hing an einem seidenen Faden, den ich in Händen hielt. Köpfe reckten sich, um zu verfolgen, wie ich mein lebloses Opfer sogar ins Gesicht schlug und schüttelte.

Langsam erhob ich mich und fuhr mit meinen blutverschmierten Händen durch die Haare. Jede meiner Bewegungen wurde mit angstgeweiteten Augen von denjenigen verfolgt, deren Neugierde dennoch die Oberhand gewonnen hatte. Kunden, die sich in einer Ecke zusammengedrückt hatten, starrten angsterfüllt herüber und versuchten, den Nachbarn als Schutzschild zu nutzen. Der jungen Frau, die schreiend zur Tür lief, folgte sofort ein ganzer Pulk unter lautem Rufen und Drängeln. Sie fielen übereinander und blockierten so die Drehtür. Das

Chaos nahm erst ein Ende, als bei Einzelnen wieder etwas wie Vernunft einsetzte, und sie damit begannen, den Rückzug anzutreten. Sie versammelten sich wieder in der Ecke. Lediglich die junge Frau, die den Anfang gemacht hatte, drückte sich ein Tuch auf eine Platzwunde und schleppte sich stöhnend durch die Drehtür. Als sie die ersehnte Freiheit erreicht hatte, richtete sich die Aufmerksamkeit wieder auf mich, den blutüberströmt dastehenden Bankräuber.

»Die Frau hier ... diese Frau ist ohnmächtig ... ein Arzt, wir brauchen einen Arzt. Kann jetzt mal endlich Hilfe geholt werden?«

Ich blickte fassungslos durch die Schalterhalle. Niemand rührte sich, die Hände zeigten weiterhin zur Decke. Allein die Angst verlieh ihnen ungeahnte Ausdauer.

»Verdammt, holt doch Hilfe. Die Frau kann nicht so liegen bleiben. Warum gafft Ihr alle so?«

Auch mit meinem zweiten Appell hatte ich kein Glück. Die Bankangestellten waren von einer mysteriösen Starre erfasst worden, die in ein erlösendes Stöhnen überging, als draußen schwach ein Martinshorn die langersehnte Polizei ankündigte.

»Na endlich«, entfuhr es mir, bevor ich mich wieder um Frau Schönborn bemühte.

»Hier spricht die Polizei. Das Gebäude ist umstellt, eine Flucht unmöglich. Sie haben keine

Chance. Werfen Sie die Waffen weg und kommen Sie mit erhobenen Händen heraus!«

Ich blickte kurz über den Tresenrand.

»Wo bleibt der Sani, verdammt? Holen Sie den Arzt rein. Die Frau muss versorgt werden.«

Ratlose Blicke wanderten durch die Schar der verängstigt dastehenden Menschen. Niemand wagte, auch nur einen Schritt zu tun.

»Welche Forderungen haben Sie? Lassen Sie die Geiseln frei und ich verspreche, dass Sie einen fairen Prozess erhalten werden. Doch zuerst die Geiseln ... einzeln.«

Das Megafon war meilenweit zu hören. Aus der Gruppe der Angestellten löste sich eine Frau, die mir mit vorgestreckten Armen und ängstlich geweiteten Augen entgegenstolperte. Ihr stark gewölbter Bauch ließ nur eine Vermutung zu. Bittend, mit Todesangst in den Augen, faltete sie die Hände und fiel vor mir auf die Knie.

»Bitte, zeigen Sie doch Erbarmen, ich bin alleinerziehend und habe drei kleine Kinder, die zuhause warten. Lassen Sie mich gehen, ich bitte Sie. Der Herr wird es vergelten.«

Diese pure Verzweiflung in den Augen der Frau war beängstigend.

»Warum sollte ich etwas dagegen haben, dass Sie Ihre Kinder aufsuchen? Hauen Sie doch einfach ab. Aber halt ... wenn Sie draußen sind, versuchen Sie, einen Arzt zu erwischen. Er soll sofort reinkommen.«

Ungläubig sah sie sich in der Filiale um und schlich langsam, rückwärts gehend, zum Ausgang. Wie unter einem Nackenschlag fuhr sie zusammen, als sie von meiner freundlichen Bitte eingeholt wurde.

»Verdammt, beeilen Sie sich doch, Sie Blindschleiche! Der Frau geht es nicht gut.«

Mit wenigen Schritten stürzte sie nun zur Tür und fiel den wartenden, schwer bewaffneten Polizisten mit einem befreienden Schrei in die Arme. Von beiden Seiten wurde sie ergriffen und eilig, in geduckter Haltung, fortgeführt. Ein Beamter meldete in sein Telefon.

»Der Täter hat eine schwangere Geisel freigelassen. Wir warten weiter am Eingang.«

Die Ohrfeige der *schwangeren Geisel* musste er in voller Härte einstecken.

»Sie unverschämter Kerl. Das wird noch ein Nachspiel bei Ihrer vorgesetzten Stelle haben. Es kann nicht jeder aussehen wie *Twiggy*. Heben Sie Ihre billigen Machosprüche für den Stammtisch heute Abend auf.«

2. Kapitel

»Kann mal endlich jemand den Mann verbinden? Die Stirnwunde muss dringend versorgt werden. Die Bankkunden und die Angestellten sind ja bereits ausreichend betreut. Und haltet mir bitte die Pressefuzzis da draußen vom Leib.«

Kommissar Kretschmer stand wild gestikulierend, mit hochrotem Gesicht neben mir. Zuvor hatten mich hereinstürmende Männer des Einsatzkommandos bewegungsunfähig auf einem Stuhl fixiert. Ein Uniformierter, der bei mir starke Assoziationen zu *Darth Vader* weckte, hielt eisern die Hand an der Waffe, als vermutete er einen Fluchtversuch der festgesetzten Bestie. Ich, *der überwältigte Bankräuber,* folgte fassungslos dem Treiben in der Filiale. Der Schock lähmte immer noch meine Gliedmaßen, ein Zittern durchlief in Wellen meinen Körper. Kretschmer versuchte verzweifelt, das Chaos zu ordnen. Mit Genugtuung registrierte er das Heraneilen eines Sanis.

Das lange, gelockte Haar fiel diesem Engel der Verletzten weit über den Kragen seiner roten Uniformweste. Die blondierte Strähne, die er sich an der rechten Hälfte hatte einarbeiten lassen, fiel ihm über das Auge. Immer wieder versuchte er, diese durch kräftiges Pusten aus dem Gesichtsfeld zu entfernen.

Meine Aufmerksamkeit wurde endgültig geweckt, als zwei strahlendblaue Augen in meinem Blickfeld auftauchten und eine sanfte Stimme mir zuraunte: »Das kriegen wir schon wieder hin. Alles wird wieder gut, mein Lieber.«

Mit einem Tupfer rieb mir der jungenhaft wirkende Sani vorsichtig ein Desinfektionsmittel über die klaffende Wunde, bevor er seinem Rucksack einen Wundverband entnahm. Der Schmerz verzerrte mein Gesicht, eine Träne löste sich aus dem Auge und zog eine helle Bahn durch das getrocknete Blut. Mitleid erfasste das Gesicht meines Retters und seine Hand fuhr sanft durch mein Haar. Irritiert von der ungewöhnlichen Fürsorge zogen sich meine Gesäßmuskeln reflexartig zusammen, als ich auch noch sein tröstendes Flöten direkt neben meinem Ohr vernahm.

»Das ist halb so schlimm. Bodo wünscht dir alles Liebe.«

Stocksteif saß ich auf meinem Stuhl und verharrte in Schockstarre. Die Atmung setzte erst wieder ein, als sich Bodo mit einem vielsagenden Augenaufschlag und schwingenden Hüften zurückzog. Immer mehr verhärtete sich bei mir die Vermutung, dass ich später auf der Rückseite des Pflasters die private Telefonnummer dieses Helden vorfinden würde.

Meine rechte Hüfte schmerzte noch, auf die ein Beamter das Knie gestützt hatte, während sein Kollege mir die Arme auf den Rücken riss. Noch nie war ich von fremder Hand an Stellen berührt worden, die ehemals nur Mama anfassen durfte. Vermuteten die Polizisten etwa zwischen meinen Hoden eine Bombe oder eine zweite Waffe? Mit steigender

Unruhe beobachtete ich die Menschen, die ihre Foto- und Filmkameras auf mich gerichtet hatten und unentwegt Aufnahmen schossen. Polizeibeamte versuchten vergeblich, sie von der Tür zu drängen. Wie Schmeißfliegen klebten sie an den Scheiben und kämpften mit aller Kraft um die besten Plätze. Sanitäter bemühten sich um Besucher und Angestellte, die immer noch unter dem Einfluss meines vermeintlich durchgeführten Raubversuches standen. In ihnen machte sich allmählich die Erkenntnis breit, dass sie nur um Haaresbreite dem sicheren Tod entronnen waren. Ab und zu erreichte mich ein hasserfüllter Blick, während sie befragt wurden. Smartphones blitzten bei den befreiten Geiseln auf, die das brutale Gesicht des Geiselnehmers für immer auf ihre Festplatte bannen wollten. Facebookfreunde würden sich vor Grauen schütteln, wenn sie diese Bilder zugepostet bekamen. *Ich war dabei ... habe dem Killer direkt in die Augen sehen müssen.*

Allmählich beruhigte sich die Szene und die Spurensicherung beendete ihre Arbeit. Die gestressten Geiseln wurden zur weiteren psychologischen Betreuung auf die umliegenden Krankenhäuser verteilt. Zwei bullige, vermummte Beamte führten mich zum Einsatzfahrzeug. Mit eiserner Hand drängten sie dabei die Scharen von Schaulustigen und Journalisten zur Seite. Endlich hatten sie die Gelegenheit, die so oft vor dem Spiegel trainierte

Bodyguard-Pose vor der Presse darzubieten. Einige von Ihnen werden bedauert haben, dass sie ihre entschlossenen Bruce Willis-Mienen hinter schwarzen Strumpfmasken verstecken mussten. Wie aggressive Schlangenleiber schnellten Mikrofone und Diktiergeräte vor meinem Gesicht hoch, während die Fragen auf mich einprasselten.

»Hätten Sie Geiseln getötet? Was hat Sie zur Tat verleitet? Sind Sie verheiratet? War das ihre erste Bank? Wofür brauchten Sie das Geld? Haben Sie die Bombe selbst gebaut? Wann ist die IS an Sie herangetreten? Woher kommen Sie?«

Ich hatte keine Möglichkeit, auf die Fragen einzugehen, da mich die Polizisten brutal auf den Rücksitz des Passats schoben. Die Tür schloss sich und ich vernahm nur noch ein undeutliches Gemurmel, das hinter den getönten Scheiben zurückblieb. Ich hätte mir niemals vorstellen können, wie wohltuend und meditativ die Stille auf dem Rücksitz eines Polizeiwagens sein konnte. Der Wagen bahnte sich langsam einen Weg durch die Menschenmenge und hielt erst vor dem imposanten Portal des Polizeipräsidiums.

Die bedrückend schlichte Ausstattung des Raumes, die nur aus einem Tisch und vier Stühlen bestand, bereitete mir Unbehagen. In allen vier Ecken des Zimmers lauerten Kameras, die, elektronischen Voyeuren gleich, auf den Tisch ausgerichtet waren.

Aus der Tischplatte ragten zwei Mikrofone, deren LCD-Leuchten unablässig blinkten. Das viel diskutierte Thema der totalen Videoüberwachung erfuhr hier eine ganz besondere Bedeutung und Brisanz. Besonders beeindruckend war jedoch die große Scheibe, in der ich deutlich mein Spiegelbild erkennen konnte. Aus Tatort-Sendungen, von denen ich keine ausließ, wusste ich, dass sich dahinter die Kriminalbeamten aufhielten, die mich permanent beobachteten und einschätzten.

Es wurde meiner Meinung nach langsam Zeit zur Aufklärung, dass man mich für ›Vorsicht Kamera oder Verstehen Sie Spaß‹ hinters Licht geführt hatte. So richtig lustig fand ich das schon seit geraumer Zeit nicht mehr, und mein Vorgesetzter würde darüber auch nicht allzu lange lachen können. Weiter ließ man mich warten, sodass ich die Zeit nutzte, mir Gedanken über mein Äußeres zu machen. Gerne hätte ich mir die dunkle Locke aus der Stirn geschoben, die mir über das rechte Auge gefallen war. Die mit Handschellen an den Tisch fixierten Hände wussten das zu verhindern. Für mich reifte augenblicklich der Vorsatz, dass diese Lockenpracht, die mir im Kindesalter häufig ein *ist der nicht süß* einbrachte, einer zeitgemäßen Kurzfrisur weichen musste. Ein Mann meines Alters, der immerhin der Konfektionsgröße von Einhundertzweiundfünfzig entwachsen war, sollte sich endlich anpassen. Gut, dass Mama mich in diesem Zustand nicht sehen konnte. Ich hätte mich dann allerdings auch ungern in der Haut der angeblichen Kriminalbeamten befunden.

Die aufschwingende Tür holte mich brutal aus meinen Gedanken und ließ mich heftig zusammenfahren. Die dürre Gestalt von Kommissar Kretschmer, so hatte er sich in der Bank vorgestellt, erschien in Begleitung eines mürrisch dreinblickenden Endfünfzigers. Kretschmer forderte den bulligen Polizeibeamten auf, der sich als dritter in den Raum geschoben hatte, mir die Handschellen abzunehmen. Wortlos setzten sich die beiden mir gegenüber und musterten ihren Gefangenen mit ausdruckslosen Gesichtern. Ich war nicht gewillt, vor laufenden Kameras den Angsthasen zu spielen, und setzte mein coolstes Lächeln auf.

»Mein Name ist Kommissar Kretschmer, das ist mein Kollege Hammer. Bevor wir mit der Vernehmung beginnen, bestätigen Sie bitte, dass Sie bei der Festnahme über Ihre Rechte aufgeklärt wurden und auf einen Rechtsbeistand verzichten.«

Ich nickte und wartete auf weitere Fragen.

»Bitte sagen Sie deutlich ja. Unser Gespräch wird aufgezeichnet.«

So allmählich machte sich Verärgerung bei mir breit und ich fragte mich, wie weit diese Farce noch vorangetrieben werden sollte.

»Ja, ich verzichte. Aber so langsam kann ich diesem Quatsch nichts Lustiges mehr abgewinnen. Ich müsste schon längst im Amt sein. Ich sollte dort unbedingt Bescheid geben, warum ich nicht kommen kann. Wo kann ich telefonieren?«

»Sie können telefonieren, wenn wir hier fertig sind. Also fangen wir an. Wie heißen Sie und wo wohnen Sie?«

Die angeblichen Kommissare wollten also ihre Rolle bis zum bitteren Ende weiterspielen. Nun ja, dann wollte ich kein Spielverderber sein.

»Mein Name ist Alfred Reimann, wohne in der Korbacher Straße 119 in Essen und lebe dort alleine mit meinem Bären. Bin übrigens dreiunddreißig Jahre alt, arbeite beim Finanzamt West, trenne meinen Müll ordnungsgemäß und sammel Modellautos. Kann ich den Herren noch weitere Auskünfte geben? Kleidergröße, Essgewohnheiten, Lieblingsparfüm?«

Ich zeigte mein freundlichstes Lächeln, das mir zu diesem Zeitpunkt möglich war und sah von einem zum anderen. Unbeeindruckt von diesem Vortrag machten die Beamten Notizen und Kretschmer fuhr fort.

»Sie scheinen sich Ihrer ernsten Lage nicht bewusst zu sein. Ich rate Ihnen dazu, hier nicht den Clown zu spielen, sondern zu kooperieren. Ein Raubüberfall ist kein Kavaliersdelikt, das mit Sozialstunden ausgeglichen werden kann. Der Haftrichter wird von ihrer Großkotzigkeit genauso wenig beeindruckt sein, wie wir. Also fangen wir die Sache anders an. Was hat Sie auf die grandiose Idee gebracht, einfach mal so in eine Bank zu marschieren und einen Überfall zu versuchen?«

Es dämmerte mir allmählich, dass es sich hier nicht um eine Fernsehaufzeichnung handelte, sondern tatsächlich die irrige Annahme bestand, ich hätte diese Bank ausrauben wollen. Wenn es um Verhörpraktiken ging, brachte ich, wie bereits gesagt, große Erfahrung mit. Schließlich versäumte ich kaum einen Krimi, der im Fernsehen gesendet wurde. Ich beschloss, keine mich eventuell belastenden Aussagen mehr in dieser Sache zu machen, und blickte selbstsicher in die wasserblauen Augen Kretschmers.

»Wenn Sie wirklich der Meinung sind, dass ich versucht haben soll, unbewaffnet von einer Bank Geld zu erpressen, so beweisen Sie mir das. In meinen Augen nennt man das, was ich getan habe, *Erste Hilfe* und nicht Bankraub. Und jetzt, meine Herren, möchte ich von meinem Recht Gebrauch machen und telefonieren. Ich möchte meine Mama anrufen, da ihr Freund Anwalt ist. Er wird dafür sorgen, dass ich ganz schnell wieder auf freiem Fuß bin. Ich gehe allerdings davon aus, dass Sie mich sowieso hier nicht festhalten werden, da mir keine strafbare Handlung nachgewiesen werden kann. Kann ich jetzt bitte meine persönlichen Sachen zurückhaben, damit ich hier verschwinden kann?«

Die beiden Kommissare verständigten sich mit einem Blick und verließen für wenige Minuten den Raum. Kretschmer erschien Minuten später wieder alleine vor dem Tisch, an dem ich wartete. Der Kommissar stützte beide Hände auf die Tischplatte und beugte sich tief hinab. Ich konnte nicht verhindern, dass mir der schlechte Atem des Ermittlers unangenehm entgegenschlug. Die Knoblauchzehe, die gestern Abend seinem Essen beigemischt war, hatte wohl das Haltbarkeitsdatum um Monate überschritten und faulte weiter zwischen seinen Zähnen. Jeden Augenblick rechnete ich damit, dass Kretschmer eine Fünfundvierziger Magnum auf die Tischplatte donnerte. Sein Dirty-Harry-Blick war wohl dafür gedacht, mein Blut erstarren zu lassen.

»Wir können Ihnen im Augenblick noch nicht beweisen, dass Sie den Überfall tatsächlich durchziehen wollten. Ich persönlich glaube lediglich, dass nicht alles planmäßig ablief. Aber auf das Eine können Sie sich verlassen. Ich werde keine Ruhe geben, bis ich Ihnen das nachweisen kann. Sie täuschen mich nicht mit Ihrem unschuldigen Dackelblick, dafür mache ich den Job schon viel zu lange. Ich beobachte Sie ab jetzt ... werde Ihr Schatten sein. Nichts, was Sie in Zukunft tun, selbst was Sie denken, wird mir verborgen bleiben. Eines Tages habe ich Sie an den Eiern, das verspreche ich Ihnen. Und jetzt gehen Sie mir aus den Augen. Und grüßen Sie Ihre Mama von mir.«

Die Menschenmenge hatte sich längst aufgelöst, als ich mein Mountainbike aus dem Fahrradständer holte, nachdem ich diesmal am Bankautomaten Bargeld gezogen hatte. In dem Augenblick, als ich mich auf mein Bike schwingen wollte, erschienen in der Drehtür mehrere Bankangestellte, die Feierabend machen wollten. Als wären sie vor eine Wand gelaufen, stoppten die ersten beiden Männer abrupt und sorgten dafür, dass die Drehtür den folgenden Kolleginnen in den Rücken schlug. Lähmende Stille lag über der Szene. Nur die einsetzenden Schimpfkanonaden der in der Drehtür festsitzenden Kollegen schallten durch den Eingangsbereich. Sie konnten ja nicht ahnen, dass der eiskalte Räuber an den Tatort zurückgekehrt war. Entsetzen verzerrte die Gesichter der Mitarbeiter in der vordersten Reihe. Erst als ich mich mit einem freundlichen *Schönen Feierabend* verabschiedete und um die Ecke des Häuserblocks verschwand, redeten sie alle wild durcheinander.

Eines würde für sie wohl zum Thema werden. Das deutsche Rechtssystem war derart lückenhaft, dass Straftäter schon Stunden nach ihrer Tat wieder auf freien Fuß gesetzt wurden. Die Bedrohung durch diese Bestie bestand also weiterhin. Diesem Umstand würde man bei der nächsten Bundestagswahl Rechnung tragen.

Müde schleppte ich mein Bike die Treppen hoch und öffnete die drei Schlösser, die ich an meiner Eingangstür angebracht hatte. Es nervte mich schon das eine oder andere Mal, da es besonders hinderlich war, wenn ich die Arme voller Einkaufstüten hatte. Man konnte sich aber niemals genug gegen dieses Einbrecherpack schützen. Ich ließ mich in den Sessel fallen und schloss für einen Augenblick die Lider. Wie ein Film liefen die Ereignisse des Tages vor meinen Augen ab. Erst spät hörte ich das Telefon, das dank der eingestellten Vibration wie ein Irrwisch auf der Tischplatte tanzte.

»Oh Gott, Alfred, was hast du getan? Wer hat dich dazu gezwungen? Du musst der Polizei die Namen geben. Sie werden ... nein, sie müssen dir glauben, dass du dazu gezwungen wurdest. Klaus wird dir helfen, der holt dich da raus ... Aber warte mal, wieso bist du zuhause? Hat man dich doch wieder auf freien Fuß gesetzt? Jetzt sag doch auch mal was.«

Genau das brauchte ich derzeit nicht, um wieder klar denken zu können. Mama war immer so besorgt und sah in allem eine Gefahr für mich.

»Mama, woher hast du davon ...?«

»Woher ich das weiß? Schatz, du läufst seit Stunden auf jedem Nachrichtensender. Die haben dich mit deinem blutverschmierten Gesicht in Großaufnahme gezeigt. Wieso hast du dich verletzt, oder hat dich die Polizei so zugerichtet. Na, denen wird Klaus mal richtig einheizen. Soll ich vorbeikommen? Brauchst du Hilfe? Warum hast du mich nicht sofort angerufen?«

Entnervt hielt ich den Hörer weit weg vom Ohr und verdrehte die Augen. Eine warmgelaufene Elke Reimann war nicht zu stoppen.

»Mama ... Mama ... ich habe mich nur im Bad gestoßen. Mama? Hörst du mir zu? Hast du mich überhaupt verstanden? Im Bad ... ich habe mir die Stirn im Badezimmer gestoßen. Mir ist nur das Pflaster weggeflogen, als ich zur Bank fuhr. Deshalb sah es so schlimm aus. Mit einem Bankraub habe ich nichts zu tun, wirklich nicht. Warum sollte ich auch eine Bank ausrauben? Hätte ich dann mit dem Fahrrad flüchten sollen? Ich habe nicht einmal eine Fahrradtasche für das Geld. Mama ...?«

Ich wurde das Gefühl nicht los, dass sie mir gar nicht zuhörte, denn sie diskutierte im Hintergrund mit Klaus, der ihr scheinbar gerade die Rechtslage erörterte.

»Mama, ich lege jetzt auf, ich muss noch ...«

Als jegliche Reaktion ausblieb, drückte ich sie weg und warf mich entnervt auf das Sofa. Mit dem Gesicht berührte ich meine pelzige Freundin, die ich spontan in die Arme riss und fest an mich drückte.

»Bienchen, stell dir einmal vor, was mir heute passiert ist.«

3. Kapitel

Als sich der Fernseher einschaltete, wurde mir erst bewusst, dass es achtzehn Uhr war. Ich hatte das Gerät so programmiert, weil ich meine tägliche Lieblings-Quizsendung mit Pilawa auf keinen Fall versäumen wollte. Gleichzeitig schoss es mir durch den Kopf, dass Verena mich um neunzehn Uhr eingeladen hatte. Das war unmöglich zu schaffen. Immer noch klebten Blutreste in meinem Gesicht, ich roch wie ein läufiger Fuchsrüde zur Ranzzeit und ich musste noch ein frisches Hemd bügeln. Verzweifelt blickte ich mich im Raum um und dachte mit Grauen daran, dass ich wieder die gefliese Schreckenskammer aufsuchen musste. Vorsichtig schnüffelte ich an dem grünen T-Shirt von gestern, das vielleicht noch einen Abend seinen Dienst tun könnte, ohne dass Verätzungen im Schleimhautbereich zu befürchten waren. Das Zauberwort hieß in solchen Fällen ›Febreze‹, das mir schon des Öfteren eine Hilfe in ähnlichen Situationen war.

»Scheiße!«

Meine gesamte Verzweiflung steckte in diesem Ausruf.

»Ich habe die Blumen vergessen ... Blumen müssen her. Fuck. Die Geschäfte schliessen doch gerade und zur Tanke schaffe ich das nicht mehr.«

Verzweifelt richtete sich mein Blick auf Bienchen, die jedoch teilnahmslos, immer noch eingeschnappt, in eine andere Richtung sah. Sollte noch einer behaupten, Plüschtiere wären zu Gefühlen nicht fähig. Resigniert ließ ich die Schultern fallen und schlich ins Bad. Für mich war dieser Tag nun endgültig gelaufen. Es glich jetzt einem besonderen Ritual, als ich die Gummimatte in der Mitte der Wanne andrückte und vorsichtig den Ort der Verdammnis betrat. Während das Wasser meinen Körper von unangenehmen Duftstoffen befreite, ging ich in Gedanken die Ausreden durch, die ich Verena präsentieren könnte.

»Auf die Minute pünktlich, ganz toll. Ist die Pflanze etwa für mich? Schon immer wollte ich eine ›*Yucca elephantipes*‹ besitzen, eine meiner Lieblings-Topfpflanzen. Danke Alfred. Komm doch rein, bin fast fertig mit den Vorbereitungen.«

Freudig erregt nahm Verena mir die Yucca-Palme ab, die ich liebevoll in die Mittwoch-Ausgabe des Stadtanzeigers gewickelt hatte. Sie drückte mir einen flüchtigen Kuss auf die Wange, was bei mir augenblicklich innere Panikattacken hervorrief, aber auch die Produktion von Glückshormonen ankurbelte.

»Ein raffiniertes Parfum, riecht sehr frisch. Gefällt mir. Mal nicht so der übliche herbe Machogeruch der Nobelhersteller, schön blumig ... hat allerdings auch einen etwas femininen Touch. Setz dich schon an den Tisch. Essen kommt gleich.«

Meine Befürchtungen, dass mein Febreze-Duft voll daneben liegen könnte, bestätigten sich nicht, dem Himmel sei Dank. Allerdings blieb bei mir ein Restzweifel, ob sie sich vielleicht einen Spaß mit mir erlaubte. Egal, der köstliche Geruch des Essens überdeckte alles.

»Kann ich dir noch irgendwie beim Zubereiten helfen? Mach ich gerne.«

Ich schwebte auf Wolke sieben und sah diesem Traumwesen sehnsüchtig hinterher, das grazil zwischen Elektroherd und Küchenschrank hin und her schwebte. Gleichzeitig ging mir die Frage durch den Kopf, wie Verena es geschafft haben mochte, ihren Body in diese Jeans zu zwängen. Das war keine Hose, das waren zwei vernähte Ventilgummis. Auf halbem Wege stoppte sie und drehte sich langsam um. Ihre Stirn zeigte Falten, die Rückschlüsse darauf zuließen, dass sie ein Problem beschäftigte.

»Was ist mit deiner Stirn passiert? Gestern hattest du die Verletzung noch nicht. Sieht ja gefährlich aus.«

Verena näherte sich wieder und betrachtete die geschwollene Stirn genauer. Ich schloss die Augen und saugte genießerisch den Duft ihrer Haare ein.

»Nicht so schlimm«, wisperte ich verträumt über ihren kurz geschnittenen Blondschopf hinweg, »das war nur der Wannenrand heute Morgen.«

Verena strich vorsichtig mit dem Finger über meine Stirn und blies einen kurzen Moment über das Pflaster. Die Grübchen, die mir schon bei unserer ersten Begegnung neben den Mundwinkeln aufgefallen waren, tauchten dabei direkt vor meinem

Gesicht auf. In Sekundenschnelle erhöhte mein Puls gefährlich die Taktfrequenz. Begleitet von einem kurzen Lachen drehte sie sich keck Richtung Küche und rief über die Schulter: »Das wird schon wieder, du wirst sehen.«

Ihre grünen Augen blitzten dabei schelmisch.

»Das war wirklich lecker. Ich muss gestehen, dass mir meine Dosen- und Fertiggerichte manchmal zum Hals raushängen. Es geht doch nichts über ein Essen aus frischen Zutaten. Das Fleisch war auch wunderbar zart.«

Nur kurz blickte Verena auf, während sie das Geschirr, das ich ihr anreichte, in die Spülmaschine räumte. Ihr Lächeln raubte mir fast den Verstand.

»Hast du das wirklich nicht gemerkt? Das war Tofu. Da war kein Fleisch auf dem Teller. Das wirst du bei mir sehr selten finden. Habe das einfach unter die Nudeln gemischt, das Gemüse dazu und voilà, das Essen ist fertig ... und auch noch gesund. Hast du wirklich noch nie Tofu gegessen? Was tust du denn deinem Körper an? Isst du jeden Tag Fleisch und Glutamat?«

Mir wurde die Szene peinlich, was meine Gesichtsröte eindrucksvoll unterstrich. Ich trug die Schüssel vom Tisch zur Spüle und schielte noch einmal vorsichtig auf die verbliebenen Reste des Essens. Mit der Gabel stocherte ich in den Nudeln, bis ich ein Stück Tofu erwischte. Misstrauisch beäugte ich diesen fiesen Betrüger.

»Ja, das kann man essen, mein Lieber und es macht nicht dick.«

Mit einem kecken Augenaufschlag drehte sich Verena um ihre Achse und führte die Hände spielerisch über ihre schlanke Taille. Wieder lachte sie glockenhell auf und nahm mir die Schüssel aus der Hand.

»So, lieber Nachbar, jetzt gibt es noch einen kleinen Fruchtsalat. Aber Vorsicht, da sind massenhaft Vitamine und ein Spritzer Rum drin. Ich garantiere für nichts. Bewaffnet mit zwei kleinen Schüsseln sprang sie auf die Couch, zog die Beine an und rief mir zu: »Die kleinen Löffel sind in der zweiten Schublade links.«

Schweigend genossen wir das Dessert und stellten die leeren Schüsselchen auf den Tisch. Ein wohliges *Puh, ich kann nicht mehr* verließ fast gleichzeitig unsere Lippen.

Wir lachten über diesen Zufall und Verena griff zur Rotweinflasche.

»Trinkst du Rotwein oder möchtest du etwas Anderes? Habe auch noch Tequila für dich.«

»Um Gottes willen, nein, keinen Schnaps. Der Rote wird mich heute schon umhauen. Bei dem Dessert durfte ja schon kein offenes Feuer gemacht werden.«

Nachdem sie die Gläser gefüllt und ihren Wein stark mit Wasser verdünnt hatte, traf mich ihr forschender Blick.

»Warum bist du gerade heute so geschafft? Was war so besonders anstrengend?«

Verena zog die Füße mit den herrlich verrückten rotweißen Ringelsocken wieder unter den Körper und drehte sich mir zu.

»Eigentlich ist mir das Ganze etwas peinlich. Das glaubt mir sowieso keiner.«

»Versuchs einfach, Nachbar. Vielleicht bin ich dann eben kein *Keiner*. Na los, nur Mut.«

Verena hob mutmachend das Weinglas an und prostete mir zu.

»Also gut. Ich sagte ja schon, dass ich heute Morgen ...«

Ich berichtete ausführlich über die Verrücktheiten des Tages. Verena hing fasziniert an meinen Lippen und konnte sich ab und zu ein Kichern nicht verkneifen. Als ich fertig war, platzte es endlich aus ihr heraus. Sie schüttelte sich vor Lachen und stellte ihr Glas auf dem Tisch ab. Immer noch lachend, sprang sie auf und kam mit einer neuen Wasserflasche aus der Küche.

»Ich wohne jetzt mit einem Schwerverbrecher in einem Haus. Wie gruselig. Außerdem bist du jetzt ein TV-Star. Bevor du gehst, möchte ich noch ein Autogramm. Man kann ja nie wissen, ob das noch allzu lange möglich sein wird. Lass uns darauf trinken. Ich steh total auf Ganoven, die haben so was ... so was, ach ich weiß nicht. Doch ... sie haben was besonders Verwegenes.«

»Ich finde das überhaupt nicht komisch. Die haben mich ganz schön rangenommen. Mir tut immer noch die Seite weh. Bin mal gespannt, was morgen im Amt los sein wird. Das spricht sich doch sofort rum.«

Verena wuselte mit der freien Hand durch meine Haare und rückte mit ihrem Gesicht nah an meines.

»Das habe ich auch nicht so gemeint. Ich kann mir vorstellen, dass es eine beschissene Situation ist. Geh doch morgen zur Zeitung und biete denen deine Story an, die sind bestimmt ganz heiß darauf. Die zahlen sogar dafür. Aber jetzt Schluss mit Trübsal blasen. Wer bist du eigentlich wirklich, Alfred? Erzähl mal was über dich. Bisher weiß ich nur, dass du über mir wohnst, hilfsbereit, aber auch ein besonders schwerer Junge bist.«

Ich war froh, dass ich dieses leidige Thema der Tagesereignisse verlassen konnte. Gleichzeitig geriet ich in ein neues Verhör.

»Geboren wurde ich in Nellingen«, begann ich und blickte in fragende Augen.

»Kenne ich gut ... wo liegt das denn?«

»Das ist ein kleines Städtchen in der Nähe von Ulm. Egal. Von da sind wir auch, als ich zwei war, weggezogen. Papa bekam hier in Essen eine Anstellung beim Katasteramt. Leider hat er uns durch einen tragischen Unfall verlassen müssen.«

Verena nippte an ihrem Rotwein, den sie zwischenzeitlich noch einmal mit Wasser verdünnt hatte und zeigte, dass ich ihre Neugierde geweckt hatte.

»Was ist passiert?«

»Du musst mir versprechen, dass du nicht lachst.«

Erstaunt sah sie mich an und hob die Hand.

»Großes Indianer-Ehrenwort. Man kann doch über den Tod eines Menschen nicht lachen.«

Ich hatte da meine begründeten Zweifel.

»Papa hatte mit seinen Kollegen an dem besagten Tag die Aufgabe, im Stadtnorden einen Straßenzug neu zu vermessen, bevor die Baufirma die neue Teerdecke aufzog. Er hatte nicht bemerkt, als er mit der Messlatte rückwärts ging, dass hinter ihm bereits eine Schicht frischer Teer aufgebracht war. Er ist mit den Füßen eingesunken und nach hinten übergekippt. Der Walzenfahrer bemerkte ihn zu spät und ...«

Verenas Augen weiteten sich vor Entsetzen.

»Nee, das ist nicht wahr ... das erfindest du gerade ... das kann doch nicht ...«

Mit einem plötzlichen Prusten spuckte sie den Wein, den sie noch im Mund hatte, über den Tisch und ihren Gast. Sie schüttelte sich vor Lachen und schlug immer wieder auf ihre Oberschenkel.

»Du hast mir versprochen ...«, versuchte ich, sie zu erinnern. Verena konnte nicht mehr an sich halten und versuchte, während sie kicherte, mit einem Taschentuch, die Rotweinflecken aus meinem Gesicht zu tupfen. Schließlich konnte auch ich mich nicht mehr beherrschen und stimmte in das Lachen ein. Mit Tränen in den Augen sahen wir uns schweratmend an, bevor wir erneut losprusteten. Die Tränen flossen in Strömen. Als sich die Situation wieder halbwegs beruhigt hatte und das Glucksen nur noch sporadisch kam, versuchte ich, die Geschichte weiter zu erzählen.

»Mama musste mich allein großziehen und sorgte dafür, dass ich nach dem Studium bei der Essener Finanzbehörde unterkam. Nachdem sie jahrelang vergeblich nach Ersatz für ihren verschiedenen Mann suchte, hatte sie dann irgendwann Glück mit diesem Klaus. Sie trafen sich mehr durch Zufall, das heißt, Mama fuhr ihm mit dem Einkaufswagen in die Hacken. Klaus ist Rechtsanwalt. Er hat sie nicht verklagt, sondern überredet, nach Düsseldorf zu ziehen. Ja, und jetzt sitze ich hier. Mehr gibt es nicht über mich zu erzählen.«

»Halt stop, mein Lieber. Du verschweigst mir dein halbes Leben. Was ist mit Freundinnen und so? Jetzt aber mal Butter bei die Fische. Du warst ja nicht im Kloster.«

Verena wartete erwartungsvoll auf die Fortsetzung meiner Geschichte. Die Verlegenheit war mir sicher anzumerken, als ich verzweifelt nach Worten suchte. Verena starrte mich ungläubig an und legte mir einen Finger unter das Kinn.

»Sieh mich an, bitte. Du willst mir doch jetzt nicht verkaufen, dass es bei dir noch nie ein Mädchen

... ich meine, dass du bisher nie eine Beziehung ... du bist noch ... sagen wir mal, ladenneu und unbenutzt?«

»Ist das denn in deinen Augen ein Makel?«

Abwehrend hobt sie die Handflächen.

»Nein, nein. Das habe ich mit keinem Wort sagen wollen. Es ist nur irgendwie ... es ist schon ungewöhnlich, wenn ein Mann in deinem Alter ... ich meine, du bist ja schließlich schon dreiunddreißig ... und du siehst ja auch ziemlich gut aus. Nun ja«, sie hob lachend die Schultern, »dann gehst du eben als Jungfrau in den Knast.«

Wir sahen uns an und lachten vergnügt über die nachgeschobene Bemerkung. Ich vermied es, Mamas Lebensregeln als Grund für meine Abstinenz zu nennen. Verena hätte mich wahrscheinlich als Warmduscher und Turnbeutelvergesser abgestempelt. Ich nahm allen Mut zusammen, als ich die Frage abschoss.

»Wie viele Freunde hattest du denn schon? Ich meine ... hast du im Moment Jemanden?«

Es war eigentlich nicht meine Art, solche Fragen zu stellen, aber Verena hatte ja schließlich damit begonnen. Zum ersten Mal verlor sie ihre Selbstsicherheit und wirkte nervös. Sie legte ihren Kopf zurück auf die Sofalehne und fixierte durch das Fenster einen imaginären Punkt an der gegenüberliegenden Hauswand.

»Da gab es schon hin und wieder ein paar Jungs, der Richtige war aber nie dabei. Nun ja, vielleicht einer, aber der ... den gibt es einfach nicht mehr. Aus und vorbei. Soll ihn die Hölle verschlingen.«

Ungläubig blickte ich sie an und spürte dabei, dass ich mit meiner Frage den Finger in eine Wunde gelegt hatte. Verena reagierte wütend und trotzig.

»Es tut mir leid, wenn ich einen wunden Punkt berührt habe, entschuldige. Ich konnte ja nicht wissen, dass ...«

Tränen standen plötzlich in ihren Augen. Sie liefen unablässig über ihre Wangen. Ich hätte mich ohrfeigen können, weil ich ihr überhaupt diese Frage gestellt hatte. Unbeholfen versuchte ich, ihr die Tränen aus dem Gesicht zu tupfen. Sie riss mir das Taschentuch aus der Hand und hielt es über ihre Augen. Mit einem gequälten Lachen überbrückte sie ihre augenblickliche Schwäche.

»Du musst dich nicht dafür entschuldigen. Ich habe es ja selbst provoziert. Ich bin einfach noch nicht so ganz darüber hinweg, dass er ... ach, lassen wir das. Reden wir über etwas Erfreulicheres.«

»Wenn du nicht darüber sprichst, wirst du auch nie darüber hinwegkommen. Ich höre dir gerne zu, Verena. Lass es heraus, ich werde mit Niemandem darüber reden.«

Erwartungsvoll betrachtete ich dieses wunderschöne Mädchen, das erfrischend fröhlich auf andere wirkte und doch im Inneren ein Problem verbarg. Sie versteckte ihr Gesicht unter dem Tuch und schluchzte. Ich berührte ihre Hand und drückte sie mutmachend.

Die Worte, die mich dann erreichten, ließen mich zusammenfahren.

»Ich bin schwanger.«

Sie spürte mein Zögern und zog ihre Hand energisch zurück.

»Siehst du, es bringt dich völlig durcheinander. Ich bin eine werdende Mutter ohne Vater. Ich kann es aber nun mal nicht ändern. So, nun weißt du es. Wie du siehst, ist die Welt um dich herum völlig verdorben. Halte dich fern von solchen Frauen, sie sind nicht gut für dich.«

Ihr Zynismus war deutlich spürbar. Mama würde jetzt zustimmend nicken, da ihre These wieder einmal bestätigt wurde. Sie wüsste jetzt aber auch, was zu tun, was zu sagen wäre. Ich fühlte mich mit der Situation völlig überfordert, nahm mein Glas in die Hand und starrte aus dem Fenster. Mein nach innen gekehrter Blick ging an Verenas Gesicht vorbei. Wie unglücklich musste sie sein, weil sie sich in tiefer Liebe einem Mann hingegeben hatte, der sie verlassen hatte, als sie ihn dringend brauchte. Ohne ihn zu kennen, verfluchte ich diesen Typ.

»Erzähl mir von ihm. Warum habt ihr euch getrennt?«

Unendlich langsam zog sie sich das Tuch vom Gesicht und sah mich ungläubig an.

»Was soll das noch bringen? Ich hasse ihn dafür, dass er mich einfach so verlassen hat. Er ist ein verantwortungsloser Bastard. Schluss, aus.«

Ihre sonst strahlenden Augen hatte sie jetzt zornig zusammengekniffen. Sie blitzten gefährlich und zwischen ihnen hatten sich zwei tiefe Falten gebildet. Doch ich ließ nicht locker. Ich spürte intuitiv, dass etwas an die Oberfläche geholt werden musste, was ansonsten ewig im Verborgenen gären würde. Ich rückte näher an sie heran und strich über ihren Bubikopf. Sie berührte in mir einen sehr sensiblen Punkt. Vielleicht konnte ich ihr eine Hilfe, eine Anlaufstelle sein.

Verena erzählte erst stockend, dann wütender. Zum ersten Mal erfuhr ich von Beziehungen, die nur solange hielten, wie sie pures Vergnügen bereiteten. Bei dem geringsten Problem, das Verantwortungsbereitschaft erforderte, suchte ein Partner nach Auswegen, besser gesagt, nach Ausflüchten. So war es auch in Verenas Fall. Als dieser Joel davon erfuhr, dass er Vaterfreuden entgegensah, nötigten seine wohlhabenden Eltern ihn, die Beziehung zu lösen. Eine Vereinbarung, die ihr ein ansehnliches Sümmchen als Schweigegeld zusicherte, lehnte Verena ab. Sie war sich nicht sicher, ob sie später eine Vaterschaftsklage anstrengen wollte. Dafür wäre noch Zeit, da sie sich in den ersten Schwangerschaftsmonaten befand.

Ich hatte ihr aufmerksam zugehört. Erst jetzt fiel mir auf, dass ich viel über ihre verkorkste Beziehung erfahren hatte, doch noch nichts über ihre Familie, ihre Ausbildung wusste.

»Jetzt kennst du ja meine Verhältnisse, meinen Beruf, meine so aufregende Vergangenheit. Über dich weiß ich noch nichts. Du bist hier mal eben so ins Haus geflattert, wir reden und essen miteinander. Aber was tust du eigentlich? Woher kommst du und womit verdienst du deine Miete?«

Ich war jetzt mutiger geworden und sah die Gelegenheit gekommen, alles über diese Frau zu erfahren.

»Hallo, junger Mann. Wussten Sie noch nicht, dass Frauen Geheimnisse deshalb bewahren, damit sie begehrenswert bleiben? Jetzt legst du aber ein Tempo vor, sieh mal einer an. Wenn ich dir alle Geheimnisse verrate, sind es ja keine mehr.«

»Nun ja, du musst mir ja nicht alles erzählen. Verheimliche mir gegenüber doch einfach, welches Shampoo du benutzt. Das würde mir dann zwar weitere schlaflose Nächte bereiten, aber damit muss ich dann leben. Leg los ... ich warte.«

Verena warf mir einen Blick zu, dem ich nicht entnehmen konnte, ob sie amüsiert oder betroffen war. Sie schien darüber nachzudenken, wie weit sie mich in ihre Familienchronik einweihen sollte.

»Ich denke, du wirst nicht locker lassen, bis du auch mein Alter erfahren hast - wie uncharmant. Also, als ich vor sechsundzwanzig Jahren in Rosenheim geboren wurde, war ich noch ein Einzelkind. Meine Schwester Lisa, die mir später das Leben zur Hölle machte, kam drei Jahre später und löste mich als

Liebling meiner Eltern ab. Sie übernahm sofort das Regiment im Haus. Als ich das Abi in der Tasche hatte, zogen wir nach Garching, da Papa in München eine gute Anstellung bei einer Firma erhielt, die weltweit Landmaschinen vertrieb. Außerdem wollte ich später Musikwissenschaften an der Münchener Uni studieren. Als ich im zweiten Semester war, bekam Papa das Angebot, die Zweigstelle in Kapstadt zu übernehmen. Ich blieb in München und machte meinen Bachelor.

Bis vor einigen Wochen konnte ich von einigen Nebenjobs und von dem Erbe, das mir meine Oma hinterlassen hatte, in München einigermaßen leben. Schließlich schrumpfte dieses Polster jedoch langsam und ich musste mich um einen neuen, festen Job kümmern. Ich habe mich bei zwei Rundfunkanstalten hier in der Region vorgestellt, da ich mir dort nach einem Praktikum eine Anstellung als Musik-Redakteurin erhoffe. Da warte ich aber noch auf Antworten. Papa schickt mir ab und zu etwas Geld, das mir über den einen oder anderen Engpass hinweghilft.

Joels Eltern wären mir auch mit ihren Beziehungen nützlich gewesen. Die kannten jeden wichtigen Menschen in der Unterhaltungs-Branche. Aber das ist ja nun vorbei. Hoffentlich legen die mir nicht noch Steine in den Weg. Zuzutrauen wäre denen so was.«

»Ach, du darfst da nicht so schwarzmalen. Ich finde das toll, dass du dich so für Musik interessierst. Ich liebe Musik. Spielst du denn auch ein Instrument?«

»Aber Alfred, natürlich. Ich spiele leidenschaftlich gerne Klavier und Konzertgitarre.«

»Wow, dann kannst du mir ja ab und zu was vorspielen.«

»Kein Problem, du musst mir nur früh genug Bescheid geben, dann hole ich vorher das Klavier aus der Tiefkühltruhe.«

Verena musste schon lachen, als sie in mein verdutztes Gesicht sah. Später stimmte auch ich mit ein.

4. Kapitel

Die grünen Augen unter dem blonden Pony weiteten sich und signalisierten puren Schmerz, der mich in einen Zustand der Hilflosigkeit stürzten ließ. Verena, die neben mir lag, streckte den Körper in Krämpfen und schrie ihre Angst heraus. Ich konnte diese Schreie nicht ertragen und drückte beide Hände fest auf die Ohren. Für mich war Verenas unglaubliches Leiden schlimmer, als würde ich es selber erdulden müssen.

»Hör auf, bitte hör auf damit!«, rief ich verzweifelt und schüttelte sie.

Mit Entsetzen starrte ich auf ihren Bauch, der sich unnatürlich verformt hatte und unter deren gespannter Haut sich Bewegungen abzeichneten. Immer mehr wölbte sich der Leib und Verenas Schreie wurden nervenzerfetzend. Die Haut spannte sich über etwas Lebendigem, das mich in Panik versetzte. Konturen verschoben sich und zeichneten immer wieder neue Muster unter ihrer Haut.

»Hilf mir, bitte hilf mir, es will raus. Tu etwas.«

Die Bauchdecke teilte sich mit einem hässlichen Zischen. Ich verfolgte mit aufgerissenen Augen die Geburt zweier Plüschbären, deren Fell vor Nässe triefte und deren Augen mich böse anblitzen. Die kleinen Wuschel zerbissen zornig die Nabelschnur und rutschten über den austretenden Schleim auf das Bettlaken. Sie begannen damit, die Oberschenkel ihrer Mutter mit den kleinen Tatzen aufzukratzen.

Hektisch warf ich das Oberbett von mir und befreite mich mit einem Angstschrei von der Lähmung, die mich fest in den Klauen hielt. Völlig in Schweiß gebadet, wurde mir bewusst, dass ich im Traum das gestrige Gespräch auf beeindruckende Weise verarbeitet hatte. Seit der Kinderzeit hatte ich schon keinen Albtraum mehr. Total erschöpft setzte ich mich auf den Bettrand und trocknete mir das Gesicht mit dem Ärmel des Schlafanzuges ab.

Ich warf noch einen Blick zurück auf die freie Stelle neben mir, an der Verena so gelitten hatte. Ich glaubte, dort sogar eine Vertiefung erkennen zu können. Mit der Hand fuhr ich über die Augen und stellte befriedigt fest, dass nichts von dem Grauen tatsächlich geschehen war. Keine Geburt, keine Verena, keine kleinen Bärenmonster. Dafür lächelte mich Bienchen mit unschuldigen Knopfaugen an, die wie jede Nacht am Kopfende des Bettes über meinen Schlaf wachte. In dieser Nacht war sie allerdings ihre Aufgabe etwas lockerer angegangen. Ich weigerte mich, noch mal einzuschlafen. Ein Blick auf die Uhr sagte mir, dass es sich auch nicht mehr lohnen würde. Frühstücken, Duschen und Einkaufen - der Plan für den Samstagvormittag. Den Lottoschein konnte ich dann auch noch abgeben. Für Verena sollte ich frischen Rucola und Salbei mitbringen.

Den Einkaufsbeutel, der selbstverständlich Bärenmotive aufwies, nahm ich von der Schulter und stellte ihn vorsichtig neben die Ladentheke. Letzte Station war heute das Schreibwarengeschäft.

»Heute sind Sie aber früh dran, Herr Reimann. Wieder sechs Reihen als Quicktipp, wie immer? Glücksspirale auch?«

Frau Sander, bei der ich schon viele Jahre den Lottoschein abgab, tippte bereits die Daten in das Terminal, als ich unterbrach.

»Könnten Sie bitte den Schein von vorletzter Woche zur Prüfung durchlaufen lassen? Habe noch keinen Blick auf die Zahlen geworfen.«

Ich nestelte bereits das Kleingeld aus der Tasche, als Frau Sander stockte und mich lange betrachtete. Dieser Blick irritierte mich, der einfach ... ja, der anders war. Hatte ich da eine heimliche Verehrerin?

»Klaus, kannst du einen Augenblick weiterbedienen? Ich muss mal mit einem Kunden nach hinten.«

Klaus Sander erschien mit freundlicher Miene und bearbeitete die Wünsche der in der Schlange wartenden Kunden ab. Mit einer einladenden Geste bat Frau Sander mich hinter die Theke in die Privaträume. Den aktuellen Lottoschein und den Ausdruck des älteren Gewinnscheins hielt sie fest in der Hand. Sie setzte sich mir gegenüber, nachdem sie mir einen Stuhl angeboten hatte. Ihre ansonsten gesunde Gesichtsfarbe war einer schlichten Blässe gewichen. Ohne eine weitere Bemerkung zu machen, legte sie den Gewinnschein vor mir auf den Tisch und strich ihn mehrfach glatt. Ich nahm den Zettel auf und versuchte eine Analyse, warum sich Frau Sander derart geheimnisvoll benahm.

»Habe ich endlich auch einmal was gewonnen? Können Sie den neuen Schein direkt damit verrechnen?«

»Herr Reimann, das kann ich gerne tun. Aber ... haben Sie auch richtig hingesehen? Ich meine, haben Sie die Summe gesehen?«

Irritiert hob ich den Coupon noch einmal auf und begann damit, die Zahlen richtig zuzuordnen. Mir schwirrten die vielstelligen Registrierungsangaben vor den Augen. Die Erkenntnis traf mich dann unerwartet heftig.

»Das ist ja nicht möglich, Frau Sander. Der Computer hat die Zahlen vertauscht. Wo steht denn nun der wirkliche Gewinn?«

Ich reichte ihr den Schein über den Tisch und wartete ab.

»Das sind genau 12.628.114 Euro und zweiundzwanzig Cent, Herr Reimann. Sie sind derjenige, auf den wir schon seit Tagen warten. Sie haben den Jackpot geknackt. Es war klar, dass der Gewinner aus unserer Annahmestelle stammt. Jetzt endlich sind Sie da. Ist das nicht großartig? Ich freue mich so für Sie. Herzlichen Glückwunsch. Sie müssen sich jetzt noch mit ihrem Gewinnschein in Münster melden, dann geht alles seinen Weg. Die werden Sie dann zuhause besuchen und Ihnen noch gute Ratschläge geben.«

»Sie meinen, dass dieser ... dieser kleine Zettel jetzt so viel Geld wert sein soll? Ich weiß nicht, was ich sagen soll. Was mache ich jetzt nur mit so viel Geld? Das ist doch viel zu viel für einen Menschen. Verdammt, ich weiß nicht, was ich sagen soll.«

Frau Sander hatte ihre Fassung wiedergefunden und lächelte mich an. Sie konnte nicht fassen, dass ich nicht, wie sie eigentlich erwartet hatte, wie ein Flummi durch die Annahmestelle hüpfte, sondern gelassen blieb. Sie schob mir stumm ein Wasserglas hin, das ich in einem Zug leerte. Wie unter Trance erhob ich mich und wankte zur Tür. Sie hielt mich am Arm zurück und zeigte verstohlen auf die beiden Coupons, die immer noch auf dem Tisch lagen.

»Ihre Gewinnscheine dürfen Sie nicht vergessen. Jeder, der die besitzt, könnte den Gewinn beanspruchen. Also passen Sie gut darauf auf. Und Ihnen viel, viel Glück mit Ihrem Reichtum.«

Mit zitternden Fingern nahm ich diesen wertvollen Schein auf und wickelte ihn sorgfältig in das mit Bärenmotiven bedruckte Taschentuch, das ich zufällig einmal auf einem Flohmarkt entdeckt hatte. Das Los für die kommende Ziehung behielt ich in den Händen und verließ stumm das Geschäft. Minuten später tauchte ich wieder in der Ladentür auf. Ich zeigte auf den Beutel neben der Theke.

»Habe meinen Rucola vergessen.«

Meinen Einkaufsbeutel, der immer noch friedlich auf dem Boden ruhte, nahm ich mit einer entschuldigenden Geste auf und verließ wortlos die Annahmestelle.

Monate später unterhielten wir uns nochmal über diesen Tag. Frau Sander erzählte mir, dass sie sich damals in Gedanken ausmalte, dass ein solcher Gewinn das Ende all ihrer Sorgen bedeuten würde. Um dieses Geschäft aufbauen zu können, hatten sie sich hoch verschulden müssen. Es würde sich noch weit ins Rentenalter hineinziehen, bis sie schuldenfrei wären.

Das Pflaster der Einkaufsstraße nahm ich nur noch verschwommen wahr. Alles um mich herum drehte sich leicht und der normale Straßenlärm war viel gedämpfter. Dennoch filterte ich den leisen Klang einer Mandoline heraus. Ohne, dass es mir bewusst wurde, steuerte ich darauf zu und stoppte lauschend vor dem etwa zwanzigjährigen Mädchen. Sie lächelte mich an, während sie den Saiten ein Stück von Vivaldi entlockte. Dieses bezaubernde Wesen, dessen Wiege irgendwo in Afrika gestanden haben mochte, hatte sich damit in mein Herz gespielt. Ihr offenes Lachen gefiel mir. Ich kramte einen Fünfzigeuroschein aus der Tasche und wickelte ihn in das Lottolos der kommenden Ziehung. Immer noch der wunderschönen Melodie lauschend, legte ich das Geschenk in den kleinen Kasten, in dem sich bisher nur wenige kleinere Münzen befanden. Zuerst ungläubig, dann dankbar erfasste mich der Blick des Mädchens. Noch lange verfolgten mich ihre Augen. In ihnen lag der Dank für den Mann, der ihrer Familie in den kommenden Tagen zu einer warmen Mahlzeit verholfen hatte.

»Gott beschütze Sie«, rief sie mir hinterher, als ich mich noch einmal winkend umsah. Ich glaubte, dass die Mandoline jetzt noch fröhlicher klang.

5. Kapitel

»Danke für den Rucola. Hast du auch Stevia und Salbei mitgebracht?«

Verena räumte ihr Geschirr in die Schränke und stoppte kurz vor ihrem abwesend wirkenden Nachbarn.

»Hallo, Erde an Alfred. Wohin fliegst du gerade? Lass mich bitte mitkommen. Aber vorher will ich noch wissen, ob du mir Stevia und Salbei mitgebracht hast.«

Verena kniete vor mir und sah mir ins Gesicht. Sie knuffte mich vor die Brust und versuchte es noch einmal.

»Mit dir stimmt doch irgendwas nicht. Vergiss das Stevia. Was ist passiert? Ist dir der Führer erschienen oder hat dir dein Teddy einen Antrag gemacht? Sprich mit deiner Lieblingsnachbarin.«

Mein Blick richtete sich aus der Ferne kommend wieder auf Verena, die ihr bezauberndstes Lächeln präsentierte.

»Bist du so nett und machst uns beiden einen Kaffee oder Ähnliches? Ich muss mit dir Einiges besprechen.«

»Was denn jetzt? Kaffee oder Ähnliches? Kaffee hätte ich da, ansonsten müsste ich noch einkaufen gehen.«

Ich nickte nur abwesend und verabschiedete mich wieder in meine Gedankenwelt. Kopfschüttelnd legte Verena eine Filtertüte in ihre Kaffeemaschine. Als sie schließlich mit zwei dampfenden Tassen an den Tisch trat, erwartete sie ein völlig neues Bild. Unter meinem Lockenkopf trug ich mittlerweile ein gequältes Grinsen im Gesicht, meine Hand ruhte auf einem schmalen Zettel.

»Alfred, du machst mir Angst. Ist das die dunkle Seite an dir, die du mir bisher verheimlicht hast? Jetzt trink den Kaffee und setz bitte das doofe Grinsen ab. Was ist das für ein Zettel? Mach es nicht so spannend, Rätselraten ist nicht meine Stärke. Lass es raus, Bärenpapa.«

Das Grinsen verschwand und wich einem zufriedenen und offenen Lächeln, als ich die Hand vom Zettel hob und diesen umdrehte. Verena zog das Papier vorsichtig zu sich und warf einen Blick darauf. Meine Augen verfolgten jede Bewegung meiner Angebeteten und registrierten mit Freude, dass auch dieses bezaubernde Gesicht von Ratlosigkeit beherrscht werden konnte. Ihre Hände wühlten mittlerweile durch den Bubikopf und versuchten, diese Fata Morgana wegzuwischen. Die Welt drehte sich nicht mehr, kein anderes Geräusch als unser schweres Atmen störte die Stille. Mein zufriedenes, abwartendes Gesicht stand sicherlich in krassem Kontrast zu Verenas, das von Unglauben, schließlich sogar von Ärger gezeichnet war.

»Das ist ... das ist ein Fake ... Alfred, das darfst du mit mir nicht ... das muss ein Fake sein. Du kannst nicht einfach zu mir kommen und mich so verarschen.«

Sie stieß den Gewinncoupon von sich und ihr Gesicht zeigte Verärgerung.

»Das ist kein Fake, Verena. Das ist die Wahrheit. Ich bin reich ... sogar sehr reich. Ich kann mir plötzlich die halbe Welt kaufen. Das haben die mir gerade in der Lotto-Annahmestelle ausgedruckt und mir gesagt, dass ich mich damit an Münster wenden soll. Was mach ich mit dem vielen Geld? Hilf mir, ich werde sonst noch verrückt.«

Allmählich registrierte auch sie, dass ihr Nachbar keine Scherze mit ihr trieb. Sie stand auf und durchwanderte wie ein eingesperrtes Tigerweibchen mehrfach ihre Küche.

»Bitte setz dich wieder, Verena. Du machst mich ganz kirre damit. Wir müssen jetzt überlegen, was wir tun.«

»Wieso wir? Du hast diese zwölf Millionen gewonnen, nicht ich. Das ist ein Luxusproblem, das viele Menschen gerne hätten. Ich will das nicht zu meinem machen, denn damit entstehen immense Sorgen, wie du ja jetzt schon siehst. Weiß schon jemand davon? Ich meine, außer mir?«

»Nein, natürlich nicht. Ich wollte erst dich fragen, bevor ich es jemandem verrate. Ich habe doch sonst keine richtigen Freunde.«

»Aber Alfred, du kennst mich doch noch gar nicht richtig. Wie kannst du solches Vertrauen in mich setzen. Ich bin bestimmt die Letzte, die du fragen solltest, wenn es um das Verwalten von Reichtum geht. Ich halte es für ungerecht, wenn einzelne Menschen so viel Geld besitzen, während fast Zweidrittel der Menschheit hungert. So viele Menschen haben nicht einmal einen Zugang zu Trinkwasser und ich soll dir raten, was du mit diesem Mammon anstellen sollst? Nein, das ist nicht meine Welt. Geh zur Bank und frage diese Haie danach, wie man das Geld noch vermehren kann.«

Verena stand auf und räumte mit ernster Miene die beiden Kaffeetassen auf die Spülablage, von denen keiner von uns bisher auch nur einen Schluck getrunken hatte. Sie spürte meine Nähe, als ich hilflos hinter ihr stand und nach Worten suchte. Sie drehte sich langsam um.

»Alfred, du bist mir ein guter Freund, dessen kannst du dir sicher sein. Wenn du allerdings glaubst, dass mir diese Millionen imponieren und ich mich jetzt an deinen Hals werfe, muss ich dich enttäuschen. Ich mag immer nur den Menschen, so wie er ist. Seine Besitztümer, die vielleicht hinter ihm stehen, interessieren mich überhaupt nicht. Ich habe da meine Erfahrungen, wie du weißt. Kaufe dir davon, was dein Herz begehrt, erfülle dir geheime Wünsche, doch beziehe mich da nicht ein. Geld kann immer nur Mittel zum Zweck sein. Für mich zählt nur, wenn es ein guter Zweck ist. Bitte sei mir nicht böse, Alfred, wenn ich dich bitte, jetzt zu gehen. Nimm deinen

Gewinnbescheid und treffe deine Entscheidungen. Ich möchte jetzt alleine sein.«

In mir brach eine ganze Welt zusammen. *Hatte das viele Geld schon jetzt das erste Opfer gefordert? Hatte ich die Freundschaft dieser Frau verloren, bevor ich sie richtig besessen hatte?* Mit hängenden Schultern griff ich den unscheinbaren Zettel vom Tisch und zog die Tür hinter mir zu.

Noch lange gingen mir ihre Worte durch den Kopf, die mich noch mehr verunsichert hatten. Natürlich gab es Träume. Wer hat die nicht? Meine Träume waren klein, die konnte ich mir nach und nach erfüllen. Doch eigentlich machte auch ich mir nicht viel aus Luxus, fand ihn sogar häufig dekadent. Verenas Ansichten teilte ich ungefiltert, halfen mir jedoch nicht weiter, wenn es um die Verwertung des Geldes ging. Oder gab es doch irgendwelche brauchbaren Ansätze? Während ich in der Sofaecke sinnierte, kraulte ich gedankenverloren Bienchens Fell. Plötzlich schoss mir der rettende Gedanke durch den Kopf, der mich nicht mehr losließ. Mein Kopf drohte vor Glück zu zerspringen. Warum war ich auch nicht sofort darauf gekommen? Ein flüchtiger Kuss auf das Fell-Schnäuzchen, dann setzte ich entschlossen den Plüschbär ab und hechtete die Treppe hinunter.

»Ich hatte dir doch gesagt, dass ich dir nicht helfen kann. Was ...«

Wortlos drängte ich mich an der erstaunt dreinblickenden Verena vorbei und setzte mich wieder an den Küchentisch. Als sie entrüstet in der Küchentür auftauchte und die Hände in die Hüften stemmte, sprudelte es aus mir heraus.

»Du bist die Größte. Ich hätte sofort besser zuhören sollen, dann wäre ich gleich auf die richtige Idee gekommen. Wir verteilen das Geld, basta. Und du musst mir dabei helfen, denn allein schaffe ich das nicht. Was hältst du davon?«

»Ich begreife nicht ... kannst du mir einmal mit einfachen Sätzen erklären, was genau du damit meinst? Willst du Verwandte und Bekannte beglücken, die du nur einmal pro Jahr zu Gesicht bekommst? Willst du dein Geld gewinnbringend in Bordelle investieren oder reizen dich Aktiengeschäfte? Ich verstehe nichts von alledem und kann dir nicht helfen.«

»Hör mir zu. Du sagst, dass viele Menschen hungern, dass ein großer Teil keinen Zugang zum Trinkwasser hat. Es gibt auch hier reichlich Bedürftige, die nicht wissen, wie sie die Kindermäuler stopfen sollen. Richtig? Genau da will ich ansetzen. Ich möchte denen helfen, die es selbst nicht können. Ich brauche keine Aktien und Immobilien, ich bin zufrieden mit meinem Leben und muss nicht hungern. Bitte Verena, überlege es dir. Wir können auch Tieren helfen, wenn du möchtest.«

Für Verena zeigte ich die treuesten Dackelaugen, die ihr jemals unterkamen. ET hätte damals nicht mehr bei ihr erreichen können, als er die Bitte *nach Hause telefonieren* äußerte. Sie wusste, dass ich bereits gesiegt hatte, als sie den letzten Einwand vorbrachte.

»Ich habe aber keinerlei Erfahrung damit. Wie soll ich dir dann helfen können?«

Sie konnte der Umklammerung nicht entkommen, so plötzlich, wie ich auf sie zustürmte. Ich hob sie hoch, drehte mich mehrfach im Kreis und beendete den Freudentanz mit einem herzhaften Kuss. Wir beide versteiften uns nach wenigen Augenblicken und rissen die Augen weit auf. Die Regie hatte den Film angehalten ... die Lippen lagen noch aufeinander ... die Köpfe drohten unter der Verlegenheitsröte zu explodieren.

»Fuck. Das wollte ich nicht ... wirklich nicht. Es tut mir leid. Die Pferde sind mit mir durchgegangen. Au verdammt, was habe ich getan?«

»Ist doch nicht schlimm, Alfred. Ich gehe davon aus, dass du kein Herpes übertragen hast. Wir werden das überleben und außerdem war es ... nun es war zumindest nicht unangenehm. Würdest du mich jetzt nur loslassen, damit ich weiteratmen und normal sprechen kann?«

Verena strich sich den Pulli glatt und fuhr mit den Händen durch ihr Haar. Mir war schon aufgefallen, dass sie das immer in Situationen tat, in denen sie sich unsicher fühlte. Mama hatte mich ständig darauf aufmerksam gemacht, dass ich mir über die Lippen leckte, wenn ich nervös war. Das führte damals dazu, dass sich diese Angewohnheit sogar verstärkte. Bei Verena mochte ich diese Geste, sie gehörte einfach zu ihr. Beide versuchten wir, diese scheinbar peinliche Situation zu überspielen, wir setzten uns an den Tisch. Sie hatte die zündende Idee und sprang unerwartet auf.

»Ich mach uns einen Kaffee. Dann können wir ja sehen, ob wir in dieser Richtung Ideen entwickeln können. Mir geht da schon was durch den Kopf. Sitzenbleiben, abwarten. Okay?«

Noch immer von meinem eigenen Tun fasziniert, nickte ich stumm, während ich gedankenverloren die Kräuterbonbons umsortierte, die sich in einer handbemalten Schale auf dem Tisch langweilten. Der Duft von frischem Kaffee erfüllte zum wiederholten Male den Raum und weckte unsere Lebensgeister. Wir waren von der eigenen Spontanität noch immer überrascht. Verschwörerisch zog Verena ihren Stuhl näher heran und eröffnete mir, zu welchen Überlegungen sie gekommen war. Beeindruckt von ihrer Kreativität, hing ich an ihren Lippen, nicht ohne mich daran zu erinnern, dass deren Berührung noch vor wenigen Minuten bei mir Gefühle geweckt hatten, von deren Existenz ich zuvor nichts ahnte.

Die Wohnung des Pfarrers lag fünfzig Meter seitlich vom Kirchenflügel. Efeupflanzen hatten die Macht an der Hauswand übernommen und ließen nur einige Fensteröffnungen frei. Verena stieß mir den Arm in die Seite.

»Ist das nicht romantisch? Mitten in der Stadt eine solche Oase der Ruhe. Kannst du erkennen, wo hier unter dem Blätterwald ein Klingelknopf ist?«

Da sich die Haustür öffnete, blieb uns die weitere Suche erspart. Die kleine, wohlproportionierte Dame, die im Türrahmen erschien, streckte uns wohlgelaunt die Hand entgegen.

»Sie sind bestimmt Familie Reimann. Pfarrer Hollerberg erwartet Sie schon. Kommen Sie doch herein. Ich mache Ihnen eine schöne Tasse Kaffee.«

Als hätte sie gerade ein Staatsgeheimnis verraten, zwinkerte sie uns zu und trat zur Seite. Verena beugte sich zu ihr hinunter und wisperte: »Wir sind nicht verheiratet, nur befreundet. Ich heiße Verena Rüter.«

»Oh, das ist aber schade. Sie sind so ein hübsches Pärchen. Na ja, ist ja auch egal. Was nicht ist, kann ja noch werden. Kommen Sie dann bitte mit. Der Pfarrer erwartet Sie schon sehnsüchtig.«

Wieder senkte sie ihre Stimme.

»Ein Stück Käsekuchen dazu? Selbstgemacht.«

»Für mich nicht, aber ich denke, dass Herr Reimann ...«

»Frau Späth, ist mein Besuch schon da? Führen Sie die Herrschaften doch bitte herein. Und für mich auch ein Stück ... bitte.«

Die Stimme des Pfarrers schallte wie die Kapitänsdurchsage auf einem Kreuzfahrschiff durch die Räume. Eine derartige Resonanz ließ auf erhebliche Körpermaße schließen, was sich bei Betreten des Raumes bestätigte. Der Hüne, der sich aus dem Sessel stemmte, passte ganz und gar nicht zu dem Bild, dass sich der Normalbürger von einem Geistlichen machte. Pfarrer Hollerberg hinkte Verena mit ausgestreckter Hand entgegen. Ihre Hand verschwand bis weit über die Handfessel hinaus in der des Pfarrers. Voller Zweifel, ob sie ihr Händchen an einem Stück wieder zurückerhalten würde, fiebert sie dem Augenblick der Freigabe entgegen.

»Ich wusste nicht, dass Herr Reimann mir auch noch eine solch bezaubernde Begleitung mitbringt. Das tut meinen alten Augen gut. Setzen Sie sich wohin Sie wollen. Gleich kommt der Kaffee. Habe mir etwas Zeit für Sie freigeschaufelt, obwohl ich morgen schon ganz früh eine Taufe habe.«

Tage später erzählte mir Verena, dass ihr sofort die zwar trüben, aber dennoch lustig blitzenden Augen aufgefallen waren, die beeindruckend das Gesicht beherrschten. Ein Gesicht, das auch heute noch erkennen ließ, dass es in früheren Jahren bestimmt so manches Frauenherz schneller schlagen ließ. Sie konnte sich die abschließende Bemerkung nicht verkneifen: Hätte sie der katholischen Kirche angehört, wäre sie damals vielleicht geneigt gewesen, die Beichte täglich abzulegen.

Die Tränensäcke zeugten von einem bewegten Leben, wenig Schlaf und ließen den Verdacht zu, dass der Teufel Alkohol zumindest früher einmal sein Spiel mit dem Mann trieb. Das Haar hatte den Kampf schon vor längerer Zeit aufgegeben und das Wachstum weitestgehend eingestellt. Was da noch an grauen, struppigen Strähnen übrig geblieben war, hatte sich Pfarrer Hollerberg in einem kleinen Pferdeschwanz zusammengebunden. Er ließ sich wieder in seinen Sessel fallen, wobei er sein lädiertes Bein mit schmerzverzerrtem Gesicht mit beiden Händen abstützte.

»Zum Teufel mit diesen verdammten Schmerzen. Da hätte sich der Herr doch eine andere Strafe für mich ausdenken können, einen Pickel am Hintern oder so was Ähnliches.«

Wir konnten uns ein Schmunzeln nicht verkneifen. Frau Späth erschien nach kurzer Zeit wieder und stellte stolz ihren selbst gemachten Kuchen neben die Kaffeetassen. Als die Haushälterin die Tür hinter sich geschlossen hatte, kam Bewegung in den Geistlichen. Mit aufgerissenen Augen verfolgen wir, wie er ein kleines Fläschchen aus der Tasche zog und den Kaffee mit Hochprozentigem auffüllte.

»Sie auch einen kleinen Schuss dieses Weltverbesserers?«

Wir verneinten freundlich und ich verrührte, immer noch ungläubig staunend, einen Zuckerwürfel in der Tasse.

»Dann erzählen Sie doch einmal von Anfang an, was ich für Sie tun darf. Sie taten so geheimnisvoll bei unserem Telefonat, sodass ich vor Neugierde fast platze.«

»... und da dachten wir, dass es doch gut wäre, wenn wir eine professionelle Hilfe mit an Bord hätten.«

Ohne zu unterbrechen hatte Pfarrer Hollerberg der unglaublichen Geschichte gelauscht. Er war zutiefst beeindruckt von unserem Vorhaben. Während ich erzählte, hatte unser Gastgeber den Kaffee noch zweimal verlängert.

»Kommen Sie her ... beide.«

Er stand auf und umarmte zuerst Verena und anschließend mich. Ich hatte allerdings das Gefühl, als ob er bei Verena etwas länger verweilte. In seiner Stimme lag plötzlich Sanftheit und Wärme, als wir uns wieder setzten.

»Das ist das Unglaublichste, was mir bisher untergekommen ist. Ich kann es immer noch nicht glauben«, bemerkte er lächelnd. »Obwohl der Glauben ja eigentlich bei mir ziemlich ausgeprägt sein sollte«, schob er schnell hinterher und zwinkerte uns beiden zu.

»Sie werden verstehen, dass ich das noch mit dem Kirchenamt und der Rechtsabteilung besprechen muss. Ich kann mir eigentlich nicht vorstellen, dass es grundsätzlich Probleme geben könnte, aber wir haben uns an Gesetze zu halten. Sie verstehen? Wann passiert es schon mal, dass ein Normalbürger zwölf Millionen Euro an Bedürftige verteilen will und dabei nicht genannt werden möchte?«

»Der letzte Punkt ist mir, ist uns besonders wichtig. Auf keinen Fall darf der Spendername durchsickern, schon um uns selbst zu schützen. Das ist eine Bedingung! Wir benötigen aber nicht nur lokal Bedürftige, denen Sie dann Hilfe zukommen lassen. Wir sind Ihnen sehr verbunden, wenn Sie uns auch Verbindungen schaffen könnten zu Organisationen, die direkt vor Ort, also in besonders betroffenen Gebieten in der Dritten Welt, eingreifen können.«

»Da habe ich sehr gute Beziehungen, da ich selbst viele Jahre als Entwicklungshelfer im schwarzen Kontinent unterwegs war. Vorher habe ich in Südostasien geholfen. Da lässt sich was organisieren, Herr Reimann. Das kriegen wir hin.«

Verena hatte bisher ruhig zugehört und blickte nachdenklich auf Hollerberg, was dem nicht entging.

»Sie denken so viel nach, mein schönes Kind. Was beschäftigt Sie so sehr? Raus damit, sonst schwillt der Hals an.«

Verena wurde aus ihren Überlegungen gerissen. Verwirrt sah sie in die Augen, die auf unglaubliche Weise fokussierten, die nicht mehr losließen.

»Ich weiß nicht, ob es mir zusteht, das zu fragen.«

»Das werden Sie erst dann wissen, wenn Sie es versucht haben. Irritiert es Sie etwa, dass ich als Mann der Kirche trinke? Möchten Sie wissen, warum ich diese schmerzhafte Knieverletzung mit mir herumtrage? Das muss Ihnen nicht peinlich sein.«

»Ich meine ... das ist schon etwas ungewöhnlich ... ich ...«

»Es gibt nur wenige Freunde, die je davon erfuhren, aber ich glaube, dass Sie beide es verdient haben, das Wissen zu teilen. Lassen Sie mich vorausschicken, dass ich nicht immer ein Mann der Kirche war. Aber eines nach dem anderen.«

Hollerberg nahm noch einen Schluck direkt aus dem Flachmann, nicht, ohne vorher einen prüfenden Blick zur Tür geworfen zu haben. Frau Späth schien als das personalisierte schlechte Gewissen des Pfarrers durch die Räume zu geistern.

»Ja, ja, ich war auch einmal jung und voller Tatendrang, wollte die Welt so schnell wie möglich kennenlernen, alles ausprobieren. Nach dem Studium zum Brückenbau-Ingenieur hat es mich ins Ausland gezogen. Ich wollte andere Kulturen, andere Lebensweisen kennenlernen. Habe ich auch reichlich. Dabei sah ich aber nicht nur Licht, sondern auch viel

Schatten. Meine Zeit in Amerika habe ich zwar genossen, aber das wahre Leben lernte ich erst in Südostasien und Afrika kennen. Dort erlebte ich hautnah, wie Menschen unter der Knute der Konzerne leiden mussten. Sie wurden von westlichen Unternehmen ausgenutzt, bis es die eigenen Leute waren, die schnell dazulernten. Sie waren es plötzlich, die das eigene Volk knechteten und wie Sklaven zur Arbeit antrieben.

Ich lernte damals in der Nähe von Kuching, im malaysischen Nordborneo, eine traumhaft schöne Frau kennen. Ich hatte mich an der Planung eines Brückenbauprojektes beteiligt und diese junge Frau gehörte zu einer Gruppe von Widerständlern, die genau das Projekt verhindern wollten. Erst allmählich begriff ich die Beweggründe, denn diese Brücke bedeutete für den Stamm, dessen Häuptlingstochter sie war, dass sie ihr angestammtes Terrain verlassen mussten. Eine Gesellschaft wollte die Wälder roden und das Holz auf dem schnellsten Weg wegschaffen. Die Regierung wollte das gar nicht verhindern, denn sie verdienten schon allein durch Schmiergelder ein Vermögen. Sie bauten für die Einheimischen, weit weg von ihren angestammten Räumen, Wellblechhütten. Das wollten die Menschen aber nicht. Sie wollten ihre Heimat und ihre Kultur bewahren. Sie können sich sicher vorstellen, wie das ungleiche Spiel ausging. Die riesigen Palmölflächen sind heute vom Flugzeug aus zu bewundern. Mensch und Tier müssen immer dort weichen, wo Millionen an der Natur zu verdienen sind.

Ich habe mich schließlich dieser Gruppe angeschlossen und die internationalen Medien darauf gestoßen. Das führte zwar dazu, dass die Regierung den Bau noch mal hochoffiziell überprüfte, aber am Ende doch genehmigte. Ich begleitete die Ibans, besser gesagt, die Häuptlingstochter Aisyah, dann auf ihrem Weg ins Ungewisse. Wir kämpften jedoch weiter im Widerstand, bis ... ja, bis sie uns eines Tages auflauerten und erwischten. Die Schweine haben uns dann geschnappt, als wir einen Transportweg blockieren wollten. Sie haben uns an einen Baum gebunden und neben uns einen anderen gefällt. Der fiel so unglücklich, dass er Aisyah unter sich begrub und mir das Knie zertrümmerte. Ich konnte von Freunden geborgen und in die Stadt gebracht werden. Alles sollte wie ein Unfall wirken. Aisyahs Körper hat die Familie verbrannt, wie es dort üblich ist. Nachdem ich aus dem Hospital entlassen wurde, habe ich meine Zelte dort abgebrochen und mich einer Gruppe von Entwicklungshelfern in Äthiopien angeschlossen.«

Wir starrten gebannt auf den Mann, dessen Augen sich mit Wasser gefüllt hatten. Die Erinnerung hatte ihn überwältigt. Noch nie hatten wir uns mit der Geschichte dieser anderen, so fernen Welt beschäftigt.

»Haben Sie deshalb ... ich meine ... haben Sie deshalb mit dem Alkohol?«

»Nein, eigentlich hat sich das mit der Zeit entwickelt. Die Zeit in Borneo verfolgt mich zwar immer noch in meinen Träumen, aber es ist die Summe dessen, was ich in meinem Leben sehen musste. Die Probleme in Schwarzafrika sind auch nicht kleiner und treiben dich in den Wahnsinn. Irgendwann beginnst du mit dem Saufen, nur um zu vergessen. Nach einigen Jahren dort, habe ich den Entschluss gefasst, Geistlicher zu werden und bin zurück nach Deutschland. Der kleine Schluck aus der Pulle ist geblieben. Der Herr hat nichts dagegen. Zumindest hat er bisher kein Veto eingelegt. Mein Arzt hat mir grünes Licht gegeben. Er meint, jetzt damit aufzuhören, macht keinen Sinn. Ich soll mir das Leben so angenehm wie möglich gestalten. Ich weiß, das hört sich nicht besonders optimistisch an und wirft ein scheinbar schlechtes Licht auf den Arzt. Aber ich weiß von meiner Leberzirrhose. Frau Späth allerdings, die wacht wie eine Glucke über mein Wohlbefinden ... aber das ist ein anderes Thema. Nun lassen Sie uns über unseren weiteren Weg reden. Was bedeutet da mein bisschen Leben?«

6. Kapitel

Pfarrer Hollerbergs Kontakte waren überwältigend. Sie endeten nicht an der Trinkhalle, die ihm unter dem Mantel der Verschwiegenheit den Nachschub im hochprozentigen Bereich organisierte. Der Inhaber Peter Münch und seine abergläubische Frau Iris nahmen die Drohung sehr ernst, dass ein einziges Wort an Frau Späth für beide die ewige Verdammnis bedeutete. Gott wachte schließlich über seine Jünger, er hatte seine Augen und Ohren überall. Und so, wie der Pfarrer den Fürsten der Finsternis beschrieben hatte, wollten die Münchs lieber in die Hände der nigerianischen Boko Haram fallen, als dorthin verdammt zu werden.

Jeder im Ortsteil kannte und schätzte den Geistlichen. Sein Wort galt etwas in der Gemeinde. So wusste er auch, wen er aus der örtlichen Geschäftswelt in sein geheimes Kommando einweihen konnte, natürlich, ohne den Namen des Spenders zu nennen. Hollerberg hatte sich mittlerweile an die ungläubigen Gesichter gewöhnt und nahm jedem das Versprechen ab, über diese Aktion absolutes Stillschweigen zu bewahren. Die Geschäftsinhaber sahen die Möglichkeit, sich einen Platz im Himmelreich zu erarbeiten, erst an zweiter Stelle. Der Pfarrer sprach in dem Zusammenhang von Käufen, deren Rechnungen aus der Kasse der Kirche, besser aus dem Spendenkonto, beglichen wurden. Hier tat sich ein solventer Kunde auf, der keinen Null-Prozent-

Kredit benötigte. Das Geräusch des Händereibens war im gesamten Stadtgebiet zu hören.

Annegret Vollmer rieb sich über die von der Gicht gekrümmten Finger und schielte zur Kommode, auf der die Allopurinol-Tabletten neben den Beta-Blockern lauerten. Ob sie heute eine Schmerztablette einnahm, wollte sie sich noch überlegen. Die Nieren hatten schon erste Signale gesendet. Außerdem war sie hart im Nehmen und konnte Schmerzen aushalten. Erwin, der sie vor elf Jahren wegen eines Lungenkarzinoms verlassen musste, hatte stärker gelitten als sie. Danach konnte sie sich noch mit Klavierstunden über Wasser halten und die Witwenrente etwas aufbessern. Seit die Gichtkristalle aber ihre Gelenke blockierten, musste sie sich gewaltig einschränken und jeden Cent umdrehen. Ihr Glaube an Gottes Gnade, der sie in nicht so ferner Zukunft in sein Himmelreich aufnehmen würde, gab ihr Kraft. Erwin wartete bestimmt dort auf sie und hatte die Steine für das Mensch-ärgere-dich-nicht-Spiel schon aufgebaut.

Die Pflegekraft hatte ihr, natürlich für ein kleines Taschengeld, die Haare gewaschen und notdürftig auf Wickler gedreht. Beim zweiten Besuch am Nachmittag sollte daraus eine halbwegs passable Frisur entstehen. Müde schob sie den Lockenwickler, der sich gelöst hatte, wieder in Position und erhob sich aus ihrem Ohrensessel, der im roten Brokat eine Sitzkuhle hinterließ. Auf halbem Weg zur Kommode stoppte sie das Klingeln der Türglocke. Der Blick zur bereits denkmalgeschützten Uhr, die über dem Wohnzimmerschrank thronte, zeigte ihr, dass etwas Ungewöhnliches passiert sein musste. Der Pflegedienst war schließlich erst vor einer Stunde gegangen.

»Herr Pfarrer ... Sie? Ist was Schlimmes passiert? Warum stehen Sie denn die ganze Zeit da draußen rum? Kommen Sie rein ... wie unhöflich von mir.«

Frau Vollmer schlurfte gebeugt zurück ins Wohnzimmer und ging davon aus, dass ihr der Geistliche folgen würde. Ohne sich nach ihm umzudrehen, zeigte sie auf den zweiten Ohrensessel und ließ sich mit leisem Stöhnen auf ihrem nieder, für den die Zeit nicht ausgereicht hatte, die alte Sitzmulde auszugleichen.

»Ach, Herr Pfarrer«, krächzte sie, »könnten Sie mir die Tabletten von der Kommode anreichen und etwas Wasser aus der Küche holen?«

Das habe ich ganz vergessen schob sie für den Pfarrer nicht vernehmbar hinterher.

»Ist doch kein Problem, Frau Vollmer. Das dauert nur eine Sekunde. Bin sofort wieder bei Ihnen.«

Hollerberg hinkte in die Küche und legte ihr anschließend die beiden Tabletten, die er auf der Kommode in dem Schieber im Fach *Abend* fand, in die Handfläche. Da es ein tägliches Ritual war, öffnete die ältere Dame den Mund und schluckte gehorsam ihre Medikamente. Hollerberg bewunderte an ihr, dass sie auch im hohen Alter noch großen Wert auf ein gepflegtes Äußeres legte. Bei ihr musste er nicht befürchten, die Tabletten in eine zahnlose, übel riechende Mundhöhle werfen zu müssen. Frau Vollmer brachte kein Verständnis dafür auf, wenn am Seniorenstammtisch über Pilz- und Kariesbefall bei den wenigen Restzähnen berichtet wurde. Ihre Zähne fanden regelmäßig im Hygienebad ihre Nachtruhe. Sie verfolgte den hinkenden Pfarrer wortlos mit Blicken und wartete, bis er in den Sessel gefallen war.

»Da hat Erwin auch immer gesessen, wissen Sie noch?«

»Natürlich. Wir haben ja immer zusammen Schach gespielt.«

»Schach? War das nicht ... helfen Sie mal ... das war doch ...«

»Es war Schach, Frau Vollmer, glauben Sie mir. Aber lassen wir uns doch über Sie reden. Wie geht es Ihnen? Machen die Ohren noch gut mit ... ich meine, Sie hören doch so gerne klassische Musik.«

»Das war nicht Schach. Erwin konnte doch gar kein Schach ... Was haben Sie gefragt?«

»Frau Vollmer«, setzte Hollerberg noch einmal neu und erheblich lauter an, »was ist eigentlich aus Ihrem Antrag für das Seniorenheim geworden? Sie wollten doch aus dieser Höhle hier ausziehen.«

Er sah sich in dem Zimmer um. Die Tapeten, deren Produktionsdatum sicher um die Zeit der Machtergreifung der NSDAP lag, versuchten nun endlich, der Erdanziehung zu folgen. Feuchtigkeit aus über achtzig Jahren hatte sichtbare Spuren hinterlassen. Der Schimmel war zu einem der treuesten Mitbewohner geworden.

»Die Ganoven wollten, dass ich jeden Monat über Zweieinhalbtausend Euro zuzahle. Das Geld wollten die von meiner Tochter holen, die jetzt in Amerika wohnt. In so einer Stadt, wie Philo, Phila ... auf jeden Fall, klingt das wie eine Käsesorte. Die hat dort einen Job als Kellnerin in so einem komischen Laden, wo die das Fleisch zwischen die Brötchen ... sie wissen schon. Die haben zwei süße Kinderchen ... Holen Sie doch mal das Album da aus der unteren Schublade. Ich muss Ihnen die Bilder ...«

»Frau Vollmer, das werde ich mir auf jeden Fall ansehen ... aber bitte später. Ich möchte Sie etwas fragen. Würden Sie gerne in eine freundliche, helle Seniorenwohnung ziehen wollen, in der Sie auch rundum versorgt würden? Da sind andere Bewohner, mit denen Sie sich bestimmt schnell anfreunden. Und da gibt es etwas ganz Besonderes ...«

Hier machte er eine Pause und hob bedeutsam den Finger. Neugierig geworden starrte ihn die Seniorin an und wartete geduldig auf die Pointe.

»Im Foyer steht ein Klavier. Ein richtiges Klavier, auf dem auch die Bewohner spielen dürfen. Und jetzt kommt die Überraschung.«

Der Mund von Annegret Vollmer hatte sich geöffnet und zeigte ihre gesamte Anspannung.

»Wir haben einen lieben Menschen, der Ihnen jeden Monat das fehlende Geld schenken will. Ja, Sie haben richtig gehört ... er schenkt Ihnen das Geld. Und Ihnen bleibt sogar noch ein schönes Taschengeld, um sich hin und wieder etwas Besonderes zu gönnen. Sollten Sie dann einmal den Wunsch hegen, zusammen mit anderen Bewohnern eine Urlaubsfahrt oder einen Ausflug machen zu wollen, ist das auch drin. Na, gefällt Ihnen das?«

Der Pfarrer eilte, so schnell es sein steifes Bein zuließ, hinüber zu Frau Vollmer, die drohte, aus dem Sessel zu fallen. Verzweifelt klammerte sie sich an ihm fest. Ihr Körper bebte und ein Weinkrampf schüttelte sie.

Hollerberg drückte sie fest an sich und blickte zur Decke. Auch ihm traten Tränen der Rührung in die Augen. Sein Blick war zur Decke gerichtet.

»Herr, beschütze diese gütigen Menschen.«

Klaus Kollack betrachtete mich nachdenklich, als ich vor seinem Schreibtisch auf dem Stuhl Platz nahm. Seine Mitarbeiter trugen ihm häufig komplizierte Steuerfälle vor, zu denen er eine Entscheidung treffen musste. Bei mir kam das nur äußerst selten vor, da ich zu denen gehörte, die weitestgehend selbstständig und sachlich Analysen anstellen konnten. Ich war sogar außerhalb der Dienststelle bei meinen *Kunden* als harter Hund bekannt. Allerdings nur bei denen, die versuchten, größere Summen am Fiskus vorbei zu jonglieren. Bei den kleinen Fischen drückte ich auch gerne mal ein Auge zu, obwohl ich auch die kleinsten Tricksereien bemerkte.

Dem Leiter der Essener Finanzbehörde kam mein schriftliches Ersuchen auf Jahresurlaub und anschließendem unbezahlten Sonderurlaub sehr entgegen, um den ständigen Anfragen der Medien aus dem Weg gehen zu können. Meine Begründung, mich für mindestens ein Jahr in den Dienst karitativer Aufgaben im Ausland stellen zu wollen, klang ihm plausibel. Schon lange munkelte die Belegschaft hinter vorgehaltener Hand, dass mit mir irgendetwas nicht stimmen konnte. Frau Richard aus der Controlling-Abteilung hatte mir das kürzlich anvertraut, nicht ohne mir zuvor das Versprechen abgenommen zu haben, keinem von ihrem Verrat zu erzählen. Ein Mann in meinem Alter ... ohne feste Bindung ... sehr verdächtig. Ich hatte längst bemerkt, dass man auf der Herrentoilette gerne ein Urinal neben mir freiließ. Zur Sicherheit wurde sogar die Hand beim Wasserlassen als Sichtschutz über das dritte Bein gelegt, auch wenn der kleine Finger in den meisten Fällen ausgereicht hätte. Den Antrag bewilligte Kollack gerne.

Der Besuch des aufdringlichen Kommissars Kretschmer blieb Amtschef Kollack besonders in Erinnerung. Kretschmer beschrieb mich als einen raffiniert agierenden Mann mit hoher krimineller Energie. Nur unwillig hätte er mich auf freien Fuß setzen müssen, aber das viel zu lasche Gesetz schrieb ihm das vor.

Missmutig schielte Kollack auf die Visitenkarte, die ihm der Ermittler beim Hinausgehen in die Hand gedrückt hatte. Jede noch so unbedeutend wirkende Aktion dieses Kriminellen sollte er ihm sofort mitteilen. Als gesetzestreuer Bürger, der den größten Teil seines bisherigen Lebens im thüringischen Jena verlebt hatte und auf Recht und Gehorsam getrimmt war, griff er nach dem Hörer.

»Kollack, Finanzbehörde Essen. Könnte ich Kommissar Kretsch ...?«

»Am Apparat,« unterbrach ihn sein Gegenüber ungehalten, »was haben Sie für mich?«

»Ja, also, Sie hatten mich doch gebeten, dass ich Sie ...«

»Kommen Sie bitte auf den Punkt. Was ist mit Reimann?«

»Der ... also der hat einen längeren Urlaub beantragt. So etwa ein Jahr. Er will ins Ausland. Hilft Ihnen das weiter? Was vermuten Sie in diesem Zusammenhang?«

Einen Augenblick blieb es in der Leitung stumm, bis Kretschmer seine Gedanken preisgab.

»Diese Schlange. Der plant doch etwas Großes. Der muss sich schon ein nettes Polster ergaunert haben, wenn er ein ganzes Jahr auf Bezüge verzichten kann. Das war richtig, dass Sie mich sofort angerufen haben. Wir kümmern uns um den Kerl.«

Das Klicken in der Leitung beendete das Gespräch. Mit einer gewissen Genugtuung stellte Kollack fest, dass die Zeit des Denunziantentums auch für die Polizeibehörden noch lange nicht abgeschlossen war. Er war immerhin seiner Bürgerpflicht einmal mehr nachgekommen. Ich war ihm immer schon verdächtig vorgekommen. Er schob die Unterschriftenmappe von sich und erbat bei seiner Sekretärin eine weitere Tasse Kaffee.

Das Leben in der Bankfiliale kam zum Erliegen, als der erste Angestellte erkannte, wer durch die Drehtür den Schalterraum betreten hatte. Als hätte jemand einen Schalter umgelegt, erstarb jedes Gespräch. Alle Augenpaare richteten sich auf mich. Ich hatte mich innerlich bereits auf dieses Bild eingerichtet. Frau Schönborn entdeckte ich sofort hinter dem Schalter. Sie war damit beschäftigt, Formulare in den Tischständer einzusortieren. Das anfängliche Erschrecken wechselte augenblicklich in eine freudige Begrüßung, als sie mich, den vermeintlichen Bankräuber, erkannte. Zu meiner Überraschung reichte sie mir die Hand und legte die andere sofort darüber, als ich völlig irritiert einschlug.

»Ich weiß gar nicht, was ich sagen soll. Sie haben mir ... ich habe das erst später gehört ... sie haben mir als Einziger geholfen ... sagt man. Geht es Ihnen wieder gut? Das muss ja schrecklich für Sie gewesen sein, was da geschehen ist. Wie konnte man nur annehmen, dass ausgerechnet Sie, Herr Reimann, ein Bankräuber sind. Einfach lächerlich, absurd.«

»Nun beruhigen Sie sich wieder, Frau Schönborn. Das war ja nicht ihre Schuld, nur ein Irrtum. Sie können mir aber helfen ... bitte. Ich möchte in den nächsten Tagen verreisen und brauche da Ihre Unterstützung.«

Frau Schönborn setzte ihr freundlichstes Lächeln auf, nachdem sie ihren Arbeitskollegen einen bösen Blick zugeworfen hatte. Jede Bewegung wurde mit neidischen Blicken verfolgt, denn so gut wie Jeder in der Filiale wusste natürlich, dass sie mittlerweile einen der wohlhabendsten Kunden betreute. Wo mein plötzlicher Reichtum herrührte, hatte sich wie ein Lauffeuer unter ihnen verbreitet.

»Selbstverständlich stehe ich für Ihre Wünsche zur Verfügung. Ich soll Ihnen übrigens bestellen, dass unser Filialleiter unbedingt mit Ihnen sprechen möchte, sobald Sie sich melden. Doch jetzt erst zu Ihren Wünschen, Herr Reimann. Was kann ich für Sie tun?«

»Also. Ich benötige etwas Kleingeld für die Reise nach Thailand.«

»Nach Thailand«, wiederholte Frau Schönborn meine Worte und blickte verträumt an die Decke. Ich beobachtete mit Entsetzen die Veränderung bei ihr und fasste blitzschnell an ihre Schulter.

»Frau Schönborn, nicht wieder umfallen ... bleibe Sie bei mir ... ich möchte ...«

Irritiert von meiner Reaktion kam sie schnell wieder zurück in die Realität.

»Aber nein, Herr Reimann, mit mir ist alles in Ordnung. Habe mir nur gerade so vorgestellt ... Sonne, Strand, Palmen ... ach, da möchte ich auch einmal hin. Kein Problem. Wie viel brauchen Sie denn? Dann bestelle ich Ihnen das Geld bis Morgen.«

»So etwa für dreihundert Euro, dann habe ich etwas Kleingeld für den Weg.«

»Ja, das ist ja jetzt für Sie Kleingeld, Sie Glückspilz.«

Während sie die Bestellung für thailändische Bath eintippte, sah sie kurz auf und wollte wissen, was der zweite Wunsch wäre.

»Ich möchte dort einige Geschäfte abwickeln und müsste zeitnah Schecks von Ihnen haben.«

»Sie wollen sich dort bestimmt eine kleine Thailänderin kaufen ... oder?«

Schönborn fand ihre Bemerkung äußerst gelungen und kicherte in sich hinein, bis sie bei einem Blick in mein Gesicht feststellen musste, dass ich dafür nicht den gleichen Humor aufbringen konnte wie sie.

»Die bestelle ich Ihnen selbstverständlich, Herr Reimann. Darf ich Sie jetzt bei Herrn Schultebraucks anmelden? Der wird Sie bestimmt sofort empfangen.«

Ohne meine Antwort abzuwarten, verschwand sie eilig in den hinteren Räumen. Es dauerte nur wenige Minuten, bis sie mit einem glatzköpfigen Mann erschien, dem sie mit einem respektvollen Abstand folgte. Der Filialleiter war mir gut in Erinnerung geblieben, da er es war, der bei meinem letzten Besuch als Erster die Hände in den Himmel getreckt und damit die Kapitulation der Filiale eingeleitet hatte.

Das übertrieben freundliche Gehabe des Anzugträgers unterschied sich heute gravierend von den Beschimpfungen, die ich mir an dem besagten Tag hatte anhören müssen, nachdem man mich *zur Strecke gebracht hatte*. Ich kannte diese Arschkriecher zur Genüge aus meiner beruflichen Tätigkeit. Sie kramten diese widerliche Demut immer hervor, wenn ich ihnen einen Versuch des Steuerbetrugs nachwies und sie mir das als Versehen darstellen wollten. Mit weit ausgebreiteten Armen näherte sich mir die Qualle Schultebraucks.

»Es ist schön, Sie wohlbehalten in unserer Filiale begrüßen zu dürfen. Hat man Sie auch gut behandelt, nachdem diese übereifrigen Beamten den fatalen Irrtum eingesehen hatten? Es ist unglaublich, wie man heutzutage mit unbescholtenen Bürgern umgeht. Ich habe sofort zu meinen Mitarbeitern gesagt, dass Sie, Herr Reimann niemals ...«

Ich unterbrach den Redefluss des Filialleiters, bevor der Brechreiz übermächtig wurde, indem ich beide Hände hob. Ich setzte mich in den angebotenen Stuhl und verfolgte den Wichtigtuer auf seinem Weg zur Wasserflasche.

»Auch ein Glas Wasser, oder ein Kaffee?«

»Nein danke, Herr Schultebraucks, kommen wir bitte zur Sache.«

»Also«, begann er mit zusammengelegten Händen, die Ellenbogen auf den Schreibtisch gestützt, »es ist uns selbstverständlich nicht verborgen geblieben, dass Sie in den letzten Tagen eine erhebliche Kontenbewegung verzeichnen konnten. Dazu auch von meiner Seite einen herzlichen Glückwunsch. Es versteht sich am Rande, dass wir über Ihren Lottogewinn absolutes Stillschweigen bewahren, also nichts nach draußen dringen lassen. Habe sämtliche Mitarbeiter dazu vergattert, ist doch selbstverständlich. Was mir persönlich am Herzen liegt, ist die angenehme Pflicht, Sie über die besten Anlagemöglichkeiten unseres Hauses zu unterrichten. Sie erhalten von uns natürlich nur die allerbesten Konditionen, darauf können Sie sich verlassen. Dazu später mehr.«

Ich wollte schon an dieser Stelle abbrechen, als ich spürte, dass der Schleimer noch etwas Anderes auf der Pfanne hatte.

»Sie wissen ja als Finanzbeamter, dass wir vom Gesetzgeber angehalten sind, eine derartig umfangreiche Kontobewegung an die Behörden zu melden.

Das geschieht automatisch. Was mir berichtenswert Ihnen gegenüber erscheint, ist etwas Anderes.«

Er sah sich in seinem eigenen Büro um, als befürchte er eine Abhörattacke der NSA, und sprach in verschwörerischem Tonfall weiter.

»Ich hatte wenige Tage später Besuch von einem gewissen Kommissar Kretschmer, der Einsicht in Ihre Konten haben wollte, ganz ohne richterlichen Beschluss. Das muss man sich einmal vorstellen.«

Die Empörung wirkte so gekünstelt auf mich, dass sich der Würgereiz augenblicklich wieder einstellte.

»Sie haben doch nicht ...?

»Aber wo denken Sie hin, Herr Reimann. Wir werden doch nicht ohne die erforderlichen Unterlagen die Konten unserer besten Kunden ...«

»Dann ist ja alles gut, Herr Schultebraucks. Was die Anlage des Geldes betrifft ... da benötige ich noch etwas Zeit. Ich bin mir noch nicht endgültig über die Verwendung im Klaren. Die Steuerfragen ... Sie verstehen?«

»Aber natürlich, Herr Reimann. Lassen Sie sich Zeit. Aber nicht zu lange ... Sie wissen doch, bei der Bank ist Zeit auch Geld.«

Er kniff mir ein Auge zu und kam eilig um den Tisch herum, als ich mich erhob.

»Stets zu Ihren Diensten.«

Verena hatte es in der Schlange am Abfertigungsschalter schon weit nach vorne geschafft, als ich mit zwei Kaffeebechern heraneilte.

»Gut, dass du endlich kommst. Du hast die Flugtickets in der Tasche. Das wäre ziemlich peinlich geworden, du Schussel.«

»Upps, da hast du recht, aber die hatten einen Wasserschaden an dem Kaffeeautomaten. Moment, haben wir gleich. Halte mal eben ...«

Ich wartete gar nicht erst ab, bis Verena zugreifen konnte. Während ich hektisch in meinem Blouson nach dem Briefumschlag mit den Reiseunterlagen suchte, schlug der Becher mit einem satten *Platsch* auf die Fliesen. Nur der Deckel verhinderte, dass umstehende Fluggäste zum Garderobenwechsel gezwungen wurden. Bevor ich mich mit einer Entschuldigung an die Passagiere wenden konnte, spürte ich den Blick in meinem Rücken. Hinter einem Riesenkarren mit Reinigungsutensilien fiel mir eine schon leicht ergraute Dame auf, die kaum über die Eimer schauen konnte. Die Augen waren gespielt verzweifelt zur Hallendecke gerichtet, der Mund zeigte jedoch ein bezauberndes Lächeln. Sie schüttelte den Kopf und zog einen Wischer aus der Halterung. Während sie ein fremdklingendes Lied summte, beseitigte sie das Dilemma in wenigen Augenblicken.

»Iss keine Problem für mich. Alles widder gutt, mein Herr.«

Ich hatte diese spontane Hilfe gerne angenommen und dankte dem Zufall, der dieses bezaubernde Wesen zum richtigen Zeitpunkt in meine Nähe geführt hatte. Ich kramte in meinen Hosentaschen und fand schließlich meinen Lederbeutel, der das Reisegeld sicher verwahrte. Ich bedankte mich mit einem artigen Diener und einem Händedruck bei der Reinigungskraft, deren Wiege höchstwahrscheinlich in dem Land gestanden hatte, das wir besuchen wollten. Dabei drückte ich ihr einen Fünfzigeuroschein in die Hand. Die zarte Frau bedankte sich ebenfalls, indem sie die zusammengelegten Hände vor den Mund hielt und den Kopf neigte.

»Khop khun khap. Ich wünschen alles Glück für Sie und Frau.«

Sie schob ihren großen Wagen weiter durch die Halle und sah wohl erst nach einigen Metern auf ihre Hand, die immer noch den Geldschein umklammerte. Sie stoppte erschrocken und drehte sich nach uns um. Wir hatten mittlerweile die Koffer auf das Band gestellt und sprachen mit der Dame am Abfertigungsschalter. Die Beschenkte winkte uns zu, als wir eilig Richtung Sicherheitsschleuse gingen, ohne dass wir das bemerkten. In ihrer Landessprache wünschte sie uns, leise vor sich hinflüsternd, den Segen der Götter und einen guten Flug, bevor sie damit begann, singend die Edelstahlgriffe der Eingangstüren zu polieren.

7. Kapitel

Verkrampft wischte ich zum wiederholten Mal den Schweiß von der Stirn und blätterte in dem Bordmagazin, ohne eine Zeile zu lesen. Verena hatte mir anvertraut, dass es ihr erster Flug wäre und entsprechend viele Fragen präsentierte sie mir. Um sie nicht zusätzlich zu verunsichern, hatte ich ihr bisher verschwiegen, dass ich ebenfalls kaum praktische Erfahrung besaß. Tagelang hatte ich mich im Internet mit Fakten zur bevorstehenden Flugroute versorgt. Entsprechend professionell wirkte ich auf Verena. Die Turbinen liefen allmählich warm und die Chefstewardess forderte die Gäste auf, sich anzuschnallen. Verenas Blick, der zuvor das Geschehen auf dem Flugfeld aufsaugte, fiel nur zufällig auf meine Hand, dessen Knöchel auffällig durch die Haut stachen.

»Alfred? Ist dir nicht gut? Was ist los? Hast du ... hast du etwa Angst?«

Sie erhielt keine Antwort. Mein Blick war starr auf den Vordersitz gerichtet, als befürchtete ich, er könnte sich schon jetzt aus seiner Verankerung lösen. Die Maschine wurde rückwärts aus der Parkposition geschoben und drehte langsam Richtung Flugfeld. Ein neuer Schweißfluss sammelte sich auf meiner Stirn. Fassungslos beobachtete Verena die Veränderung bei dem einzigen Menschen, von dem sie sich Hilfe und Rückhalt erwartet hatte, falls sich Flugangst bei ihr bemerkbar machen sollte.

»Du bist auch noch nie geflogen? Warum hast du mir das nicht gesagt?«

»Du hast mich nicht gefragt«, presste ich heraus, ohne den Blick zu verändern.

Mit Mühe befreite sie die Sitzlehne von meinem festen Griff und legte meine Hand in ihren Schoß. Die Maschine befand sich mittlerweile in Warteposition. Meine Augenlider schlossen sich in dem Augenblick, als der Pilot die Turbinen hochfuhr und kurze Zeit später die Bremsen löste. Als ich die Beschleunigung dieses Monsters spürte, stellte ich vorsichtshalber die Atmung ein, was Verena mit einem sorgenvollen Seitenblick bemerkte. Ein leises Stöhnen entfuhr mir, als wir endgültig vom Boden abhoben.

»Alfred, wir sind oben. Du kannst jetzt wieder atmen. Guck mal, ist das nicht schön? Da unten ist Düsseldorf und da hinten, sieh mal ... da hinten kannst du die Ruhrtalbrücke am Horizont sehen. Mensch Alfred, du verpasst das Beste.«

Die Blässe wich ganz allmählich aus meinem Gesicht und ich zeigte Verena mit einem gequälten Lächeln, wie riesig die Freude über so viel Fernsicht bei mir war.

»Du hättest mir ruhig sagen können, dass du auch noch die Jungfernschaft bei Flugreisen besitzt. Das ist doch keine Schande.«

»Ich bin ja schon zwei Mal nach Malle geflogen. Das erlebe ich nur beim Start, da kann ich nichts zu. Bitte entschuldige. Jetzt ist alles vorbei.«

Die aufgerissene Wolkendecke gab ab und zu den Blick frei auf fremde Landschaften, die trotz ihrer Schönheit immer wieder schmerzhaft daran erinnerten, dass sich weit unter der Maschine Schicksale erfüllten, denen man selbst nicht ausgeliefert sein mochte. Wo das Auge auch immer hinsah, gab es Krisenherde und Kriege, die nie enden wollten. Verena hatte den Fensterplatz und grübelte vor sich hin, ohne zu bemerken, dass sie von mir ständig beobachtet wurde.

Ich kannte mittlerweile jede noch so kleine Pore ihres Gesichtes, und wünschte mir inbrünstig, auch in ihren Gedanken lesen zu dürfen. Mit jeder Minute des Zusammenseins mit diesem Wesen addierten sich die Fragen, wie viel Mama mir wohl noch verschwiegen hatte, was das Zusammenleben der Geschlechter betraf. Ihre Strategie, die Frucht ihres Leibes auf das Leben vorzubereiten, erschien mir immer löchriger und an vielen Stellen einfach falsch. Sie war mir viele Jahre meines Lebens schuldig, davon war ich überzeugt. Allerdings würde ich wohl nie den Mut aufbringen, ihr das vorzuhalten, denn sie schien alles aus reiner Mutterliebe getan zu haben. Im Geiste stellte ich mir die unfruchtbare Diskussion über dieses Thema vor, zumal das Ergebnis ihren emotionalen Zusammenbruch hervorrufen könnte. Streit erzeugte bei ihr stets Migräne, ein Wechsel des Themas brachte jedoch eine sofort eintretende Wunderheilung. Klaus wäre außerdem sicher in der Lage, mir den Paragrafen aus dem BGB herauszusuchen, der mir diese Vorhaltungen hochoffiziell untersagte.

»Woran denkst du, Alfred? Deine Gedanken sind ja fast hörbar.«

Meine Augen starrten gedankenversunken auf das Titelfoto eines Magazins, das in der Ablage steckte und das ausladende Hinterteil von Kim Kardashian in Hochglanz präsentierte. Ich hatte nicht bemerkt, dass Verena den Blick auf mich gerichtet und die Stirn kraus gezogen hatte. Die unerwartete Ansprache riss mich aus meinen unrealistischen Überlegungen.

»Ach nichts. Wirklich völlig belanglos.«

»Erzähl mir aus deiner Welt der Belanglosigkeiten. Du wirst dich doch bestimmt nicht in die Gesäßpolster dieser Stute verguckt haben, oder? Ich habe auch keine Lust auf Nachdenken. Lass uns einfach in dieser Leere dahinschweben. Fände ich lustig, leg los.«

»Du willst mich jetzt auf den Arm nehmen. Was soll ich dir da erzählen?«

»Sieh das mal so. Wir werden voraussichtlich auf unseren Reisen eine lange Zeit zusammenleben ... du weißt schon, was ich meine ... da möchte ich mehr über dich wissen. Du bist bisher nur der hochkriminelle Nachbar, der sein Herz für Bedürftige entdeckte, als er den Jackpot gewann. Immerhin kannst du dir jetzt die gefährlichen Raubzüge klemmen und hast Ruhe vor der Polizei.«

Verena hatte ihr Gesicht verschwörerisch genähert, und sprach mit gesenkter Stimme.

»Was hast du vorher gemacht, wie hast du gelebt? Wie sahen deine Wünsche für die Zukunft aus? Hast du jemals daran gedacht, eine Familie zu gründen und Kinder ...?«

»Nein,« platzte es ungewollt heftig heraus, »das wollte ich vielleicht später ...«

»Später? Wann ist bei dir später? Du bist dreiunddreißig Jahre alt, deine biologische Uhr tickt zwar als Mann etwas anders, als bei uns Frauen. Doch irgendwann ist später vielleicht zu spät. Nicht dass wir uns jetzt falsch verstehen ... das ist keine Anmache von mir. Aber irgendwann solltest du da Überlegungen anstellen. Du kannst an jedem Finger eine Frau haben, bei deinem Vermögen ... oh, Verzeihung, das war nicht so gemeint. Das ist mir nur so rausgeflutscht.«

Ich war in meinem Sitz geschrumpft und sah mich nach allen Seiten sichernd um. Die Passagiere in den umliegenden zwanzig Reihen hatten bestimmt die Ohren aufgestellt, und folgten dieser unfruchtbaren Debatte. Die auf der Ablage liegende Serviette kam mir gerade recht, mit der ich den Schweiß von der Stirn tupfen konnte.

Verena war nicht entgangen, dass mir gerade dieses Thema unangenehm war und ich immer wieder versuchte, es zu umschiffen.

Nun ja, sie hatte ja recht. Ich trug eine Last mit mir herum, die mir das Leben in Gestalt einer gluckenden Mutter aufgelegt hatte. Sie wollte aber auch nicht mit aller Macht in meine Privatsphäre eindringen, da sie befürchtete, dass ich dann völlig zumachte. In Gedanken verfluchte sie vielleicht diese Mütter, die zwar im guten Glauben handelten, da sie ihre Brut beschützen wollten. Doch genau diese Mütter vergaßen, die Kinder auf das reale Leben vorzubereiten. Sie hielten oft mit der Wahrheit zurück, verfälschten sie sogar, um ihr Kind von scheinbaren Gefahren fernzuhalten, die sie aber irgendwann im Erwachsenenalter unvorbereitet überrollen konnten.

»Entschuldige bitte. Ich wollte dir nicht zu nahe treten. Es interessierte mich einfach so. Du bist ein toller Mensch und guter Kumpel. Das reicht mir für den Augenblick. Aber wenn du einmal darüber reden möchtest, dann sollst du wissen, dass ich immer ...«

»Ich weiß das doch, Verena. Ich bin nur im Augenblick nicht in der Stimmung. Ich denke gerade darüber nach, wie Pfarrer Hollerberg wohl vorankommt. Auf seine Nachrichten bin ich gespannt, wenn wir gelandet sind. Die Idee, das Geld über Durchlaufspenden zweckgebunden bei der Kirchengemeinde zu hinterlegen, fand ich genial. Das Stiftungsverfahren bleibt uns Gott sei Dank erspart, da der Lottogewinn ja nicht versteuert werden muss. Jetzt können wir jederzeit frei darüber verfügen und überall auf der Welt ein bisschen helfen. Nun ja, vielleicht nicht überall, aber hier und da. Ich freue mich schon auf das Treffen in Hua Hin mit dem Vertreter der Freiwilligenhilfe. Das Hilton soll übrigens ein irres Frühstücksbuffet haben ... habe ich gegoogelt. Und der Ausblick aus unseren Zimmern ist fantastisch. Vor seinem Tod verbrachte übrigens der König Bhumibol in dem Ort oft seinen Urlaub.«

»Ich bin mir nicht sicher, ob wir mit dem Hilton die richtige Wahl getroffen haben. Das klingt so ... so dekadent. Du weißt, dass ich es lieber einfacher mag.«

»Wir sind doch nur zwei Nächte dort. Dann geht es doch rauf in den Norden. Gegessen wird sowieso auf dem Nachtmarkt. Du wirst schon die einfachen Unterkünfte zur Genüge kennenlernen. Übrigens liegt das Hilton noch im mittleren Preissegment. Denke bitte daran, dass wir alle Rechnungen verwahren. Ich möchte nicht den Überblick über die Kosten verlieren.«

Eine ankommende Reisegruppe hatte die Lobby in Besitz genommen und bewunderte die außergewöhnliche Bauweise dieses Hotels, das direkt am weitläufigen Strand gelegen war. Wir folgten dem Hotelpagen, der unser Gepäck aus dem Taxi gehievt hatte, zur Rezeption.

»Sawadee. Ich begrüße Sie ganz herzlich und hoffe, dass Sie eine gute Reise hatten. Sie hatten, wie ich sehe, zwei Superior-Zimmer bestellt. Wenn Sie es wünschen, kann ich Ihnen ohne Aufpreis eine gemeinsame Suite anbieten. Sehr großzügig gestaltet und ...«

»Nein, nein, das ist sehr freundlich von Ihnen, aber nicht notwendig. Wir sind nicht verheiratet. Bitte lassen Sie das Gepäck auf unsere Zimmer bringen. Könnten Sie uns bitte ausrufen lassen, wenn ein Herr Malow nach uns fragen sollte?«

»Selbstverständlich, der Herr. Wir wünschen Ihnen einen angenehmen Aufenthalt, Herr Reimann und ... Frau Rüter.«

»Das hast du sehr gut gelöst, Alfred. Was soll man denn hier in Thailand von uns denken. Mein guter Ruf steht hier zur Disposition.«

»Warum sagst du das mit einem Unterton? Habe ich etwas falsch gemacht?«

»Nein, das hast du nicht, zumindest grundsätzlich gesehen nicht. Aber eine gemeinsame Suite hätte für dich nicht gleichzeitig bedeutet, dass ich nachts über dich herfalle, zumal die Suiten über zwei Schlafzimmer verfügen. Zum Duschen hätten wir Zeiten verabreden können. Aber ich denke, dass das nicht deine grundsätzlichen Bedenken waren. Lass uns rauffahren, sonst sind die Koffer vor uns da.«

Obwohl unauffällig am Eingang des Frühstückssaales platziert, war der Porridge-Behälter meiner Aufmerksamkeit nicht entgangen. Während sich

Verena am Salatbuffet und den warmen Tomaten bediente, schaufelte ich mir mehrere Kellen Haferschleim in eine Terrine und setzte mich zufrieden an den Tisch. Mit Entsetzen beobachtete Verena, dass ich mir noch diskret mehrere Löffel Zucker, sowohl in den Kakao, als auch in den Schleim schaufelte. Nichts auf der Welt konnte mir in diesem Augenblick mehr Glücksgefühle bescheren, als diese Mahlzeit. Mit jedem Löffel zog sich auch ein neuer Schleimfaden zur Terrine, was mich in keiner Weise beeindruckte. Mitten in der Bewegung hielt ich inne, als sich ein Schatten über den Tisch legte und ein Räuspern erklang.

»Sie entschuldigen, Herr Reimann,« wisperte ein freundlicher Hotelboy, »in der Lobby wartet ein Herr Marlow auf Sie.«

»Oh, natürlich,« schreckte ich hoch, »bitten Sie ihn doch zu uns an den Tisch. Wir erwarten ihn schon.«

Vor dem Eintreffen des Gastes versuchte ich noch schnell, meine Schüssel zu leeren, was Verena mit einem Stirnrunzeln quittierte. Wer schon einmal mit vollem Mund sprach, weiß wie sich ein normaler Satz in feuchtes Gestammel wandeln kann. Bei gefühlten einhundertfünfzig Gramm Porridge, die sich in meinem Rachen befanden, wird selbst das verhindert. Das *Guten Morgen, Herr Marlow*, wurde begleitet von einzelnen Haferflocken, die sich über den ausgestreckten Arm verteilten. Der Gast sprang erschrocken und mit einem gequälten Lächeln zurück. Der Kellner, der den Besucher an den Tisch geführt hatte, wedelte mir mit einem Tuch die klebrigen Flocken vom Ärmel. Etwas nervös geworden, wischte ich mir mit der Serviette die restlichen Zeugen der Peinlichkeit von den Lippen.

»Überhaupt kein Problem, Herr Reimann, kein Problem. Ich hätte besser nach dem Frühstück kommen sollen.«

»Nein, nein, setzen Sie sich bitte. Haben Sie schon gefrühstückt? Gerne dürfen Sie sich bedienen.«

»Ich komme gerade selbst aus dem Hotel und habe dort schon sehr früh meinen Tee zu mir genommen. Danke für die Einladung. Essen Sie ruhig zu Ende, ich kann währenddessen ja schon über unser Projekt berichten, für das Sie sich speziell interessieren.«

Ich nickte stumm mit einem Seitenblick auf Verena, und bestellte beim Kellner für uns einen Kaffee, für Marlow einen Tee. Sie versuchte währenddessen, den Mann einzuschätzen, dem wir schließlich eine größere Summe für sein Projekt anvertrauen wollten. Ihr fiel auf Anhieb auf, dass sich Marlow in seinem dunkelbraunen Anzug, in den er sich gepresst hatte, nicht wohlfühlte. Immer wieder zog er an den Ärmeln, die bestimmt eine ideale Länge besaßen, bevor er diverse Wohlstands-Kilos zugelegt hatte. Der Hemdknopf, den er am Hals geschlossen hatte, schnürte ihm zusätzlich Luft ab. Die kastanienbraunen Pupillen irrten ständig unsicher zwischen seinen Gastgebern hin und her, bevor er mit seinem Bericht begann. Es war zu spüren, dass er seiner Aufgabe in diesem Waisenhaus mit viel Herzblut nachkam.

Nur wenige Fahrminuten entfernt von Chiang Mai hatte man seitens dieser Freiwilligenorganisation ein Haus errichtet, in dem Kinder untergebracht und versorgt wurden, die ohne Eltern aufwuchsen oder durch sie misshandelt wurden. Sie sollten hier eine normale Erziehung und die nötige Zuwendung erfahren. Was natürlich an allen Ecken fehlte, war Geld und Lehrpersonal. Da war man stets auf Spenden angewiesen oder auf die geringen Mittel, die die thailändische Regierung dafür freimachte. Immer wieder fuhr sich Marlow mit einer Hand durch das blonde Haar und versuchte, die nach allen Seiten abstehende Mähne zu bändigen. Plötzlich hatte Verena das Bild ihres Meerschweinchens *Huschi* vor Augen, das sie als Kind ständig mit sich herumtrug. Sein Fell war ebenso zerzaust.

Wären da nicht die jungen Menschen gewesen, die aus verschiedenen Ländern Europas kamen, um hier ein Freiwilligenjahr zu absolvieren, hätte man diese Einrichtung wohl schon längst aufgeben müssen. So konnte den Kindern zumindest eine schulische Ausbildung und ein Zuhause garantiert werden.

»Herr Marlow. Das hört sich sehr gut an, sodass wir uns diese Einrichtung unbedingt vor Ort ansehen möchten. Wir sind noch zwei Tage hier in Hua Hin. Am Donnerstag nehmen wir dann den Flieger nach Chiang Mai. Wäre es möglich, dass Sie uns so um sechzehn Uhr am Airport abholen lassen und zwei Zimmer für eine Nacht besorgen? Wir müssen leider zum Wochenanfang wieder in Deutschland sein.«

»Das ist überhaupt kein Problem, Herr Reimann. Sie können zwei Gästezimmer direkt in der Einrichtung haben, dann bekommen Sie einen guten Eindruck von der Arbeit. Die Kinder werden sich freuen. Ich hole Sie persönlich ab. Heute fahre ich noch weiter nach Bangkok, um dort wieder einmal bei der Regierung um Geld zu betteln.«

Mit einer tiefen Verbeugung verabschiedete er sich. Verena registrierte mit einem Schmunzeln, dass Marlow schon beim Weggehen befreit den Hemdknopf öffnete.

»Ich glaube, dass wir hier richtig sind und das Projekt unterstützen sollten. Ich darf gar nicht daran denken, wie viele Kinder nach dem Tsunami ihre Eltern verloren haben. Was hätten die gemacht, wenn es solche Häuser nicht geben würde?«

Nachdenklich nippte Verena an ihrem Kaffee, während ihre Augen einer etwa dreißigjährigen Frau folgte, die erst jetzt, immerhin war es schon Zehnuhrdreißig, zum Frühstück erschien. In ihrem Schatten bewegte sich ein grauhaariger Mann, dessen

Zukunft weitaus kürzer einzuschätzen sein durfte als seine Vergangenheit. Seine knochigen Finger legten sich liebevoll über die manikürten Hände seiner Begleitung, nachdem er ihr den Stuhl zurechtgerückt hatte. Der herbeieilende Kellner erhielt Anweisungen, was er den Herrschaften am Tisch servieren sollte, obwohl es sich im Hilton um ein Buffet handelte, an dem sich der Gast in der Regel selbst bediente.

Ich folgte dem Blick Verenas und wusste sofort, welche Gedanken in diesem Augenblick durch das hübsche Köpfchen eilten. In diesem Fall hätte Mama mit ihrer Analyse über die Absichten egozentrischer Frauen völlig richtig gelegen. Mein Kopfkino zeigte mir szenisch, wie die aufgespritzten Lippen, die dem Maul eines Wulstlipppenbuntbarsches ähnelten, jeden Barscheck und diverse Schmuckschachteln gierig aufnahmen. Das unterwürfige Verhalten des älteren Mannes war abstoßend. Ich konnte mir gut vorstellen, wie gnadenlos dieser Ausbeuter mit seinen Arbeitskräften verfuhr, während er bei seiner Geliebten zum Speichellecker mutierte.

Verena löste sich aus ihren Gedanken und berührte mich unter dem Tisch am Fuß. Ich sah sie erschrocken an. Sekunden später lachten wir darüber, dass es den Anschein hatte, dass wir wohl die gleichen Gedanken verfolgten.

Die zweimotorige Propellermaschine, die uns in knapp zweieinhalb Stunden in den Norden Thailands transportiert hatte, setzte weich auf und ließ das anfängliche, ungute Gefühl vergessen. Die innere Ausstattung dieses Fluggerätes ließ Erinnerungen an alte Zeiten aufkommen, die wir beide allerdings nur aus Bildern der Eltern herleiten konnten. Sofort tauchten Fotos der ersten Straßenbahnen vor unseren Augen auf, die noch Holzbänke anboten. Uns hätte es nicht gewundert, wenn wir Halteschlaufen für Stehplätze an der Kabinendecke vorgefunden hätten. Die freundliche Stewardesse überließ uns die freie Platzwahl, da die Maschine lediglich zu einem Viertel besetzt war. Die Lockerheit und die ausgelassenen Gespräche der anderen Fluggäste nahmen uns schon nach kurzer Zeit die Angst vor dem ungewohnten Fluggerät.

Heftig winkend näherte sich Marlow dem Ausgang und übernahm den Gepäckwagen der sehnlichst erwarteten Gäste. Die kurze Fahrt mit dem Kleinbus führte uns durch eine völlig andere Welt. Wenn wir eine Kleinstadt erwartet hatten, die Hua Hin ähnelte, wurden wir enttäuscht. Uns empfing das quirlige Leben einer Großstadt, die von Leben erfüllt, viele Touristen beherbergte. Unzählige Tempelanlagen zeugten vom streng religiösen Leben in diesem Land. Prachtvolle Hotelbauten wechselten sich ab mit großflächigen Resorts. Beeindruckt von der Fülle der Sehenswürdigkeiten folgten wir den Ausführungen Marlows, der uns zu fast allen

Gebäuden eine Geschichte erzählen konnte. Endlich erreichten wir das eigentliche Ziel.

Kaum hatten wir das breite Tor durchfahren, fiel unser Blick auf den Eingang des Haupthauses, der von riesigen Palmen und unzähligen Blumen umrahmt wurde. In geordneten Reihen standen die Kinder auf der Treppe und sprachen wild durcheinander. Auf ein Zeichen eines Erwachsenen erstarb die Unruhe und nur die Geräusche der Vögel erreichte unsere Ohren. Der fröhliche Gesang der Kinder begann ebenso abrupt, wie das Geschnatter zuvor geendet hatte. Kein einziges Wort konnten wir verstehen, dennoch spürten wir die Inbrunst dieses Willkommenliedes. Das Leuchten in den Augen der Kinder unterstrich eindrucksvoll, dass sie uns Neuankömmlinge von ganzem Herzen willkommen hießen. Verena klammerte sich vor lauter Rührung an meinem Arm und lehnte den Kopf an meine Schulter, was dazu führte, dass ich bis in die Haarspitzen errötete.

»Ist das schön«, brachte Verena noch heraus, bevor sie sprachlos zu den beiden Elefanten hinübersah, die aus einem Seitenweg auf sie zugeführt wurden. Kurz vor uns senkten die Tiere ihre Köpfe und ließen die Mahouts, ihre Wegbegleiter und Führer, absteigen. Völlig aufgeregt zerrte sie mich zu den Elefanten und begann damit, den Tieren vorsichtig über den Rüssel zu streicheln. Marlow reichte einen Korb Äpfel, den er natürlich *rein zufällig* im Auto mitgeführt hatte. Als wir die Fütterung beendet hatten, wurden wir von den Kindern umringt und alle redeten gleichzeitig auf uns ein. Unsere Herzen hatten die Kinder im Sturm erobert.

Die beiden Zimmer lagen direkt nebeneinander und hatten einen gemeinsamen Balkon mit Blick über die gesamte Anlage. Es war süß, zu beobachten, als sich jeweils zwei Jungen damit abmühten, die sperrigen Koffer der fremden Gäste in die Quartiere zu befördern. Die ersten T-Shirts, die bei den Jugendlichen so begehrt waren, fanden als Belohnung dankbare Abnehmer. Einen ganzen Trolli voll hatten wir in Hua Hin auf dem Markt für das Heim in unterschiedlichen Größen organisiert. Nach dem gemeinsamen Abendessen, das in dem Aufenthaltsraum gemeinsam mit den Kindern eingenommen wurde, zogen wir uns einigermaßen erschöpft, aber glücklich auf unsere Zimmer zurück.

Verena zog sich über die Nachtwäsche noch einen leichten Seidenumhang, um sich einen Moment auf die Terrasse zu begeben. Die nicht ganz so feuchtwarme Luft war hier im Norden besser zu ertragen, als im südlichen Thailand. Sie genoss diese abendliche Stimmung mit den Geräuschen der Tierwelt, die niemals Ruhe gab. Vermischt wurde das mit den entfernten Stimmen der Kinder, die allmählich in ihren Schlafsälen verschwanden. Erst als sie sich in ihren knarrenden Korbstuhl fallen ließ, fiel ihr Blick auf meine im Schatten sitzende Gestalt. Ich hatte es mir auf einer Hollywoodschaukel vor meinem Zimmer bequem gemacht und wippte mit geschlossenen Augen. Ich ließ zufrieden den Tag vor meinen Augen ablaufen, während ich mich immer wieder mit dem Fuß aufs Neue abstieß. Leise erhob sich Verena und schlich vorsichtig rüber, um sich dann mit einem Kichern ebenfalls in die Schaukel fallen zu lassen. Ich schrak auf, stellte jedoch beruhigt fest, dass von Verena keinerlei Gefahr ausging. Sie sprang mit einem spitzen Schrei auf den Lippen sofort wieder hoch, da sie sich auf etwas weiches, sperriges gesetzt hatte. Mit großen unschuldigen Augen, in denen aber auch eine gewisse Empörung erkennbar war, sah ihr Bienchen entgegen.

»Was in aller Welt tut der Plüschbär hier? Das darf doch nicht ... Du hast wirklich deinen Teddy mit auf Weltreise genommen? Du hast dieses kleine Monster tatsächlich in den Koffer gequetscht. Ich fasse es nicht.«

Verena lehnte sich an das Geländer und betrachtete abwechselnd mich und den Teddy. Immer wieder schüttelte sie ihren Kopf und zeigte auf Bienchen.

»Ich fliege mit einem erwachsenen Mann, der fast zwölf Millionen schwer und dreiunddreißig Jahre alt ist, um die halbe Welt. Der gleiche Mann schickt brutal Steuernachzahlungsbescheide an kleine Rentner, die vielleicht durch Zeitungsaustragen ihre Hinzuverdienstgrenze überschritten haben. Dieser

Mann, der penibel auf das Höchstgewicht beim Reisegepäck geachtet hat, verstaut heimlich seinen Plüschteddy, um nachts nicht allein schlafen zu müssen. Alfred ... was ist bei dir schief gelaufen? Das ist zwar süß und man könnte darüber lachen. Wenn ... ja wenn du dreißig Jahre jünger wärst.«

Sie schlug die Hände vor das Gesicht und lachte gequält hinein. Ich hatte Bienchen während der Moralpredigt wieder ordentlich neben mich gesetzt und strich ihr das Kleidchen glatt. Lange dachte ich nach, wie ich auf ihre Bemerkungen reagieren sollte. Ruhig hörte ich zu, antwortete aber nicht.

»Alfred, ich rede mit dir. Das ist doch nicht normal.«

»Was in Gottes Namen ist denn in deinen Augen normal?«

Nun platzte es aus mir heraus. Ich trat neben Verena und sah über die Bäume, die sich nur noch schwach gegen den letzten hellen Streifen am Horizont abzeichneten.

»Sage mir bitte, warum das, was ich tue, nicht normal sein soll. Wer schreibt fest, wie wir Menschen zu leben haben. Kann nicht jeder von uns das tun, was nach seiner Meinung das Richtige ist, solange es keinem schadet und gegen Gesetze verstößt?«

»Ja, aber ...«

»Kein aber, liebe Verena. Bin ich ein schlechter Mensch, wenn ich *anders* bin ... anders als die Norm? Werde ich zum Außenseiter, nur weil ich bisher mit keiner Frau geschlafen habe? Wie oft habe ich das hinter meinem Rücken gehört ... *das ist ein Schwuler*. Selbst wenn ich das wäre? Bin ich deshalb schlechter, weniger Wert als die ganzen Heteros, die alles angreifen, was nicht früh genug auf die Bäume kommt? Ich kann es nicht mehr hören, dieses Gequatsche von Normalität. Die Normalen sind es, die solche Kinder misshandeln, die Frauen quälen, schlagen und Kriege anzetteln. Ein Plüschteddy macht mich zum Außenseiter. Ich muss meinen Teddy verstecken, um nicht zum Verrückten abgestempelt zu werden. Verena, ich habe Gefühle, wie jeder andere Mann. Ich lebe und liebe nur nicht so oberflächlich wie die Normalen. Ja, ich mag in meiner Kindheit von Mama ein paar falsche Infos erhalten haben ... ich arbeite daran, dass sich das ändert.«

Verena merkte deutlich, wie mir die Hänseleien der Mitmenschen zugesetzt haben mussten. Jetzt brach es aus mir mit einer Wucht heraus, die sie berührte und betroffen machte. Sie spürte, dass sich in meinem Inneren etwas verfestigt haben musste, was mich bisher daran hinderte, ein für ihre Vorstellungen normales Leben zu führen. Für mich war mein Leben mit kleinen Einschränkungen völlig in Ordnung. Mir blieben dadurch die Sorgen der Normalos erspart. Ich wurde nicht nach einer großen Liebe verlassen, ich verspürte keinen Liebeskummer. Ich kannte nicht den Verlust der Selbstbestimmung durch eine Beziehung. Ich hatte keine Bezugsperson, die mir mit haltlosen

Eifersüchteleien den Tag versaute. Ich lebte mein Leben in Symbiose mit einem harmlosen, unkomplizierten Plüschtier. Mein Glück war eigentlich perfekt.

»Verena, bitte verzeih mir. Ich wollte dich nicht anmachen. Aber ich dachte, dass gerade du mich besser verstehen würdest. Ich bin nicht verrückt, ich habe nur einen etwas anderen Freundeskreis. Dieses kleine Fellbüschel hat mir immer zugehört, wenn es mir mal beschissen ging. Ich werde darauf niemals verzichten wollen ... niemals. Damit das auch dir klar wird. Verstehst du mich?«

»Du musst dich nicht entschuldigen, Alfred. Ich habe falsch reagiert und ich müsste das tun. Es ist dein gutes Recht, so zu leben, wie du es für richtig hältst. Du bist ein großartiger, ehrlicher Mensch und dafür schätze ich dich sehr. Wer dich an seiner Seite weiß, ist zu beneiden.«

Verena nahm das kleine Bienchen aus der Schaukel, gab ihr einen Kuss und hielt sie mir entgenen. Ich sah Verena lange an, griff danach und küsste Bienchen ebenfalls, als sich Verena bereits umgedreht hatte und nachdenklich in ihrem Zimmer verschwand.

Der Abschied von Chiang Mai und den Kindern fiel uns sehr schwer, da wir auf Anhieb unser Herz an dieses wunderschöne Land und seine Menschen verloren hatten. Marlow schob die schweren Koffer auf die Gepäckwaage und trat ein paar Schritte zurück, damit Verena und ich einchecken konnten.

Diskret hielt er sich im Hintergrund, bis wir unsere Tickets in Händen hielten und uns suchend umblickten. Gemeinsam setzten wir uns noch zu einem letzten Austausch in ein Airport-Café, um die Zeit bis zum Abflug zu überbrücken.

»Ich weiß, dass ich das jetzt schon tausend Mal getan habe, aber ich möchte es jetzt ein letztes Mal tun. Danke, danke für alles, was Sie für diese Kinder getan haben. Wenn auch viele Menschen den Glauben an einen gerechten Gott verloren haben, sie haben diesen Kindern dabei geholfen, wieder an das Gute im Menschen zu glauben. Sie können sich gar nicht vorstellen, Herr Reimann, was wir mit Ihrer Spende alles erreichen können. Endlich kann ich den Kindern ein menschenwürdiges Dasein bieten, Ihnen Schulmaterial kaufen und bessere Betten. Ach, ich kann das gar nicht alles aufzählen, was plötzlich möglich ist. In Deutschland mag Ihre Spende ja schon groß erscheinen, doch in diesem Land sind 11,6 Millionen Bath eine unermessliche Hilfe. Gott behüte sie auf allen Wegen.«

Marlow hatte seine Hände nach Landessitte zusammengelegt und vor den Mund gehalten, als er sich still verbeugte.

»Ich habe das gerne getan, Herr Marlow. Und sollte es irgendwann einmal Probleme geben, so lassen Sie es mich wissen. Unsere Kontaktadresse haben Sie ja. Wir konnten nur Geld geben, Sie geben den Kindern viel mehr. Mit großer Hochachtung verneigen wir uns vor Ihnen. Lassen Sie niemals nach in Ihrem Bemühen, Kindern ein Heim, eine Zukunft zu geben. Doch jetzt müssen wir los. Sonst werden wir noch ausgerufen.«

8. Kapitel

Mit verträumtem Blick verfolgte Pfarrer Hollerberg die Bildershow, die ich auf dem iPad vor ihm ablaufen ließ. Erinnerungen drängten sich in sein Bewusstsein, die ihm die schönsten Zeiten seines Lebens wieder vor Augen führten. Auch er engagierte sich stets für die Bedürftigen und Schwachen. Diese Kinderbilder schufen Glücksmomente in seinem Inneren. Völlig gedankenverloren kramte er seinen Flachmann unter der Fleecejacke hervor, die er sich über die Schultern gelegt hatte. Erst als er den Verschluss wieder aufschraubte, blickte er zur Tür, sich vergewissernd, dass sich Frau Späth nicht unbemerkt ins Zimmer geschlichen hatte. Er sorgte damit für Erheiterung bei seinen beiden Mitstreitern. Immer wieder aufs Neue amüsierten wir uns darüber, wie Hollerberg versuchte, sein Geheimnis vor der Haushälterin zu verbergen, so als wolle er die geheimen Codes der Enigma beschützen. Beide waren wir davon überzeugt, dass sie ihn längst durchschaut hatte, ihn über ihr Wissen aber im Unklaren ließ und sich nur Sorgen um seine Gesundheit machte.

»Großartig, ganz großartig. Wäre so gerne dabei gewesen, als ihr den Scheck unterschrieben habt. Die Augen von Marlow hätte ich gerne gesehen. So viele Zahlen vor dem Komma hat er noch nie auf einer Zahlungsanweisung gesehen.

Habe ich euch eigentlich davon erzählt, als mich damals in Thailand ein großer Ast vom Elefanten gehauen hat? Ab in den Schlamm und keine Klamotten zum Wechseln dabei. Dieser Mahout hat solange gelacht, bis sich sein Tier neben mich gelegt hat und er das gleiche Schlammbad nehmen musste. Die Erkenntnis muss ihn tief getroffen haben, dass Elefanten wohl keine Schadenfreude dulden.«

»Hören Sie, Herr Pfarrer, konnten Sie zwischenzeitlich herausfinden, wo sich dieses Frauenhaus befindet, über das wir sprachen? Ihnen wird man doch darüber Auskunft geben. Gerne würden wir da etwas finanzielle Hilfe leisten. Mir tun auch die Kinder so leid, die oftmals die gewalttätigen Auseinandersetzungen ihrer Eltern hautnah miterleben müssen. Wir brauchen ja nur einen kompetenten Ansprechpartner, der Geld verwalten darf.«

Verena wollte nur ungern die schönen Augenblicke zerstören, die Hollerberg mit der Durchsicht der Fotos genoss, doch sie wusste, dass am Nachmittag noch ein wichtiges Treffen zuhause anstand und nur noch wenig Zeit blieb, Vorbereitungen zu treffen. Ich hatte die Zeit vergessen und schwärmte von unserer Reise. Dabei war mir entfallen, dass wir unbedingt noch für das Abendessen einkaufen mussten.

Ich hatte Verena gebeten, dabei zu sein, wenn Mama mit ihrem Lebensabschnittsgefährten zu Besuch kam. Zugegebenermaßen war Verena auch sehr gespannt darauf, ob diese Frau genau dem Bild entsprach, das sie sich von ihr gefertigt hatte. Trug sie ihre Dominanz wie ein Schutzschild einer eigenen Verletzlichkeit vor sich her? Oder war sie die vom Leben geschlagene Frau, die den Rest ihres Leben mit eingezogenen Schultern versuchte, die Frucht ihres Leibes vor allerlei Unbill des Lebens zu bewahren. Eines war für Verena klar ... diese Frau hatte definitiv eine äußerst riskante Erziehungsvariante für ihren Sohn gewählt. Für Verena war ich zwar herzensgut, aber diese Abkehr vom gesellschaftlichen Leben, meine soziale Abgeschiedenheit, drängten mich ihrer Ansicht nach immer mehr ins Abseits. Die Zeit für Stufe eins der Umerziehung war nun gekommen. Entschlossen erinnerte sie mich an meine Verabredung.

»Verflucht, das habe ich ganz vergessen ... ich meine, das mit Mama und Klaus. Weißt du was? Wir gehen alle gemeinsam in ein Restaurant, dann ersparen wir uns die ganze Arbeit mit dem Kochen und brauchen anschließend nicht die Küche aufräumen.«

»Was hast du dir denn so vorgestellt? Arabisch, italienisch, chinesisch oder Fast Food? Wo führt man denn einen erfolgreichen Anwalt so hin? Ich meine ... stilgerecht.«

»Warum sagst du das mit diesem Unterton? Mama hat noch nie auf besonderen Stil geachtet, den konnten wir uns gar nicht leisten.«

Mir war es wichtig, dass Verena meine Familie und deren finanzielle Möglichkeiten nicht in die falsche Schublade einordnete. Mit Grausen erinnerte ich mich an die Ausflüge zu Bauernhöfen in der Recklinghäuser Haard, da es dort Riesenportionen gab, deren Reste dann eingepackt mit nach Hause genommen werden konnten. Die Versorgung für den Folgetag war stets gesichert.

»Ich habe auch nicht deine Mutter gemeint. Es könnte aber doch sein, dass dieser Klaus etwas anspruchsvoller ist und nur bessere Lokalitäten aufsucht. Wir fragen einfach Doktor Google.«

Das schnittige Sportcoupé mit Düsseldorfer Kennzeichen bog schwungvoll in die Zufahrt zum Gelsenkirchener Zoo-Parkplatz ein. Wir warteten im Eingangsbereich des Tropenhauses und beobachteten die heftige Debatte, die Fahrer und Beifahrerin nach dem Aussteigen miteinander führten. Es hatte den Anschein, als wäre man uneins über die Parkposition. Ich vergrub beide Hände in den Hosentaschen und trat unruhig von einem Fuß auf den anderen.

»Deine Mutter?«

»Ja.«

Mir war Verenas Schmunzeln nicht entgangen, deren Interesse an der angeregten Diskussion erheblich gewachsen war. Sie wäre wohl bereit gewesen, einen größeren Geldbetrag auf Mama zu setzen, denn sie schien die besseren Argumente zu haben, was am resignierenden Schulterzucken des Fahrers festzumachen war. Zwischenzeitlich fand die elegant gekleidete Frau Gelegenheit, den Blick zum Eingang des Restaurants zu heben. Als sie mich erblickte, riss sie beide Arme hoch. Verena erinnerte das an eine Szene aus dem Film *Cast away*, in der Tom Hanks am Ufer der einsamen Insel stehend versucht, das in fünf Meilen Entfernung vorbeifahrende Schiff auf sich aufmerksam zu machen. Mama beschleunigte ihren Schritt, vergaß dabei jedoch nicht, gleichzeitig ihren Begleiter zu einer schnelleren Gangart anzutreiben.

»Oh, mein Junge, wie habe ich dich vermisst. Lass dich umarmen.«

Der Fahrer hatte in der Zwischenzeit ebenfalls die oberste Stufe erreicht und reichte schwer atmend Verena die Hand.

»Was tust du da, Klaus. Das hier ist mein Sohn Alfred.«

»Aber Mama, darf ich dir Verena vorstellen ... eine gute Freundin und Nachbarin.«

»Können wir jetzt reingehen? Ich habe einen Mordshunger.«

Erschrocken fuhr Mama zurück, als sie von den Sensoren erkannt wurde und sich die Glastüren automatisch zur Seite bewegten. Auf der Schwelle blieb sie wie angewurzelt stehen und schien über etwas nachzudenken. Im Zeitlupentempo drehte sie sich herum und sah auf die drei Personen, die keinerlei Anstalten machten, ihr zu folgen. Wir starrten alle auf die Frau, deren Welt vor Sekunden in Unordnung geraten schien. Sie glaubte, verstanden zu haben, dass ihr Liebling die Worte *Nachbarin* und *Freundin* in einem Atemzug benutzt hatte. Sie machte wieder einen Schritt vorwärts und bemerkte nur beiläufig, wie sich die Glastüren hinter ihr wieder schlossen. Fassungslosigkeit beherrschte ihr Gesicht, die Blässe durchdrang sogar die großzügig aufgetragene Make-up-Schicht.

»Ist dir nicht gut, Schatz?«

Klaus wagte sich als Erster, das Wort an Mama zu richten. Ohne ihn auch nur eines Blickes zu würdigen, schnitt sie ihm durch müdes Winken das Wort ab.

»Mama, was hast du? Geht es dir nicht gut?«

Auch meine besorgte Geste ignorierte sie und steuerte unbeirrt, völlig fokussiert, auf Verena zu. Die zur Begrüßung ausgestreckte Hand übersah sie und legte ihre auf deren Arm. Sie strich ihr wortlos über die Schulter, die Wange und das Haar. Die flinken Augen checkten jeden Zentimeter, analysierten das Objekt. Verena durchlief in diesem Augenblick ein Prüfprogramm, dessen Algorithmus jedem Außenstehenden verborgen blieb. Verenas Augen verfolgten völlig irritiert jede Bewegung des menschgewordenen Scanners. Mit einem Lächeln versuchte sie, die Situation zu überspielen.

»Freundin, Nachbarin ... warum? Er hat mir nichts davon erzählt.«

»Aber Mama ...«

Sie winkte ab, sodass ich jeden weiteren Einwand unterdrückte.

»Er hätte mir doch etwas davon sagen können ... man kann doch über alles reden. Wie war noch mal Ihr Name? Verena? Ein schöner Name. Wollt ihr heiraten?«

»Schatz, das geht doch nicht, lass uns doch ...«

»Misch dich da nicht ein, Klaus. Ich habe mich auch rausgehalten, als du deine Tochter enterbt hast, nur weil sie den ... diesen Farbigen ... heiraten wollte.«

Klaus zuckte bei diesen Worten zusammen und ließ zu, dass sich sein gesamter Blutvorrat in Hals und Kopf ansammelte.

»Lass uns essen gehen. Jetzt brauche ich eine Stärkung.«

Mama hakte sich bei Verena unter und schob sie durch den Eingang, ohne mich oder Klaus eines weiteren Blickes zu würdigen. Verena warf mir einen hilfesuchenden Blick zu. Ich konnte allerdings nur resigniert mit den Schultern zucken.

»Ein hübsches Restaurant, so exotisch mit den vielen Palmen und der rustikalen Einrichtung, mitten in einem Tropenhaus. Hoffentlich landet keiner von den Flughunden da oben auf dem Tisch.«

Klaus versuchte, mit mir ein Gespräch zu beginnen, da sich Verena mittlerweile einem sehr intensiven Verhör stellen musste.

»Wo habt ihr denn geparkt? Da waren ja nicht mehr allzu viele Möglichkeiten frei.«

»Wir haben uns bringen lassen«, antwortete ich und warf einen bedauernden Blick rüber zu den beiden Frauen.

»Ach so, mit dem Taxi, wie praktisch. Dann kann man ja auch mal ein Glas mehr trinken.«

»Nein, wir sind mit der Bahn gekommen. Ich besitze außerdem kein Auto.«

Wenn ich verraten hätte, dass ich in einem Baumhaus wohne, wäre die Überraschung für Klaus nicht größer gewesen. Ein Dasein ohne ständig zur Verfügung stehendem Fortbewegungsmittel war für ihn undenkbar, von der fehlenden Möglichkeit, seinen Status anzuzeigen, ganz zu schweigen.

»Wie praktisch. Dann beult man sich wenigstens nicht ständig die Hosentasche mit dem Autoschlüssel aus, die Monatskarte ist ja flacher.«

Sein gequältes Lachen zeigte deutlich, dass er von dem trockenen Witz selbst nicht überzeugt war. Er stupste Mama vorsichtig am Arm.

»Schatz, hast du schon etwas in der Karte gefunden? So allmählich kommt der kleine Hunger.«

»Welche Karte? Ich hatte noch keine Zeit, warum drängelst du immer so? Also Verena, suchen Sie sich bitte was Schönes heraus. Und keine Scheu, wir zahlen heute ... Ihr seid natürlich von Klaus eingeladen.«

Als hätte sie einen Freibrief für lebenslange Parfumdeputate ausgesprochen, blickte sie beifallheischend in die Runde. Mit ihren beringten Fingern strich sie fortwährend über das hellgraue Kostüm, das mindestens drei Monatsbezüge eines Hartz-vier-Beziehers gekostet haben musste. Wenn sie ihren Kopf bewegte, folgte ihr jede der blondierten Haarsträhnen absolut exakt, da mindestens eine halbe Dose Drei-Wetter-Taft das Werbeversprechen einhalten wollte.

»Das ist aber lieb von Ihnen. Bei mir ist das ganz einfach. Ich nehme die vegetarische asiatische Gemüsesuppe vorab und dann den gemischten Salat.«

»Und was nehmen Sie als Hauptgericht?«

Klaus reichte ihr die Karte zurück, in dem Glauben, dass sie die Vorspeisen beschrieben hätte.

»Das reicht mir vollkommen, Fleisch ist nicht so mein Ding.«

Ich spürte die Gefahr, dass Mama hierzu bereits gedanklich eine unqualifizierte Bemerkung ausformulierte. Die rechte Augenbraue deutete diese Absicht unmissverständlich an. Bevor sie ihre Belehrung präsentierte, mischte ich mich ins Gespräch.

»Verena hat wunderbare Rezepte für fleischlose Gerichte, die probieren wir so nach und nach aus. Ich habe schon vier Kilo runter und fühle mich viel vitaler.«

Verenas verwunderten Blick ignorierte ich und plapperte munter weiter.

»Zur Feier des Tages werde ich mir aber heute ein Fleischgericht mit exotischem Gemüse gönnen. Ich nehme ... ich nehme ... hm ... ich hätte gerne eine halbe thailändische Ente, knusprig gebraten, mit Sauerkirsch-Balsamico-Sauce, buntes Grillgemüse und Kartoffelschnee.«

Klaus und Elke hatten nicht bemerkt, dass die Kellnerin bereits hinter ihnen stand und fleißig mitschrieb.

»Und was darf ich Ihnen bringen?«

Mama fiel fast die Karte aus der Hand, als die Frage über sie hereinbrach.

»Ich muss noch einen Blick in die Karte werfen. Das braucht seine Zeit, Fräulein. Wir melden uns dann.«

»Aber gerne, gnädige Frau.«

»Mensch Kinder, immer diese Hetze. Wir befinden uns doch nicht auf der Flucht.«

Mama tupfte sich mit der Serviette imaginäre Unreinheiten oder Essensreste von den Mundwinkeln und wendete sich an mich.

»Ihr zwei habt wohl eine Vorliebe für die asiatische Kost entwickelt. Ich halte mich da lieber ans deutsche Essen.«

»Ich habe das Asia-Essen ja auch bis vor Wochen abgelehnt, aber auf unserer Reise durch Thailand habe ich mich verliebt ... ich meine, in das Essen.«

Selbst Verena wirkte für einen Augenblick irritiert und sah mich erstaunt an. Nie war mir zuvor aufgefallen, dass meine Mutter mit der Zunge ständig versuchte, die untere Zahnreihe, die komplett von sachkundiger Hand runderneuert worden war, anzuheben. Jetzt, wo ihr Unterkiefer den tiefsten Punkt erreicht hatte und sie tiefes Schweigen erfüllte, betrachtete ich fasziniert die umherirrende Zunge.

»Ihr habt eine Reise ... ihr ward zusammen in Thailand? Was ist plötzlich los mit dir? Sind wir uns so fremd geworden, dass du vorher nicht mehr mit deiner Mutter sprichst? Du begibst dich in solche Gefahr und informierst mich nicht. Ich verstehe dich nicht mehr. Hat man dich schon so entfremdet, dass du ...«

»Hallo ... jetzt muss ich da aber mal kurz zwischen. Was meinen Sie mit *Gefahr* und *entfremdet*? Haben Sie damit etwa mich gemeint? Sehen Sie mich als etwaige Gefahr an?«

Verena versteifte sich zusehends und holte erneut Luft. Die Hand, die ich ihr beruhigend auf den Arm gelegt hatte, schob sie unwirsch zur Seite. Ihr Blick war auf die Frau gerichtet, die es wagte, immer noch Ansprüche auf die Erziehung ihres bereits erwachsenen Sohnes anzumelden.

»Ja, ich war mit Ihrem Sohn in Thailand. Ja, wir haben eine wunderschöne, gemeinsame Zeit miteinander verbracht. Sie hätte vielleicht noch schöner für uns sein können, wenn Sie es nicht so weit getrieben hätten, dass Ihr Sohn noch heute an den Klapperstorch glaubt.«

»Verena, bitte ...«

»Lass mich jetzt reden. Das muss einmal raus, auch wenn ich damit vielleicht Porzellan zerschlage.«

Resigniert richtete ich den Blick zum Dach der Holzkonstruktion und betete innerlich, dass meine Mutter diese Ansprache ohne größeren psychischen und physischen Schaden überstand. Zumindest drohte bei dem immer noch herabhängenden Kiefer eine bleibende Starre.

»Wir beide sind gute Freunde. Dafür danke ich ihm, denn einen besseren Freund könnte ich mir nicht wünschen. Doch er läuft mit Lebensphilosophien durch das Land, die Sie ihm eingepflanzt haben. Sie haben ihn vor Gefahren gewarnt, die nur Sie sehen, vor denen Sie flüchten. Was für eine verkorkste Kindheit müssen Sie gelebt haben, dass Sie das Ihrem Sohn antun? Sie haben mit Ihrem ständigen Gelaber über verdorbene Mädchen dafür gesorgt, dass er es sogar ablehnte, mit mir gemeinsam ein Zimmer zu teilen. Für ihn bin ich eine verbotene Zone, die er nicht betreten darf, ohne auf ewig verflucht zu werden. Ihm wurden Frauen als Ausgeburten der Hölle dargestellt. Wie haben Sie es geschafft, dass er das Bild nicht auch auf Sie übertrug? Haben Sie sich als Reinkarnation der Jungfrau Maria verkauft? Keine Frau der Welt könnte sich einen besseren Partner wünschen, wenn da nicht ... ach, lassen wir das. Alfred wird wohl noch mit seinem Teddy ins Seniorenheim einziehen.

Eine Frage sei mir noch erlaubt. Sind Sie denn damals vom Heiligen Geist beschattet worden? Als Sie mit Ihrem Schwangerschaftsbauch rumliefen, haben Sie das bei der Nachbarschaft als Darmverschluss dargestellt? Nein, auch Sie sind dem Laster verfallen gewesen und wollten aus purer Eifersucht, den Sohn, sein ganzes Leben, nur für sich alleine. Mir wird schlecht, wenn ich nur daran denke.«

Verena stand auf. Ihre Hände zitterten, als sie Geld aus ihrer Hosentasche kramte und wutentbrannt auf den Tisch warf.

»Ich möchte nicht, dass Sie für mein Essen bezahlen. Ich hätte immer das Gefühl, dass Sie auch einen Teil von mir dadurch beanspruchen würden. Guten Abend noch.«

Mama und Klaus saßen wie erstarrt auf ihren Stühlen, es war spürbar, wie es in ihnen arbeitete. Allerdings konnte Klaus ein belustigendes Zucken in den Mundwinkeln nicht ganz vermeiden, was ihm einen giftigen Seitenblick einbrachte.

Auch mich hatte diese lange und beeindruckende Ansprache überrascht. Ich saß wie gelähmt auf meinem Stuhl und verfolgte Verenas Abgang mit unsicheren Blicken. Meine Gedanken jagten sich und kamen schnell zu einem Ergebnis. Wortlos erhob ich mich, straffte den Körper und folgte ihr. Auf dem Parkplatz holte ich sie ein. Sie hatte beide Hände vor das Gesicht geschlagen und weinte bitterlich. Ich hielt sie an der Schulter zurück und legte beide Arme beruhigend um sie.

»Ich habe alles kaputt gemacht. Deine Mutter wird mich hassen und dir eine Szene machen. Es ist schließlich dein Blut, das man nicht so einfach ...«

»Lass es gut sein, bitte. Ich bin so stolz auf dich. Du hast den Mut bewiesen, den ich nie hatte. Du hast ja so recht. Habe ich denn so viel falsch gemacht in Thailand? Hättest du mit mir ...?«

»Aber sicher, du Dummkopf ... aber sicher. Ich habe so sehr auf dich gewartet. Es gab Augenblicke, da habe ich sogar Bienchen dafür gehasst, dass sie neben dir liegen durfte ... aber sie kann ja nichts dazu.«

Lange sah ich ihr in die verweinten Augen. Gäste, die das Lokal verließen, verharrten lächelnd, um den Anblick des sich intensiv küssenden Pärchens zu genießen.

9. Kapitel

Die gewaltigen schwarzen Wolken türmten sich hoch am Himmel und kündigten einen regnerischen Tag an. Ich lümmelte auf der Couch herum und verfolgte dabei die vorbeiziehenden Gebilde, in denen ich versuchte, Figuren zu erkennen ... ein Spiel, dass ich schon als Kind kannte und immer dann genoss, wenn ich von Problemen ablenken wollte. Ich wusste, dass es für einen Außenstehenden schon seltsam anmuten würde, dass ich die Ergebnisse meiner Teddydame mitteilte, die völlig entspannt in meinem Arm lag. Sie diskutierte nicht mit mir darüber, was richtig oder falsch war, sie akzeptierte meine Ansichten, meine Lebensweise ... ohne wenn und aber. Sie stellte mein Leben niemals infrage.

Das Telefon unterbrach meine Gedanken und die eingestellte Vibration ließ das Gerät über die glatte Oberfläche des Glastisches kreiseln.

»Gott zum Gruße, Herr Reimann.«

Der Bass des Pfarrers weckte auf Anhieb meine Lebensgeister, die sich vorübergehend in den Ruhemodus verabschiedet hatten.

»Frau Rüter wollte doch die Verbindung zum Frauenhaus hergestellt haben. Da kann ich ihr nun helfen, sie haben sich mir endlich offenbart. War nicht so einfach ... ohne weißen Kragen hätte ich die Adresse nie bekommen. Ihr wolltet doch die Besprechung vom letzten Mal weiterführen. Würde es Ihnen etwas ausmachen, wenn ich Sie, Herr Reimann, zuhause aufsuche. Habe heute Nachmittag meinen Arzttermin in Ihrer Nähe und könnte so um fünfzehn Uhr bei Ihnen sein. Muss gestehen ... bin neugierig, wie Millionäre so leben. Ho, ho ... war nur ein Scherz von mir. Haben Sie Zeit?«

Das Schnaufen des Geistlichen war schon im Treppenhaus zu hören, als er die ersten Stufen nahm. Bevor er die Wohnungstür aufdrückte, wischte er sich mit einem überdimensionalen Lappen, den er aus den Tiefen seines Mantels gezaubert hatte, den Schweiß von der Stirn. Ich eilte ihm mit ausgestreckter Hand entgegen und umarmte Hollerberg herzlich. Immer wieder verbesserte sich auf mysteriöse Weise meine Laune, wenn ich auf den Pfarrer traf. Seine positive Ausstrahlung hob sich angenehm von dem ab, was ich tagtäglich in meinem Umfeld antraf. Schwer ließ sich Hollerberg in den angebotenen Sessel fallen und begann damit, sich im Zimmer umzusehen.

»Irgendwie verstehe ich Sie nicht so richtig. Mehrfacher Millionär ... doch Sie begnügen sich mit einem alten Röhrenfernseher, anstatt sich ein modernes Flachgerät zu gönnen. Könnte es sein, dass ich da an meiner linken Arschbacke, entschuldigen Sie den Ausdruck, eine kaputte Spirale im Sesselunterbau spüre? Ich glaube, Sie sollten auch einmal an sich selber denken. Verstehen Sie mich bitte nicht falsch, ich finde es toll, dass Sie an Bedürftige denken, doch sollten Sie sich dabei nicht selbst vergessen. Sie, Herr Reimann, sind der wichtigste Mensch in Ihrem Leben. Das mag sich gerade aus meinem Mund seltsam anhören, doch nur wer sich wohlfühlt, hat auch positive Gedanken. Sie haben nicht nur das Recht, sondern auch die Pflicht, sich selbst zu lieben. Das dürfen Sie nicht mit Egoismus verwechseln.«

Ich hörte dem Pfarrer interessiert zu. Hollerbergs Blick wanderte weiter durch die Wohnung und blieb an einem Foto hängen, das eingerahmt über einer Vitrine hing. Er wuchtete sich aus dem Sessel und blieb vor dem Bild stehen.

»Ihre Eltern? Beide noch wohlauf? Wo ist das denn geschossen worden?«

»Das Foto haben wir in Kaltenbach gemacht, das ist im Zillertal. Dort haben wir jedes Jahr unseren Sommerurlaub verbracht, bis ...«

»Reden Sie weiter, Herr Reimann, bis ...«

»Wir sind kurz nach dieser Aufnahme ins Ruhrgebiet gezogen. Kurz darauf ist Papa dann ...«

»Was ist passiert?«

Ich berichtete ihm ausführlich von dem Unglücksfall, der zu Papas Ableben führte. Mich überraschte es nicht mehr, dass selbst Pfarrer Hollerberg die Geschichte mit einem verschmitzten Grinsen quittierte.

»War für Ihre Mutter bestimmt nicht einfach, Sie alleine durchzubringen. Sie lebt aber noch, oder?«

»Oh ja, und wie sie lebt.«

Hollerberg konnte den Unterton nicht zuordnen, besaß aber das Feingefühl, nicht darauf einzugehen. Er hinkte weiter durch das Zimmer und betrachtete mit Interesse weitere Aufnahmen, die mich als Heranwachsenden in den unmöglichsten Situationen zeigte. Mama hatte stets hemmungslos auf den Auslöser gedrückt und mich in den peinlichsten Situationen fotografiert. Eine Sammlung von Aufnahmen, die dafür geeignet waren, den Bräutigam am Polterabend vor seinen Freunden bis auf die Knochen zu blamieren. Sie hatte selbst mein verzerrtes Gesicht im Bild festgehalten, als ich versuchte, den ersten Köttel in den Nachttopf zu pressen. Ein Seitenblick Hollerbergs erfasste die hervorstehenden Pelzohren meines Teddys, der hinter einem Sofakissen versteckt worden war. Mit keinem Wort ging er darauf ein.

Mir war bisher noch nicht klar, was ihn tatsächlich zu diesem Hausbesuch bewegt hatte. Ich wartete geduldig ab, bis er von sich aus damit herausrückte.

»Darf ich Ihnen ein Wasser anbieten, einen Saft oder was Ähnliches?«

»Ich möchte Ihnen keine Umstände machen. Ähnliches habe ich immer selbst dabei.«

Er zwinkerte mir verschmitzt zu und setzte seinen Flachmann an die Lippen, den er aus der Seitentasche zog. Nach einem kräftigen Schluck verschwand die Flasche wie von Zauberhand.

»Ach, was soll's. Ich wollte eigentlich mit Ihnen über eine Herzensangelegenheit reden. Gucken Sie nicht so entsetzt ... ich meine nicht Ihre außergewöhnliche Beziehung zu Frau Rüter. Das geht nur Sie etwas an. Nein, auch ich habe ein Herz, das für etwas schlägt.«

Mein Gesichtsausdruck entspannte sich sofort wieder und ich sah neugierig auf meinen Besucher. Irgendwie fühlte ich mich unbehaglich in der ungewohnten Rolle des Zuhörers, des Beichtvaters. Ich bereitete mich auf das Schlimmste vor, der Lebensbeichte eines Geistlichen.

»Es ist zumindest für Sie kein Geheimnis mehr, dass der Mann, der vor Ihnen sitzt, eine Vorliebe für geistige Getränke auslebt. Das war nicht immer so.«

Hier legte Hollerberg eine Pause ein und schien zu überlegen, wie er weitermachen sollte.

»Es war früher viel schlimmer. Ich habe gesoffen wie ein Tier, als gäbe es kein Morgen mehr. Sogar nachts wurde ich wach, um den Pegel wieder auf high zu bringen. Literweise habe ich das Teufelszeug in mich reingeschüttet, sogar als ich schon in der Gemeinde tätig war. Doch eines Tages erhielt ich einen Anruf. Ein Mann rief mich an, er würde seine Frau und sein elfjähriges Kind umbringen, wollte aber vorher mit mir reden. Ich weiß bis heute nicht, ob er von mir Gottes Segen für diese schreckliche Tat haben wollte. Egal. Ich war an diesem Abend total zu, ich konnte nur noch lallen. Ich habe diesen Mann nicht ernst genommen und habe ... ich habe einfach aufgelegt.

Zwei Tage danach, las ich in der Zeitung, dass ein Auto auf der A43 gegen einen Brückenpfeiler gerast ist. Eine Frau mit ihrem elfjährigen Sohn im Fahrzeug verbrannten. Der Fahrer konnte gerettet werden. Große Schulden nach einer Firmeninsolvenz erdrückten diesen Mann und trieben ihn zu dieser Verzweiflungstat. Er verbüßt noch vier Jahre für dieses Verbrechen.

Ich hatte mir damals geschworen, nie mehr einen Tropfen Alkohol anzurühren, ich ging in eine Entziehung. Bis vor drei Jahren ging das gut, dann holten mich die Erinnerungen aus meinem alten Leben ein. Sie erinnern sich an Borneo? Außerdem traten jeden Tag Schmerzen auf, die ich für den Rest meines beschissenen Lebens aushalten muss. Sie sehen, wohin mich das führte. Aber ich kann den Teufel Alkohol weitestgehend beherrschen, ihn kontrollieren.«

Wortlos war ich dieser Beichte gefolgt und Mitleid erfüllte mich.

»Was kann ich für Sie tun? Verstehen Sie mich richtig. Ich fühle mich geehrt, dass Sie mich ins Vertrauen ziehen. Aber, warum kommen Sie zu mir? Ich bin nicht der richtige Ansprechpartner für die Reparatur von Seelen. Da wären Sie doch bei einem Kollegen besser aufgehoben.«

Der Pfarrer lächelte über die Worte, die meine Hilflosigkeit, aber auch mein Mitgefühl ausdrückten.

»Ich habe mich missverständlich ausgedrückt, entschuldigen Sie bitte. Ich suche die Hilfe nicht für mich. Ich werde diese traurigen Erlebnisse bis zu meinem Tode mit mir herumtragen müssen. Nein, ich wollte Sie darum bitten, Menschen zu helfen, die mir einmal sehr geholfen, mir zur Seite gestanden haben. Es gibt da eine Gruppe von jungen Leuten, die ihre wertvolle Zeit dafür opfern, um Typen wie mir Hilfe zur Selbsthilfe zu geben. Sie sprechen mit Suchtkranken, mit Alkoholikern und versuchen, sie wieder ins normale Leben zu führen. Sie bekommen von keiner Seite finanzielle Unterstützung und legen aus eigenen, beschränkten Mitteln zusammen. Diese Gruppe würde ich gerne unterstützt wissen.«

Ich sprang auf und lief durch das Zimmer. Plötzlich blieb ich stehen und kniete mich vor Pfarrer Hollerberg.

»Verdammt, Herr Pfarrer. Dafür hätten Sie keinen Seelenstriptease vor mir begehen müssen. Ich vertraue Ihnen wie kaum einem anderen Menschen auf dieser Erde. Ihr Wort, Ihre Bitte hätte dafür ausgereicht. An welche Summe haben Sie gedacht?«

10. Kapitel

Noch lange dachte ich über die beklemmenden Worte des Geistlichen nach, die mich tief berührt hatten. Bisher war mir diese Vertrautheit unbekannt, da die Mitmenschen aus von mir nicht nachvollziehbaren Gründen stets auf Distanz geblieben waren. Dankbar darüber, menschliche Nähe erlebt zu haben, machte ich mich daran, die Linsen zu wässern. Heute wollte ich Verena eine meiner Leibspeisen kredenzen, wobei ich ihr zuliebe auf Fleischzugaben verzichtete. Mama hingegen hatte immer gepökeltes Kasseler verwendet, da es ihrer Meinung nach kaum einen Eintopf gab, der ohne Fleischzugaben Geschmack enthielt. Ganz daneben lag sie mit dieser Einstellung nicht, musste ich ihr zugestehen.

Im Hintergrund verwöhnte mich das Radio leise mit *Frank Sinatras* Millionenerfolg *Fly me to the Moon*, als mich die Türglocke brutal aus meinen Träumen riss. Ich legte das kleine Messer zur Seite, mit dem ich das Gemüse kleingeschnippelt hatte, trocknete mir die Hände ab und freute mich darauf, Verena schon vor der verabredeten Zeit in die Arme nehmen zu können.

Das Lächeln erstarb schlagartig, als ich die Tür einen Spalt geöffnet hatte. Schon der aufdringliche Geruch des mir entgegenschlagenden Opium-Parfüms verriet, dass ich mich gewaltig geirrt hatte. Selbst bei fünfunddreißig Grad und achtzig Prozent Luftfeuchte hätte Mama auf diesen reinen Winterduft nicht verzichten wollen. Wie gelähmt sah ich dem unerwarteten Besuch entgegen, der sich keinen schlechteren Zeitpunkt hätte aussuchen können.

»Muss deine leibliche Mutter erst ein Visum beantragen, oder darf ich jetzt endlich eintreten? Deine Wiedersehensfreude ist ja überwältigend.«

Mama schob sich an mir vorbei und deponierte ihren teuren Tuchmantel auf einem der Wandhaken. Als sie feststellte, dass ihr Sohn keinerlei Anstalten machte, die Tür zu schließen, zog sie mich am Arm und stieß die Wohnungstür mit dem Ellenbogen zu.

»Was ist mit dir los? Ist mir eine zweite Nase gewachsen oder warum siehst du mich so seltsam an? Ich bin es - deine Mutter, die dich besucht.«

»Entschuldige, aber ... ich hatte dich nicht erwartet. Eigentlich dachte ich ...«

»... ja, ja, eigentlich sollte jetzt dieser hübsche, blonde Bubikopf im Flur stehen, der so wunderbar mit Worten jonglieren kann. Ich weiß. Keine Sorge, ich bleibe nicht allzu lange. Aber wir haben etwas zu besprechen, mein Sohn.«

»Warum bist du den weiten Weg von Düsseldorf allein gekommen, oder wartet Klaus unten auf dich?«

Mama überging diese Frage und marschierte geradewegs in die Küche, in der ich bereits liebevoll für zwei Personen gedeckt hatte, obwohl sich das Essen noch in der Vorbereitungsphase befand.

»Zumindest ist deine Freundin nicht anspruchsvoll und begnügt sich mit einem Eintopf.«

Ich deckte vorsichtshalber mit dem Rücken die vorbereiteten Gemüseeinlagen ab, konnte jedoch nicht verhindern, dass Mama den Deckel des Topfes lüftete.

»Ohne Kasseler? Oh, Verzeihung ... ihr esst ja neuerdings nur noch Grünfutter. Hoffentlich erreicht ihr damit wenigstens eine höhere Lebenserwartung als ein Kaninchen. Aber das müsst ihr ja selber wissen, ihr seid ja schon erwachsen und könnt über euer Leben selbst bestimmen. Das musste ich ja in den letzten Tagen auf beeindruckende Art und Weise lernen.«

Wortlos hatte ich die Spitzen über mich ergehen lassen. Mein Erstaunen war umso größer, als ich von Mama an den Tisch gezogen wurde. Sie zerrte mich auf den Stuhl neben sich und zum ersten Mal sah ich dieses Weiche, das Verletzliche in ihren Augen. Sie hatten sich mit Tränen gefüllt und irrten durch den Raum.

»Ich weiß nicht, wo ich beginnen soll. Es ist so viel in den letzten Tagen passiert, dass ich keinen Faden finde. Ach, was soll´s. Du wirst es verstehen.

Es tut mir alles so leid, mein Junge. Die Worte deiner Nachbarin haben mich sehr verletzt, das kannst du mir glauben. Sie hat mir Dinge gesagt, die eine Mutter nicht hören möchte und auch nicht verdient hat. Zumindest keine Mutter, die immer alles für ihr Kind getan hat.«

Ich versuchte, sie an dieser Stelle zu unterbrechen. Mama legte mir den Finger auf die Lippen und herrschte mich an.

»Nein ... jetzt sagst du nichts, verdammt. Lass mich ausreden. Also, ich dachte, wie kann sie sich erlauben, mir das alles an den Kopf zu werfen. Sie ist eine fremde Person und noch so ... so jung und unerfahren. Das geht doch nicht.«

Wieder legte sie eine längere Pause ein und schien nach den passenden Worten zu suchen. Umso verwunderter war ich, als sie diese fand.

»Sie hatte recht, mein Kleiner. Sie hatte in allen Punkten recht. Ich habe immer versucht, dich vor der Welt abzuschirmen, dich vor ihr zu verstecken. Dieser Welt, die so egoistisch ist und auch mir so oft vor das Schienbein getreten hatte. Denke nur an den frühen Tod von Papa, und wie man mich anschließend wie eine Aussätzige behandelt hatte. Ich war plötzlich die Frau mit Kind, ohne Mann. Eine Frau, die sich bestimmt an die ehrenwerten Ehemänner der Nachbarin heranmacht. Ich habe mich danach nur noch an das Eine geklammert, das ich um jeden Preis beschützen wollte. Du warst mein Lebensmittelpunkt, mein Halt.

Du glaubst nicht, wie oft ich in den letzten Tagen meine exzessive Klammerei bereut habe. Ich war blind, konnte nicht erkennen, dass ich vor dir eine Welt verleugnete, in die du später ohne Vorwarnung hineinstolpern musstest. Jede Kleinigkeit würde für dich zu einem unüberwindbaren Hindernis. Ich schäme mich so dafür.

Ich sehe heute ein, dass ich falsch und egoistisch gehandelt habe. Als ich Klaus kennenlernte und mit ihm nach Düsseldorf zog, sah ich nur die Möglichkeiten, die sich mir plötzlich boten. Endlich bekam ich eine Chance, das gute Leben kennenzulernen, den Luxus zu genießen. Nur selten habe ich daran gedacht, wie du dich in deiner Welt behaupten wirst. Das werde ich mir nicht verzeihen. Ich hoffe, dass du es eines Tages kannst.«

Ich studierte schweigend diese Frau, die ich nie zuvor so kennengelernt hatte. Sie war verletzlich, traurig - nichts war geblieben von ihrem zur Show gestellten Stolz und der Überheblichkeit. Plötzlich saß eine weinende Mutter vor mir, die ihr ganzes bisheriges Leben infrage stellte. Stumm legte ich meine Hand auf ihren Arm und streichelte sie. Eine Melodie erklang in diesem Augenblick aus der Handtasche, die sie auf dem Tisch abgelegt hatte. Erst nach einer gewissen Wartezeit griff sie völlig apathisch hinein und beförderte ihr Smartphone heraus. Ohne weiter darüber nachzudenken, drückte sie auf den grünen Knopf. Mit Verzögerung registrierte sie, wer der Anrufer war. Ihr Gesicht hellte sich in Sekundenbruchteilen auf. Sie sprang hoch und verschwand mit einer entschuldigenden Geste ins Wohnzimmer.

Mich ließen die ergreifenden Worte meiner Mutter nicht los, als ich mich wieder meiner Essenszubereitung zuwendete. Nach einer halben Stunde trieben mich Ungewissheit und Neugierde ins Wohnzimmer, wo ich Mama in ungewohnter Haltung, zusammengerollt in der Sofaecke entdeckte. Sie quetschte Bienchen liebevoll in ihrem Arm und war immer noch intensiv in einem Gespräch vertieft. Ich wollte nicht stören und zog mich diskret zurück.

Die Arme hatten sich unbemerkt von hinten um meine Brust gelegt. Mama drückte ihren Kopf zwischen meine Schulterblätter.
»Was ist ...?«
»Alles ist wieder gut, mein Junge. Dem Himmel sei Dank.«
»Ich verstehe nicht, Mama. Was war denn geschehen. Jetzt erzähl doch endlich.«
»Klaus hat mir an dem Abend, als wir Essen waren, gehörig den Kopf gewaschen. Mir war nicht aufgefallen, dass ich auch ihn über Jahre falsch behandelt hatte. Er war immer gut zu mir und ich habe das stets ignoriert, ihn unwürdig behandelt. Er hat mich an dem Abend nach Hause gefahren und meinen Wohnungsschlüssel auf den Tisch gelegt. Er meinte, dass wir eine Pause benötigen und ich einmal gründlich über meine Lebenseinstellung nachdenken sollte. Tagelang habe ich nichts von ihm gehört. Er hatte mich schockiert, aber das war gut so. Erst wenn

du Dinge verlierst, erkennst du, welchen Wert sie für dich hatten. Ihr Zwei seid das Wichtigste auf dieser Welt, das habe ich jetzt erkannt. Wir werden uns heute Abend aussprechen. Ach, ich bin so glücklich.«

Sie presste die Arme fest um mich und ein Weinkrampf schüttelte sie. Das Geräusch, das Verena beim Aufschließen der Wohnungstür verursachte, hatten wir völlig überhört. Erstaunt blieb sie in der Küchentür stehen und wollte sich gerade wieder abwenden, als Mama auf sie zulief und auch sie weinend umarmte.

»Verena, schön, dass ich Sie sehe. Ich bin eine schlechte Mutter für Alfred gewesen. Bitte verzeihen Sie mir, wenn ich Sie falsch gesehen und von oben herab behandelt habe. Und ... danke für das Kopfwaschen.«

Sie eilte in den Flur, nahm ihren Mantel über den Arm und bevor wir ein Wort sagen konnten, schloss sich die Haustür hinter ihr. Nur der aufdringliche Duft des Parfüms hing noch in der Luft und zeugte davon, dass sich noch vor wenigen Augenblicken die Welt rückwärts gedreht hatte.

»Was war das denn? Hast du was mit ihr geraucht?«

Ich zuckte nur mit den Schultern und küsste Verena auf die Stirn.

»Die heutige Wandlung meiner Mutter könnte schon als achtes Weltwunder in die Erdgeschichte eingehen. Einsicht war nicht immer ihre Stärke. Sie hat einmal mehrere Wochen nicht mit Papa gesprochen, weil sie davon überzeugt war, dass er ihr den Streusel vom Zwetschgenkuchen geklaut hätte. Ich habe ihr tausendfach versichert, dass ich es war - er hatte keine Chance auf Versöhnung. Die Straßenwalze beendete dann schließlich diese Farce.«

Wieder musste Verena lachen, als ich an den kuriosen Unfall meines Vaters erinnerte. Währenddessen arbeitete ich weiter an meinem Eintopf. Verena legte das Kinn auf meine Schulter und lugte in den Topf, in dem die Gemüsebrühe erste Duftwolken entwickelte. Vorsichtig stellte sie die beiden Schüsseln in meinen Kühlschrank, die sie mitgebracht hatte.

»Was gibt es als Dessert?«

»Mein lieber Freund. Ich werde einen Teufel tun und dir jetzt schon verraten, dass ich ein Mousse au Chocolat für uns zubereitet habe. Das soll nämlich eine Überraschung sein.«

Lachend griff ich nach ihr, stoppte aber mitten in der Bewegung, als ihr Smartphone *Der Himmel brennt* von *Wolle Petry* anspielte. Eine beängstigende Blässe überzog Verenas Gesicht, sie erstarrte förmlich. Ihr Lachen erstarb von einem Augenblick auf den nächsten. Ich verfolgte besorgt ihre Reaktion und wollte sie in den Arm nehmen. Verena befreite sich vorsichtig aus meiner Umarmung und eilte zur Tür.

»Ich muss kurz nach unten, komme gleich wieder.«

Sie ließ mich nachdenklich mit meinem Eintopf in der Küche zurück. Erst nach einer halben Stunde erschien sie wieder in der Tür und wirkte auf mich völlig verstört. Ich ging darauf nicht weiter ein und hoffte, dass sie sich von selbst öffnen würde. Unser Essen nahmen wir fast schweigend ein.

Was Verena mir nach einigen Tagen berichtete, sollte alles in den Schatten stellen, was ich mir hätte vorstellen können.

11. Kapitel

Sie konnte sich die eigene Nervosität nicht erklären, denn sie hatte sich nichts vorzuwerfen. Sie hatte überhaupt keinen Grund dazu, sich schlecht zu fühlen. Schon zum dritten Mal war sie an dem Treffpunkt vorbeigelaufen, weil sie immer kurz vorher der Mut verließ. Durch die Scheibe des Cafés betrachtete Verena lange den großgewachsenen Mann, der an einem der hinteren Tische saß und mit den Knöpfen seines Jacketts spielte. Das kurz geschnittene Haar passte perfekt zu den geraden, ausdrucksstarken Gesichtszügen dieses Mannes, der genau wusste, wie er auf seine Umwelt wirkte. Diese selbstsichere Art hatte ihr auf Anhieb imponiert, obwohl er sich hart an der Grenze zur Arroganz bewegte. Die ausdrucksstarken Augen irrten unentwegt durch den Raum und blieben plötzlich am Fenster hängen, als er Verena dahinter bemerkte. Sein Körper versteifte sich, als er schließlich zum Eingang blickte, durch den Verena eintrat. Die dargereichte Hand ergriff sie nur zögernd, bevor sie sich ihm gegenüber setzte. Sekunden vergingen, bevor Joel den Versuch startete, ein Gespräch zu beginnen. Bevor auch nur eine Silbe seinen Mund verließ, unterbrach sie die Frage der Bedienung. Verena bestellte sich einen Latte Macchiato, ohne dabei den Blick von Joel zu nehmen.

Verena konnte die Spannung, die sich zwischen ihnen aufgebaut hatte, nicht länger ertragen.

»Warum jetzt? Du hast dich schließlich seit deinem unwürdigen Abschied nicht mehr gemeldet. Was treibt dich nun plötzlich an? Ein schlechtes Gewissen? Wollen mir deine Eltern ein neues Angebot machen? Sag es mir.«

Joels fast schwarze Augen suchten in Verenas Gesicht nach einem Lächeln, das er jedoch nicht fand. Er spürte die innere Ablehnung bei ihr, glaubte jedoch, diesen einen wunden Punkt zu kennen, den jeder Mensch besaß.

»Du hast recht. Ich habe mich beschissen benommen. Aber verstehe mich auch ein wenig ... ich hatte Angst. Angst vor dieser verfluchten Verantwortung. Damals haben wir uns kennengelernt und ich fand dich einfach toll, geradezu aufregend. Auch meine Eltern fanden dich interessant.«

»So so, deine Eltern fanden mich interessant. Das hebt mein Ego natürlich gewaltig. Ist das in euren Kreisen die höfliche Umschreibung für *na ja, gönn dir diese kurze Affäre zwischendurch, aber das Richtige ist es noch nicht*? Mein Handycap war wohl, dass ich kein Vermögen besaß und nicht auf Augenhöhe in eurer Liga spielte. Was willst du wirklich?«

Joel versuchte, seine feingliedrige, gepflegt aussehende Hand auf ihre zu legen. Sie entzog ihm diese mit einer heftigen Bewegung. Ihre Augen schleuderten ihm ihren ganzen Trotz, ihre Ablehnung entgegen.

»Ich vermisse dich ... ich will dich zurück. Es interessiert mich nicht, was meine Eltern darüber denken. Ich will nur, dass du zu mir zurückkommst. Ich will endlich wieder deine Liebe, dich in meinen Armen spüren. Bitte.«

»Verdammt, wo hast du das denn her? Hast du dir einen alten, romantischen Liebesschinken angesehen? Und warum sagst du immer *ich will*? Glaubst du tatsächlich noch, du könntest alles haben, was du begehrst?«

Joel beugte sich über den Tisch und sah ihr tief in die Augen. Seine Hand tastete wieder vorsichtig nach der ihren.

»Als du damals das Angebot meiner Eltern ablehntest, fand ich das großartig und habe mich anschließend mit ihnen fürchterlich gestritten. Auch meine Schwester Tessa war gegen unsere Verbindung. Wir sind seit damals fast schon verfeindet, was mir sehr wehtut. Aber ich musste die Firmenfiliale in Lancaster übernehmen, sodass mich Vater geschickt außer Landes schaffte. Dann habe ich einfach nicht mehr den Mut besessen, mich mit dir in Verbindung zu setzen. Dafür schäme ich mich, das musst du mir glauben. Jetzt bin ich soweit, und möchte auch gegen den Willen der Eltern mit dir zusammen sein. Sollen sie mich doch enterben. Ich stehe zu dir.«

Die Worte schlugen wie Granaten in Verenas Bewusstsein ein, versuchten, dort einen Sinn zu ergeben. Die Verwirrtheit stand ihr plötzlich ins

Gesicht geschrieben. Die zuvor so selbstsicheren Züge veränderten sich zur Ratlosigkeit. Joel spürte instinktiv, dass er auf dem richtigen Weg war. Wie unter Schock ließ sie zu, dass er ihre Hand umklammerte. Er hatte es geschafft, das in ihr wieder zu erwecken, was sich beim Kennenlernen vom ersten Augenblick an bei ihr festgesetzt hatte. Es war dieses Gefühl, das so übermächtig war, und auch von forschenden Wissenschaftlern nicht eindeutig erklärt werden konnte. Der Volksmund nannte es wohl *Liebe auf den ersten Blick.*

Die ersten Sonnenstrahlen erreichten Verenas entspanntes Gesicht, das tief eingegraben in dem flauschigen Kopfkissen ruhte. Der Anblick des nackten, muskulösen Rückens zauberte ein zufriedenes Lächeln um ihre vollen Lippen. Wie hatte sie diese intimen Berührungen vermisst, diese Zärtlichkeit, mit der Joel sie immer berührt hatte, diese Lust, wenn er in sie eindrang. Diese Nacht ließ sie vieles vergessen, was er und seine Familie ihr angetan hatten. Die einsamen Nächte, in denen sie sich nach seiner Berührung gesehnt hatte, lagen plötzlich so unendlich weit zurück. Sie schmeckte noch seinen Schweiß auf den Lippen, spürte seine Hände auf ihrem Körper. Ein wohliger Schauer durchströmte sie.

»Woran denkst du gerade?«

Die Frage riss sie aus ihren Gedanken und ließ sie rot anlaufen. Joel hatte die Augen zu Schlitzen geformt und ein geheimnisvolles Lächeln umspielte seinen Mund. Gleichzeitig versuchte seine Hand, Regionen zu ertasten, die er schon Stunden zuvor in Ekstase versetzt hatte. Genießerisch schloss Verena ihre Augen und entspannte sämtliche Glieder. Einer Kobra gleich schlängelte er sich über sie und bedeckte sie mit Küssen. Sie ließ es geschehen, vergaß die Schmach, die sie vor Monaten noch erleiden musste.

Das Frühstück duftete herrlich. Während Joel das Rührei in der Pfanne wendete, griff Verena um seine Taille und küsste ihn zwischen die nackten Schulterblätter. Vergnügt auflachend sprang sie zur Ablage, wo sie zwei gefüllte Orangensaftgläser mitnahm. Selbst nach der Dusche glaubte sie immer noch, seinen Geruch wahrzunehmen, diesen Duft von Leidenschaft und mitreißender Triebhaftigkeit.

»Es war schön mit dir.«

Verena ließ seine leise gesprochenen Worte unkommentiert. Nur ein zufriedenes Lächeln signalisierte ihm, dass sie es ebenso sah.

»Bist du bereit, heute Abend mit mir gemeinsam zum Essen bei meinen Eltern zu erscheinen? Ich möchte ihnen zeigen, wie es um uns steht. Sie sollen spüren, dass ich es ernst meine.«

»Glaubst du wirklich, dass das der richtige Weg ist? Solltest du sie nicht erst vorwarnen?«

»Das habe ich bereits. Ich habe heute Mittag noch ein Geschäftsessen. Danach werde ich dich zuhause abholen und wir gehen shoppen. Du sollst heute Abend das schönste Kleid der Welt tragen, wenn wir ihnen entgegentreten. Tessa wird Augen machen. Ich freue mich darauf.«

In Verena breitete sich ein ungutes Gefühl aus. Es ging ihr plötzlich alles zu schnell. Alles brach über ihr zusammen, sie konnte keinen klaren Gedanken fassen und nickte völlig abwesend.

Müde öffnete Verena die Haustür und blieb einen Augenblick nachdenklich stehen. Immer stärker wurden die Zweifel, die sich wie eine dunkle Wolke in ihr ausbreiteten. Völlig abwesend schloss sie den Briefkasten auf und entnahm ihm zwei Briefe, die sie, ohne einen Blick darauf zu werfen, in die Tasche stopfte. Hätte ich nicht den schnellen Ausweichschritt gemacht, wären wir heftig auf der untersten Stufe zusammengestoßen.

»Hi Verena. Dir ist ja doch nichts passiert. Gott sei Dank. Hatte gestern Abend bei dir angeklopft, um dir die Fernsehzeitung anzureichen, die aus dem Briefkasten gefallen war. Hoffe, du hattest einen schönen Abend ... Geht es dir auch wirklich gut? Du wirkst so ... so abwesend.«

Ich öffnete hilflos die Arme, als sich mir Verena aufschluchzend entgegen warf. Sie klammerte sich zitternd fest und drückte den Kopf an meine Brust.

»Ich weiß nicht, was ich tun soll. Ich weiß nicht einmal, ob es mir gut oder schlecht geht. Hilf mir ... du bist doch mein bester Freund.«

Ich legte zögernd meine Hände auf ihre Schultern und hielt Verena minutenlang fest, ohne ein Wort zu sagen. Frau Säger, die ältere Dame aus der Parterre-Wohnung, stellte ihren Einkaufskorb vor die Wohnungstür, bevor sie sorgfältig alle drei Sicherungen abschloss. Kurz hielt sie inne, als sie die beiden Nachbarn in einer innigen Umarmung im Flur stehen sah. Mit einem freundlichen guten Morgen schob sie sich vorsichtig an uns vorbei. Mir kniff sie noch vergnügt ein Auge zu, bevor sie sich auf den Weg zum Supermarkt machte.

»Du musst mir helfen ... bitte.«

Kaum zu verstehen, erreichten mich die Worte. Ich schob Verena vorsichtig von mir und suchte ihren Blick. Ihre Augen waren rot geweint, was mich sofort in Alarmstimmung versetzte.

»Natürlich, mein Schatz, das ist doch selbstverständlich. Gut geht es dir auf keinen Fall, das klammern wir mal sofort aus. Komm, wir gehen rauf und du berichtest mir, was passiert ist. Ich muss nur Hollerberg anrufen, dass ich später komme.«

Ich versuchte, zu verheimlichen, wie es in mir arbeitete, nachdem mir die Geschehnisse der Nacht um die Ohren geschlagen wurden. Schweigend, mit versteinerter Miene erhob ich mich.

»Ich mache uns erst einmal einen Kaffee. Gib mir einen Augenblick Zeit, um nachzudenken. War schließlich heftig, was du erlebt hast.«

»Alfred, was soll ich tun? Was ist richtig, was ist falsch?«

»Einen Augenblick, Verena ... bitte.«

Umständlich bereitete ich den Kaffee zu, ohne auf die genaue Dosierung zu achten. Wilde Hornissen flogen durch meinen Kopf und ließen keinen klaren Gedanken zu. Rein mechanisch griff ich in den Schrank und holte Teetassen hervor, die ich ohne Untertasse auf den Tisch stellte.

»Möchtest du einen Keks dazu? Moment noch.«

Mit starrem Blick kramte ich eine Metalldose aus dem Wohnzimmerschrank, in der ich älteres Gebäck vermutete. Schweigend füllte ich die kleinen Tassen und rührte um, obwohl ich bisher keinen Zucker hineingetan hatte. Es sollte nur Zeit verschaffen, die ich brauchte, um das Unfassbare zu begreifen.

»Kann ich auch einen Kaffee haben? Was ist mit dir, Alfred? Dich beschäftigt doch etwas. Habe ich einen Fehler begangen? Verdammt, sag´ doch etwas!«

Ich fuhr hoch, als wäre ich aus einem Traum erwacht und ergriff Verenas Hände.

»Ob du einen Fehler gemacht hast, kann ich dir nicht beantworten ... noch nicht. Ich kenne diesen Mann ja nicht. Ich kenne nur einen Teil von dir und der sagt mir, dass du nur deinen Gefühlen gefolgt bist. Ich denke, dass wir alle auf unser Herz hören sollten.

Wenn der Verstand uns regiert, werden wir kalt und berechnend. Du siehst an mir, was dann geschieht.«

»Aber Alfred, du bist nicht kalt. Was sagst du da? Du bist der liebenswürdigste Mensch, den ich bisher erlebt habe. Du hast ein großes Herz, das den meisten Menschen fehlt.«

»Verena. Dieser Joel hat damals einen Fehler gemacht, weil seine Eltern ihn dazu getrieben haben. Ich weiß, wie groß dieser Einfluss sein kann. Er hat darunter gelitten und versucht jetzt, seinen Fehler wieder gut zu machen. Er liebt dich. Du musst ihm, besser gesagt, *euch* eine Chance geben. Bedenke, dass es auch gut für euer Kind ist. Dieses Kind hat es verdient, einen Vater zu haben, an den es später Fragen stellen kann. Wer sollte dem Kind sonst die richtigen Antworten geben?«

Verena hörte ergriffen zu. Niemals hätte sie diese Worte von einem Mann erwartet, dem die Welt mütterlicherseits in völlig verkorksten Bildern dargestellt worden war. Er hatte in den letzten Wochen einen Veränderungs-Prozess durchgemacht, der ihn in beeindruckender Weise auf das richtige Gleis geschoben hatte. Dieser Mensch gab ihr, die alles zu wissen glaubte, Ratschläge, die ihr Tun sogar als richtig bezeichneten. Es gab Augenblicke, in denen bei ihr der Verdacht aufkam, dass er sogar tiefere Gefühle für sie hegte. Sie war jetzt dankbar dafür, dass er sich als treuer Freund bestätigte.

»Gehe heute Abend zu diesem Essen und zeige den Menschen, dass du stark bist. Sie werden sich dafür schämen, was sie dir damals angeboten, dir angetan haben. Joel wird an deiner Seite kämpfen und dich in dieser fremden Welt des großen Geldes beschützen. Ich gebe zu, dass ich gerne mit dir weiter für das Gute gekämpft hätte. Aber da ist ja noch Hollerberg. Das wird schon gehen.«

Verena stand auf und setzte sich auf meinen Schoß. Sie legte den Arm um meinen Hals und küsste mich auf die Wange. Lange hielt sie mich umarmt und wir unterhielten uns über die letzte Reise. Sie würde dieses besondere Glück vermissen, da war sie sich sicher.

Noch lange starrte ich auf die Wohnungstür, die sie hinter sich zugezogen hatte. Märchen hatten nicht immer ein Happy End.

12. Kapitel

Meine Wohnung war erfüllt von einer unerklärlichen Kälte, übte Beklemmungen aus, die mich augenblicklich in ein tiefes Loch zogen. Verena war gegangen, obwohl Restzweifel in ihrem Blick zu erkennen waren. Sie würde zurückgehen in eine Welt, die ich nie betreten wollte.

Wie die mahnenden Worte Gottes erschienen mir plötzlich Mamas damalige Darstellungen, was das Zusammenleben beider Geschlechter betraf. Sie behauptete stets, dass ein reibungsloses dauerhaftes Miteinander nicht möglich wäre. Dafür sind Menschen nicht geschaffen. Sie folgen nur ihrem Trieb zur Fortpflanzung. Ihnen fehlt jedoch die Gabe, wie zum Beispiel die der Schwäne, monogam einem Partner treu zu bleiben. Sie sind ständig auf der Suche nach dem Neuen. Mama behauptete sogar, dass sie in dem Wahn lebten, an der nächsten Ecke immer wieder etwas Besseres finden zu können. Männer liefen ihrer Meinung nach mit halberigiertem Glied in der Gegend herum, auf der Suche nach läufigen Weibchen, die wiederum ständig ihre Duftstoffe verteilten, um die Paarungsbereitschaft anzuzeigen. Eine Heirat stand für sie nach Papas Tod nicht mehr zur Debatte.

Ich warf mich müde auf das Sofa und griff instinktiv nach Bienchen, die mich mit großen Knopfaugen anstarrte.

»Siehst du, meine Kleine, jetzt sind wir wieder alleine. Wenn auch alle gehen, du bleibst. Auf dich kann ich mich immer verlassen. Oh, verdammt, ich habe den Pfarrer nicht angerufen. Jetzt muss ich aber los. Tschüss Kleine.«

Hollerberg kam selber an die Tür und begrüßte mich mit einem freundlichen Schulterklopfen. Suchend blickte er an mir vorbei.

»Alleine? Wo ist denn das blonde Zauberwesen, keine Zeit?«

»Das ist eine lange Geschichte. Haben Sie einen Kaffee für mich?«

»Mach ich sofort, Frau Späth hat heute frei.«

Verschwörerisch kam er näher, als befürchte er, dass sie ihn trotzdem hören würde.

»Ich glaube, da bahnt sich was an. Seit einigen Tagen habe ich ständig einen Herrn in der Leitung, der darauf besteht, ausschließlich mit ihr sprechen zu dürfen. Nun ja, die späten Sünden können auch ihren Reiz haben. Kommen Sie herein, machen Sie es sich bequem ... irgendwo.«

Dass Frau Späth heute nicht im Haus war, war auch daran zu erkennen, dass eine große Flasche Brandy offen neben einem halbgeleerten Glas stand. Der Pfarrer erschien nach wenigen Minuten mit dem Kaffee. Ich sprang auf, als ich beobachtete, dass die Tasse eine verdächtige Neigung einnahm. Ich nahm sie ihm aus der Hand, bevor es für den Kaffee zu einer Bodenberührung kam.

»Hubs, das wäre beinahe schief gegangen. Sie sehen aber auch nicht gerade aus, als hätten Sie ein Goldnugget gefunden. Was ist los?«

Hollerberg bewies wieder einmal, dass er eine großartige Beobachtungsgabe besaß. Wenn die Gemütslage eines seiner Schäfchen leichte Risse zeigte, entging ihm das nicht. Gerade überlegte ich, ob ich Hollerberg mit meinen Problemen belasten sollte, als dieser mich mit der Schuhspitze anstieß.

»Liebeskummer? Raus damit ... wir sind Brüder im Geiste. Jetzt haben Sie einmal die Gelegenheit, das Innere nach Außen zu kehren ... ist es wegen Frau Rüter?«

Der Pfarrer wurde mir langsam unheimlich. Ich kannte keinen anderen Menschen, der so treffsicher den wunden Punkt in der Seele eines Menschen fand.

Ich berichtete von Verenas erster Trennung, bei der die Schwangerschaft eine maßgebliche Rolle spielte. Hollerberg zog missbilligend die Brauen hoch und schüttelte an diversen Stellen den Kopf.

» ... und jetzt hat sich dieser Joel wieder gemeldet und sie um Verzeihung gebeten. Eine noble Geste. Er scheint sie wirklich zu lieben. Ich freue mich für Verena, freue mich darüber, dass sie jetzt endlich eine Grundlage schaffen kann für die Familie.«

Der forschende Blick des Pfarrers beunruhigte mich, ließ mich nicht mehr los. Nervös rutschte ich in meinem Sessel umher und versuchte, dieser Beobachtung zu entgehen.

»Herr Reimann, wie lange kennen wir uns jetzt schon? Nun ja, ein paar Wochen sind das schon mittlerweile. Wir haben schon viele Stunden der Gespräche hinter uns, sodass ich glaube, dass ich Sie recht gut einschätzen kann. Unterschätzen Sie aber nicht die Wirkung des Alkohols auf das Denkvermögen. Diesem Teufelszeug verdanke ich meine Fähigkeiten, eine Lüge auf Anhieb zu erkennen.«

Ich wollte aufbegehren, wurde jedoch vom Pfarrer unterbrochen.

»Sie erzählen mir die Geschichte vom Aschenputtel, die endlich ihren Prinz gefunden hat. Sie wollen mir sogar weismachen, dass Sie glücklich darüber sind. Und wenn sie nicht gestorben sind, und so weiter ... Verdammt, Alfred, Aschenputtel war ein Märchen, das ist frei erfunden! Kommen Sie wieder zurück in die reale Welt. Diese Geschichten finden Sie nur bei den Gebrüdern Grimm oder zugegebenermaßen auch bei ... wie hieß der Schmarren noch mal? ... ach ja, *Pretty Woman*. Hier tischen Sie mir eine faustdicke Lüge auf. Ich meine damit nicht, dass Sie das wissentlich tun, doch jetzt mal Hand auf das blutende Herz ... Sie leiden doch wie ein Tier, oder?«

Die Röte schoss mir bis in die letzte Haarspitze. Ich goss mir einen großen Teil des Kaffees in den Mund und sprang sofort wieder auf, um das noch sehr heiße Getränk, zurück in die Tasse zu spucken.

»Sehen Sie, ich habe richtig gelegen.«

Hollerberg schlug sich vergnügt auf den Schenkel und verzog schmerzhaft das Gesicht, als sein verletztes Knie prompt ein Feedback schickte. Wir sahen uns kurz wegen unserer Missgeschicke an und prusteten los.

»Ach, mein lieber junger Freund, in Ihrem Gesicht konnte ich vom ersten Tag an lesen. Sie sind viel zu ehrlich, um Ihre Gefühle verbergen zu können. Sie sind dermaßen verliebt in diesen Engel, dass Sie ihr sogar das mögliche Glück mit diesem Schlawiner gönnen. Ich bewundere Sie wegen Ihrer Aufrichtigkeit und dem Willen, es allen recht machen zu wollen. Doch, verdammt, Sie müssen lernen, auch an sich zu denken. Irgendwann haben Sie so viel Glück verteilt und dabei dermaßen viel Unglück bei sich angehäuft, dass Sie über diesen Berg nicht mehr hinwegsehen können. Er wird Sie erdrücken. Glauben Sie mir das. Hinter diesem Berg werden Sie sich verdammt einsam fühlen.«

»Selbst wenn Sie recht haben, Herr Pfarrer, ich hoffe trotzdem, dass Verena dort ihr Glück findet. Ja, ich liebe Sie ... ich liebe sie sogar sehr. Aber muss ich ihr nicht allein deshalb schon das Beste wünschen. Sie hat sich für diesen Joel entschieden, das muss ich akzeptieren.«

Ungläubig starrte mich der Geistliche an.

»Kommen Sie, raus damit. Haben Sie Verena auch nur ein einziges Mal verraten, was Sie für sie empfinden? Nur ein einziges Mal gesagt *Ich liebe dich*? ... Nein, Sie müssen mir das nicht gestehen, das steht in Ihrem Gesicht geschrieben, so groß wie eine Plakatwand. Noch nie! Ist es nicht so? Mensch, jetzt brauch ich erst mal einen Schluck. Wollen Sie auch einen? Das hilft.«

Wie in Trance nickte ich und holte mir ein Glas aus der Glasvitrine. Mit der Zeit hatte ich herausgefunden, wo in diesem Haus die Schätze untergebracht waren.

»Was hätte ich tun sollen? Was wäre passiert, wenn ich Verena vor die Wahl gestellt hätte ... er oder ich? Wie hätte ich mich gefühlt, wenn sie sich für diesen Joel entschieden hätte? Wäre es mir dann besser gegangen? So blieb ihr wenigstens die Entscheidung erspart. Wer will auch schon einen Deppen wie mich?«

»Was soll das denn jetzt? Kommen Sie mir bloß nicht mit der Tour *Keiner mag mich.* Da kommt mir der Brandy wieder hoch, was wir tunlichst vermeiden wollen. Sie sind in meinen Augen, und auch in Verenas Augen, mehr Mann als diese ganzen verfluchten muskelbepackten Scheißer, die von den Frauen angeschmachtet werden.«

Hollerberg duckte sich in seinem Sessel, als wäre der Zorn Gottes in diesem Augenblick über ihn ausgegossen worden. Er schlug schnell ein Kreuz und wendete sich wieder mir zu.

»Das musste ich einfach mal loswerden, Vater.«

Entschuldigend blickte er zur Decke und spülte die Schimpfkanonade mit einem erneuten, kräftigen Schluck Brandy herunter.

»Es bricht mir das Herz, wenn ich sehe, wie Sie Ihre Chancen vergeuden. Glauben Sie mir, allzu viele davon erhalten Sie nicht. Ich konnte sehen, dass zwischen euch eine gewisse Verbindung bestand, die nur fest verknüpft werden musste. Nein, ihr hattet keinen Mut, euch das zu gestehen. Da muss erst so ein reiches Bürschchen kommen und ihr wohl mit billigen Versprechungen den Kopf erneut verdrehen und dieser Loser Alfred kapituliert. Er wirft dem Yuppie etwas Kostbares hinterher, den Menschen, der eigentlich wie ein fehlendes Puzzleteil zu ihm selbst gehörte. Wie blind muss man sein, um das zu tun? Ich hätte alles dafür gegeben, wenn ich damals meine Liebe hätte behalten dürfen. Gott hat allerdings Anderes mit mir geplant. Doch das ist nicht vergleichbar mit Ihrer großzügigen Gabe. Sie müssen lernen, dass Sie sich ab und zu auch selbst beschenken müssen. Es werden jetzt Tage und Nächte folgen, an denen Sie Ihr Tun verdammen werden. Sie werden sogar weinen, das verspreche ich Ihnen. Ich träume noch heute von ihr, die ich über alles geliebt habe. Niemals hätte ich sie in die Arme eines Anderen gegeben, außer, sie hätte es von ganzem Herzen gewollt.«

Hollerberg hatte sich in eine Erregung geredet, die ich bei ihm noch nie erlebt hatte. Es war seine

Gelassenheit und Ruhe, die ihn besonders auszeichnete. Die Erinnerung an die große Liebe trat große Emotionen bei ihm los. Ich konnte mich der Argumentation des Pfarrers nicht entziehen und versuchte, in Verenas Gesicht, das sich plötzlich deutlich vor meinen Augen abzeichnete, eine Antwort zu finden. In diesen schönen Augen lag eine Bitte, eine Frage, die ich ihr nicht beantwortet hatte. Die Zweifel wurden übermächtig, ob ich ihr den richtigen Rat gegeben hatte.

Mit den bereits abgeschlossenen Unternehmungen konnten wir zufrieden sein, sodass wir uns in die Planung kommender Hilfsaktionen stürzen konnten. Wir gingen die Liste durch und ordneten die Bedürftigkeit neu. Mitten in unseren Gesprächen stellte Hollerberg fest, dass meine Konzentration nachließ und ich ihn anstarren würde.

»Ist Ihnen nicht gut? Darf ich Ihnen noch einen Brandy nachschenken? Ist es Verena?«

»Nein, nein, das ist es nicht, ich habe einen verrückten Gedanken.«

»Nun ja, verzeihen Sie mir die Bemerkung, aber das muss uns jetzt nicht beunruhigen. Wenn alle Menschen so verrückte Gedanken wie Sie hätten, bräuchten wir uns um den Frieden in der Welt keine Sorgen zu machen. Was ist es? Nur raus damit, verrückter als die Bisherigen kann das nicht sein.«

Es fiel mir schwer, diesen Gedanken auszusprechen. Ich zeigte auf mein Glas und nickte. Freudig, endlich beide Gläser wieder füllen zu dürfen, goss Pfarrer Hollerberg nach und hob feierlich sein Glas.

»Runter mit der Medizin und raus mit den Gedanken! Prost.«

»Ich bin sehr glücklich darüber, dass ich mit Ihrer Hilfe vielen Menschen helfen darf. Das ist ein tolles Gefühl.«

Hollerberg beobachtete ihn interessiert und nickte beifällig.

»Das alles hätte ich wohl niemals auf die Beine stellen können, wenn ich nicht Sie und Verena an meiner Seite gewusst hätte. Ohne Ihre Beziehungen würde ich orientierungslos das Geld verteilen. Jetzt, wo Verena ein neues Ziel gewählt hat, habe ich noch Sie. Das ist mir sehr wichtig.«

»Kommen Sie auf den Punkt, mein Freund. Ich werde nicht allzu gerne gelobt. Sie sollten da besser bei sich selber beginnen. Was möchten Sie mir wirklich sagen?«

»Also«, versuchte ich es von Neuem, »ich wollte Sie darum bitten, mich mit Alfred anzureden. Diese Distanz würde ich sehr gerne aufheben. Wir tun so viel Dinge gemeinsam, dass ich Sie darum bitten möchte, mich ...«

Ein freundliches Lächeln beherrschte Hollerbergs Gesicht und er schlug zu meinem Erstaunen mit der Faust auf den Tisch.

»Das ist eine gute Idee. Aus diesem Kerl wird noch was. Hier ist meine Hand, mein Lieber. Ich werde Alfred sagen, wenn du ...«, hier legte er eine kleine Pause ein, » ... Holger zu mir sagst. Ich weiß, ein komischer Name in der heutigen Zeit, aber es ist wie es ist. Die Ibans haben mich deshalb immer kurz *Hoho* genannt. War einfacher für sie.«

»Aber Herr Pfarrer ... ich kann doch nicht ...«

»Schluss mit der Debatte, ich heiße Holger, Prost Alfred. War´s das, oder kommt da noch was Schlimmes?«

Die Gläser klirrten, als wir auf die Verbrüderung anstießen. Ich war froh darüber, dass wir nur zu zweit waren, denn noch eine Verbrüderung, also mehr Brandy, hätte ich nicht verkraften können. Die Wirkung des Getränks spürte ich schon. Vielleicht brachte ich schon wegen dieser Tatsache den Mut auf, die nächste Bitte vorzutragen. Holger traf sie allerdings mit unerwarteter Wucht.

»Da wäre noch etwas, was mir auf der Seele brennt. Sie dürfen, sorry ... du darfst nicht böse sein, das musst du mir versprechen.«

»Ich schwöre bei Gott und allem, was mir heilig ist. Lass es raus.«

»Ich möchte weiter daran arbeiten, den Menschen in anderen Ländern zu helfen. Jetzt, wo Verena nicht mehr bei mir ist, fehlt mir eine wichtige Stütze, sozusagen die moralische Hilfe. Ich wollte dich fragen ... wollte dich ... nein, ich darf das nicht. Vergiss es. Du gehörst zu deiner Gemeinde, ich kann dich nicht darum bitten.«

Dass dieser Pfarrer einmal aus der Fassung geraten würde, hätte ich mir nicht vorstellen können. Den gleichen Gesichtsausdruck zeigte Mama damals, als ich ihr offenbarte, dass ich zum Studium nach Bochum ziehen wollte. Dass ihr kleiner Junge allein in diese böse Welt ziehen wollte, war für sie unvorstellbar. Wochenlang trug sie mir Argumente gegen meine Entscheidung vor. Hätte ich nicht schon den Mietvertrag unterschrieben, wäre es ihr vielleicht sogar gelungen, mich wieder davon abzubringen.

Holger stürzte den Rest des Brandys herunter und schenkte sich sofort nach. Ich konnte mir nicht erklären, warum sich die Augen des Pfarrers mit Wasser füllten. Er suchte verzweifelt einen Punkt im Raum, an dem er seinen Blick festmachen konnte. Unwirsch wischte er mit dem Ärmel seines Hemdes über das Gesicht und holte umständlich sein Riesentaschentuch aus der Hosentasche. Er schnäuzte sich mit einer solchen Urgewalt, dass ich befürchtete, die Schleimhäute hätten sich von ihrem bisherigen Standort gelöst und würden ihr weiteres Dasein außerhalb der Nase fristen.

»Ist das alles für heute? Sonst hast du nichts Wichtiges auf der Pfanne? Dann bin ich ja beruhigt.

Ich hatte schon befürchtet, dass du von mir verlangst, dass ich Gott abschwöre.«

»Es tut mir leid, wenn ich dir zu nahe getreten bin. Ich verstehe, wenn du jetzt böse auf mich bist und mich für verrückt erklärst. Ich habe mir nur gedacht, dass ...«

»Verdammt, hör jetzt endlich damit auf, dich für alles zu entschuldigen. Du hast mir nicht wehgetan ... ganz im Gegenteil. Dein Vertrauen ehrt mich. Doch das Ganze ist gar nicht so einfach. Ich kann nicht mal so eben die Gemeinde verlassen. Das ist ein langes Prozedere. Was hast du dir bei deiner Idee vorgestellt?«

Tatsächlich hatte ich diese Bitte blauäugig vorgetragen, ohne mir über die Konsequenzen im Klaren zu sein. Man konnte doch nicht einfach das Leben umkrempeln, alles wegwerfen, für das man so lange gekämpft hatte. Oder doch?

»Ich müsste mir die Genehmigung der vorgesetzten Stellen einholen, damit ich eine andere Aufgabe außerhalb der Gemeinde, zumindest für einen gewissen Zeitraum übernehmen darf. Du kannst dir nicht vorstellen, was es für mich bedeuten würde, wieder vor Ort bei den Menschen arbeiten zu dürfen. Ich habe dich beneidet, war eifersüchtig auf das, was du tust. Gott habe ich diese Sünde gebeichtet. Allerdings ist er mir eine Antwort bis jetzt schuldig geblieben. Hast du dir das auch gut überlegt? Ich bin ein unerträglicher Zeitgenosse auf Dauer, den man nüchtern kaum ertragen kann.«

»Ich würde mich wahnsinnig darüber freuen, mit dir durch die Welt zu reisen. Du besitzt so unendlich viel Wissen über die Menschen, was mir noch fehlt. Bitte frage nach, so schnell du kannst.«

Lange sprachen wir die Möglichkeiten und Ziele eventueller Reisen durch. Eine Begeisterung lag im Raum, die tief aus unseren Herzen kam. Visionen wurden zu festen Bildern ... eine Zukunft, die noch viele Überraschungen für uns bereithalten sollte.

13. Kapitel

Dass sie dieses Anwesen noch einmal betreten würde, hätte sich Verena nach der damaligen Trennung nicht vorstellen können. Die ausgesprochen selbstgefällige Art und Weise, mit der sie behandelt worden war, hatte tiefe Wunden bei ihr hinterlassen. Nur schwer konnte sie sich vorstellen, dass sich Joels Eltern in ihrer Einstellung ihr gegenüber, um einhundertachtzig Grad gedreht haben sollten. Die Atmosphäre gegenüber seiner Schwester Tessa könnte man als eisig bezeichnen. Sie verkörperte all das, was Verena an der *High Snobiety,* wie sie den Jetset nannte, hasste. Joel bemühte sich wenigstens, etwas Bodenhaftung zu behalten, konnte sich jedoch den Gesetzen dieser Kreise nicht vollständig entziehen. Das unangenehme Gefühl, hier vorgeführt zu werden, ließ sie nicht los und sorgte dafür, dass sie sich in Gedanken Antworten auf zynische Anmerkungen zurechtlegte.

»Du siehst in diesem Kleid einfach göttlich aus.«

Joel flüsterte ihr das Kompliment ins Ohr, während er ihr die Beifahrertür seines Porsche aufhielt, aus dem sie ohne fremde Hilfe mit diesem engen Kleid nicht hätte aussteigen können. Zärtlich küsste er sie auf die Wange und führte Verena die zwölf Stufen hoch zum Eingangsportal. In pompösen, übergroßen Lettern überfiel sie wieder das Schild, auf dem der Name Kaiser in Bronze präsentiert wurde. Darunter ruhte versteckt der Klingelknopf, der direkt neben einer unauffälligen Kameralinse eingearbeitet war. In dem Augenblick, als Joel darauf drücken wollte, öffnete sich die riesige, kupferne Eingangstür, um den Blick auf den Hausherrn freizugeben.

Martin Kaiser konnte man das gewisse Image des weltgewandten Mannes nicht absprechen. Der dunkelgraue Anzug passte sich perfekt diesem immer noch sportlichen Körper an, der verriet, dass sein Besitzer großen Wert auf einen gesunden Lebensstil legte. Die grauen Schläfen rahmten ein gebräuntes Gesicht ein, das von einer geraden Nase und den gleichen azurblauen Augen geprägt war, die auch Joel so unwiderstehlich machten. Verena stand vor der älteren Version ihres Begleiters.

»Ich freue mich so, dich wiederzusehen, liebe Verena. Du hast nichts von deinem Zauber verloren.«

Er trat einen Schritt auf die Besucherin zu und legte den Arm um ihre Schulter, die das weit ausgeschnittene Kleid auf einer Seite frei ließ. Joel schloss die Tür und folgte den Beiden. Karolin Kaiser unterbrach die Unterhaltung mit ihrer Tochter Tessa und kam den Neuankömmlingen entgegen.

»Du siehst in diesem Kleid bezaubernd aus. Meinst du nicht auch Martin?«

Ihr Lächeln wirkte trainiert und unecht, als sie sich bei Verena unterhakte und sie zum Tisch führte. Der Platz gegenüber Tessa, die lediglich ein kurzes Nicken für den Gast übrig hatte, war bereits festgelegt. Joel begrüßte seine Mutter und die Schwester, bevor er neben Verena Platz nahm.

Die Hände legte Verena in den Schoß, da die aufwändige Tischdeko eine Ablage nicht zuließ. Vorsichtig schob Joel seine Hand über ihre und signalisierte ihr mit einem aufmunternden Lächeln, dass sie sich keine Sorgen machen müsste.

»Kann ich jetzt den ersten Gang servieren?«

Die Stimme des Hausdieners, den Verena in angenehmer Erinnerung hatte, kam von der Seite. Ein kurzes Aufblitzen in seinen Augen zeigte, dass er Verena wiedererkannt hatte und darüber erfreut war. Ein kurzes Nicken der Hausherrin ließ ihn wieder in den Tiefen der Küche eintauchen.

»Das ist ja aufregend, dass Joel dich getroffen hat. War das ein Zufall, oder hast du dir alles noch mal überlegt?«

Tessa legte ihr Smartphone auf den Stuhl neben sich, mit dem sie sich seit dem Eintreffen der Gäste beschäftigt hatte. Neugierig wartete sie die Reaktion Verenas ab. Überrascht blickte sie auf ihren Bruder, als der die Beantwortung dieser Frage übernahm.

»Ich habe sie angerufen, liebe Schwester. Schließlich trage ich eine Teilschuld daran, dass es damals zum Streit kam. Verena sollte wissen, was ich immer noch für sie empfinde.«

Damit hast du dir aber reichlich Zeit gelassen, Bruder. Musste sich dieses zarte Pflänzchen erst entwickeln?«

Tessas Spott war deutlich herauszuhören.

»Schluss jetzt mit eurem Gezänke. Wir möchten ein harmonisches Essen im Familienkreis genießen und nicht alte Kamellen aufwärmen.«

Karolin Kaisers Blick war eisig. Er ließ die beiden Streithähne blitzartig verstummen. Tessas Mund verzog sich unwillig und ihre Augen, die Joel fixierten, verhießen nichts Gutes für den weiteren Verlauf. Der erste Gang wurde serviert, ohne dass einer am Tisch ein Wort sprach. Als der Hausdiener Ferdinand abräumte, beugte er sich für einen Moment zu Verena herab und flüsterte ein leises *herzlich willkommen*. Sie erwiderte das mit einem unauffälligen Lächeln. Tessa war diese kurze Szene nicht entgangen. Als Ferdinand bei ihr den Suppenteller abräumte, konnte sie ihren Zorn kaum unterdrücken.

»Bitte bringen Sie mir ein sauberes Messer. Das hier hat Wasserflecken.«

Demonstrativ hielt sie ihm das Besteck hoch, das der Hausdiener mit einer angedeuteten Verbeugung entgegennahm. Der tadelnde Blick des Vaters vertiefte ihre Zornesröte noch mehr.

»Was hast du denn die letzten Monate so getrieben, ich meine natürlich, womit du dich beschäftigt hast? Das muss ja nun in deinem Zustand wohl überlegt sein, was du dir zumutest.«

Die Dame des Hauses glaubte, mit Smalltalk die Situation entschärfen zu müssen. Erwartungsvoll sah sie auf ihren Gast und strich weiter über ihren breiten Armreif, der nach Verenas Schätzung ein Jahresgehalt einer Sekretärin gekostet haben dürfte.

In dem Augenblick, als Verena reagieren wollte, setzte Joel zu einer Antwort an. Doch bevor eine Silbe seine Lippen verließ, legte sie ihm die Hand auf den Arm, was ihm deutlich sagte, dass sie selber das Wort ergreifen wollte.

»Da gibt es viel zu berichten, Frau Kaiser. Da ich mich ja in den ersten Wochen der Schwangerschaft befand, sah ich keinen Grund, mein Leben gravierend umzustellen. Natürlich musste ich Geld verdienen, damit wir, das heißt, ich und mein in mir wachsendes Kind, überleben konnten.«

»Sie hätten ja Geld von uns ...«

»Das Thema hatten wir bereits erörtert, Herr Kaiser. Da ich auf eigenen Beinen stehen wollte, habe ich mich umgehört, und dabei kam mir der Zufall zu Hilfe.«

Verena erzählte ausführlich über das Zusammentreffen mit einem Mann aus ihrer Nachbarschaft, ohne Alfreds Namen zu erwähnen. Aufmerksam hörten alle zu und staunten über die Erlebnisse der Beiden. Selbst Joel war fasziniert vom Unternehmungsgeist seiner Freundin. Immer wieder versuchte er mit Zwischenfragen, Näheres über den ominösen Fremden herauszufinden. Verena wich diesen Fragen geschickt aus. Tessa war es anzumerken, dass sie die Frage, die eigentlich alle stellen wollten, es sich aber aus Pietätsgründen verkniffen, loswerden musste. Es platzte schließlich aus ihr heraus.

»Du möchtest uns bestimmt weismachen, dass auf der langen Reise durch Thailand nichts zwischen euch war. Einfach nur Freundschaft, kein Kuss, kein Sex. Nicht, dass es mir besonders wichtig wäre, aber Joel könnte es eventuell interessieren.«

Verena ließ sich nicht anmerken, wie sie diese Frage verletzt hatte. Sie spürte, wie alle am Tisch der Antwort entgegenfieberten.

»Das ist hässlich, Tessa. Du solltest dich bei Verena entschuldigen ... nein, ich verlange es sogar von dir.«

Joel hatte sich vom Tisch erhoben und blitzte seine Schwester an. Ferdinand, der mit einer Fleischplatte, den Raum betreten hatte und den Hauptgang servieren wollte, spürte die explosive Atmosphäre und legte den Rückwärtsgang ein.

»Lass Verena doch selbst für sich sprechen, das ist doch ihr gutes Recht.«

Mit einem hintergründigen Lächeln pfiff Karolin ihren Sohn zurück und sah gespannt auf Verena.

»Karolin, das kannst du doch nicht ernsthaft erwarten, ich bitte dich. Eine solche Indiskretion halte ich für unhaltbar.«

Ohne den Blick von Verena zu nehmen, winkte sie ihrem Mann zu und unterbrach damit seinen zaghaften Einwand.

»Ich denke, dass mein Sohn schon erfahren darf, wie die jüngste Vergangenheit seiner Freundin verlaufen ist. Schließlich trägt sie ja noch sein Kind unter dem Herzen. Also Verena, keine Scheu. Du bist hier unter Freunden.«

Verena bekam das Gefühl dafür, wie sich eine Rednerin bei ihrem ersten Auftritt vor einem Auditorium fühlen musste. Hier waren es zwar nur drei Augenpaare, die sie erwartungsvoll anstarrten, doch die Wirkung war die Gleiche. Nervosität paarte sich mit aufkeimendem Zorn, eine gefährliche Mischung, die sie jedoch erstaunlich ruhig antworten ließ.

»Herr Kaiser, sie haben völlig recht, das ist in jeder Beziehung taktlos und verletzend. Trotzdem habe ich mit der Antwort kein Problem. Ich kann mir vorstellen, dass es bei Ihnen allen wie eine dreiste Lüge klingen wird, doch es hat tatsächlich keine Intimitäten gegeben. Dieser Mensch, mit dem ich wochenlang unterwegs war, besitzt noch das, was vielen aus meinem direkten Umfeld unbekannt sein dürfte: Ehre und Anstand. Die Beziehung zwischen zwei Menschen ist für ihn noch etwas Besonderes, etwas Einmaliges. Niemals hätte er mich ohne meinen Willen angefasst. Da gab es eine stille Absprache zwischen uns, niemals hätte er diese Schwelle überstiegen.«

Tessa hielt sich die Hand vor den Mund, um ein Kichern zu unterdrücken.

»Wo hast du denn diesen Heiligen gefunden? Ich würde mich mit einem Schwulen nicht auf Weltreise begeben.«

»Jetzt reicht es, Tessa. Halt deinen Mund!«

Joel hielt einen Löffel in der Hand, bereit, ihn seiner Schwester ins Gesicht zu werfen. Verena hielt ihn am Arm zurück.

»Ihr seid jetzt beide ruhig. Das meine ich ernst. Ich dulde solche Themen nicht bei Tisch. Entschuldige bitte diese Indiskretion, Verena.«

Martin Kaiser blickte zornig von einem zum anderen und winkte Ferdinand herein, der immer noch mit der Fleischplatte im Küchendurchgang wartete.

Das Essen wurde fortgesetzt, unterbrochen von wenigen belanglosen Dialogen. Joel führte Verena danach auf die Terrasse, um den Spannungen, die immer noch in den Räumen schwebten, einen Augenblick lang zu entgehen.

»Du warst großartig, mein Schatz. Bitte entschuldige das Benehmen von Tessa, aber sie ist einfach unreif und verzogen. Sie weiß gar nicht, wovon sie spricht.«

»Oh, da bin ich anderer Meinung. Ich glaube schon, dass sie genau weiß, wovon sie spricht. Deine Mutter schien sehr interessiert an meiner Darstellung. Du nicht?«

»Das geht mich nichts an. Das war in einer Zeit, in der wir nicht zusammen waren. Du fragst doch auch nicht, mit wem ich in der Zwischenzeit Sex hatte.«

»Hattest du?«

»Bitte Verena, was soll das? Treibe es bitte nicht auf die Spitze.«

»Siehst du, wenn zwei dasselbe tun, ist es nicht das Gleiche. Ich bin ja schließlich eine werdende Mutter, für die es sich nicht geziemt, Sex zu haben. Selbst dann nicht, wenn der rechtmäßige Vater sich aus der Verantwortung gestohlen hat.«

Joel trafen die Worte wie eine Breitseite. Er prallte zurück und stieß gegen seinen Vater, der sich geräuschlos mit seinem Cognacglas genähert hatte.

»Aha, hierhin haben sich die Turteltauben zurückgezogen. Hat es wenigstens gemundet, wenn auch die Tischgespräche nicht unbedingt appetitfördernd waren. Das hat Tessa sicher nicht so gemeint, Verena. Es tut ihr bestimmt jetzt schon leid. Sie wird sich dafür entschuldigen.«

»Niemand muss sich entschuldigen, wenn er seine Meinung vertritt. Ich habe das Gefühl, dass es ihre feste Meinung war, dass ich mich auf einem Sextrip befand. Lassen wir es dabei.«

»Ich muss euch für einen Moment alleine lassen. Komme gleich wieder.«

Joel deutete eine Verbeugung an und entfernte sich in die hinteren Räume.

»Ach, das trifft sich ja ausgezeichnet, meine Liebe. Ich wollte sowieso ein Wort unter vier Augen mit dir führen.«

Erwartungsvoll, jedoch mit einem ungutem Gefühl in der Magengegend, wendete sich Verena diesem gewieften Unternehmer zu, auf alles gefasst.

»Die Schwangerschaft scheint ja bisher problemlos zu verlaufen. Du müsstest dich doch so in der sechzehnten Woche befinden, oder?«

In der achtzehnten Woche, um genau zu sein.«

»Gut, in der Achtzehnten also. Ich gehe einmal davon aus, dass du in ständiger Behandlung bei einem Gynäkologen bist und alles zum Besten steht. Was hältst du davon, wenn wir dir einen überragenden Arzt an die Seite stellen, der sich um dich und das Kind kümmert? Die Kosten übernehme ich natürlich.«

»Der sich um mich und das Kind kümmert? Was sollte sich dadurch für mich ändern?«

»Nun siehe die Sache doch einmal von der Seite. Joel ist ein fähiger Juniorunternehmer und hat noch viel zu lernen. Er soll eines Tages das Unternehmen führen. Das bedeutet, dass er häufig unterwegs sein wird, was wiederum heißt, dass er sich im Ausland aufhalten wird. Da bleibt nicht allzu viel Zeit für Familie ... Kinder ... du verstehst?«

»Nein, ich verstehe nicht. Was wollen Sie mir damit andeuten?«

»Ein Kind ist sicher sehr schön und soll ja auch unbedingt dazugehören ... aber schon so früh? Dazu ist doch später noch Zeit. Ihr seid jung und gesund. Wir könnten, natürlich dein Einverständnis vorausgesetzt, dafür sorgen, dass dieses Kind erst gar nicht ...«

»Sprechen Sie das nicht aus. Sagen Sie mir nicht, dass ich mein Kind noch in der achtzehnten Woche abtreiben lassen soll. Abgesehen davon, dass es ungesetzlich wäre, werde ich ...«

»Ungesetzlich? Was ist denn daran ungesetzlich? Ich kenne den Arzt gut, der wird Stillschweigen darüber bewahren. Alles eine Frage der Bezahlung.«

Der Schatten Joels zeichnete sich auf dem Eingang zur Terrasse ab. Mit auf den Boden gerichtetem Blick stellte er sich neben seinen Vater. Er vermied es, Verena direkt anzusehen.

»Du hast es gewusst. Das war abgesprochen zwischen euch. Hast du wirklich geglaubt, dass ich dazu meine Genehmigung gebe, du elender Feigling? Kennst du mich so wenig, dass du glaubst, ich würde das ungeborene Leben in meinem Leib töten? Was seid ihr nur für Menschen?«

»Liebes. Was wäre denn daran so schlimm. Wir sind jung und könnten jederzeit wieder ...«

Die Ohrfeige kam so unerwartet, dass er keine Möglichkeit hatte, ihr auszuweichen. Verena spuckte ihm ins Gesicht und stieß Martin Kaiser energisch zur Seite. Mit einem Sprung machte Tessa der heranstürmenden Verena Platz, die wütend die schwere Haustür hinter sich ins Schloss warf.

Mit Wuttränen in den Augen stand sie schwer atmend auf der obersten Stufe des Portals und blickte suchend um sich. In einer Mauernische entdeckte sie den Spaten, den der Gärtner wahrscheinlich für den nächsten Tag dort deponiert hatte. Im Haus wurde wild diskutiert, sodass man das dumpfe Klopfen nicht vernahm, das der klobige Spaten auf dem Lack des Porsche verursachte.

14. Kapitel

Komplett unterdrücken konnte ich meine Nervosität nicht. Eine so lange Reise bedeutete gleichzeitig immense Vorbereitungen. Zum gefühlt hundertsten Mal ging ich die Liste durch und hakte die einzelnen Punkte ab. Die Wäsche lag schon seit Tagen im Wohnzimmer bereit, direkt neben den offenen Koffern. Die Reiseunterlagen hatte ich sauber sortiert auf der Anrichte liegen. Über allem thronte herrschaftlich Bienchen, die mit der ständigen Sorge lebte, einmal vergessen zu werden. Unsicher betrachtete ich mein Werk, immer von der Angst beseelt, irgendwas nicht beachtet zu haben. Noch zwei Tage bis zur Abreise, in denen ich Zeit hatte, in den Länderinformationen zu blättern.

Holger hatte für uns einen Plan aufgestellt und Kontakte aufleben lassen, die vor Ort äußerst behilflich sein sollten. Begeistert nahm ich die Nachricht auf, dass Holger erst einmal für einen Zeitraum von neun Monaten von seinen Pflichten innerhalb der Gemeinde entbunden war, sodass er sich um die Projekte in Südostasien kümmern konnte. Man erwartete lediglich ausführliche Zwischenberichte. Allerdings würde es die Kirche gerne sehen, wenn vorzugsweise Projekte unterstützt würden, die auch von den kirchlichen Institutionen vorangetrieben wurden. Selten hatte ich einen glücklicheren Menschen als Holger erlebt. Er hatte sich aus Dankbarkeit für diese Chance, die ihm der Herr eingeräumt hatte, tatsächlich eine ganze Woche Enthaltsamkeit auferlegt. Kein Tropfen Alkohol sollte in dieser Zeit seine Lippen benetzen, schwor er feierlich vor dem Altar, als er seine lange Aussprache mit dem Herrn zelebrierte. Die letzte Besprechung vor ihrer Abreise war für heute geplant. Ich hatte zum Essen eingeladen und mich mit Hingabe an die Zubereitung eines typisch asiatischen Menüs gemacht. Die pürierte Mais-Hühnersuppe nach malaysischer Art sollte einstimmen auf die Ente Panang, die mit Basmati-Reis den Hauptgang ausmachte. Einfache Kiwifrüchte auf Eis sollten das Essen abschließen.

Mit einem Blick auf die Uhr vergewisserte ich mich, dass ich im Zeitplan war. Während ich die Kokosmilch in die Soße rührte, unterbrach mich das Bimmeln der Türglocke. Ich drehte die Wärmezufuhr runter und drückte auf den Türöffner, die Wohnungstür ließ ich angelehnt. Schnell eilte ich wieder in die Küche und begann damit, den Entenrücken in daumendicke Scheiben zu schneiden.

Das Schließen der Tür signalisierte mir, dass Holger eingetroffen war.

»Das riecht ja herrlich nach Urlaub, mir läuft der Sabber aus den Mundwinkeln. Ich würde sagen Kokos, Zitronenblätter und Soja. Das wird ja ein Festmahl. Ich habe uns noch eine besondere Deko mitgebracht.«

»Stell sie einfach auf den Tisch und setz dich, Vorsuppe kommt sofort«, empfahl ich meinem

Besucher, ohne mich weiter bei der Vorbereitung stören zu lassen. Holger folgte wortlos meinem Wunsch. Ich füllte zwei hohe tassenähnliche Gefäße mit der cremigen Suppe, legte ein kleines Häufchen Sahne und ein Korianderblatt obenauf und drehte mich zum Tisch. Der plötzliche Stop kam so spontan, dass mir die Suppe aus den Tassen schwappte und über die Hand lief. Mit erheblicher Verzögerung verspürte ich den Schmerz, den die heiße Suppe auf meiner Haut verursachte. Holger sprang auf, so schnell es sein lädiertes Knie zuließ, und nahm mir die beiden Behältnisse rechtzeitig ab, bevor ich sie fallenlassen konnte.

Die Sprachlosigkeit, die mich fest im Griff hatte, erlebte ich letztmalig bei der Prüfung zur Konfirmation, als ich das achte Gebot mit Erklärung vortragen musste. Das Blut schoß mir in den Kopf, die Beine wollten den Dienst versagen. Verena kam langsam auf mich zu.

»Der Herr Pfarrer hat mich einfach gezwungen ... er hat mich sozusagen entführt. Es tut mir leid, wenn ich störe. Ich will auch nur Guten Tag sagen und dann wieder ...«

»Bleiben Sie bitte hier, liebe Verena. Alfred hat bestimmt nichts dagegen. Ist es nicht so?«

Als er sah, dass ich allmählich meine Fassung wiedergewann, zog er einen dritten Stuhl an den Tisch.

»Wo finde ich Geschirr für ein weiteres Gedeck?«

Holger schob sich an uns vorbei und öffnete die Schranktüren. Verena und ich standen uns gegenüber, wie zu Salzsäulen erstarrt.

»Rechter Schrank, oben. Besteck ist in der zweiten Schublade von rechts.«

Ohne einen Blick von Verena zu nehmen, dirigierte ich Holger mit schwacher Stimme an die richtigen Stellen.

»Bitte setz dich, ich hole ... ich mache ... du bleibst doch sicher zum Essen, oder?«

»Ich weiß nicht, bestimmt störe ich bei eurer Besprechung. Wollte sowieso einkaufen gehen.«

»Sie stören uns ganz und gar nicht, im Gegenteil. Wir sind froh drüber, charmante Gesellschaft zu haben. Ist das nicht so, Alfred?«

Holger hatte zum Schluss seine Stimme angehoben, was kein Nein zuließ. Sein Ellenbogen holte mich wieder in die Gegenwart. Er ordnete das Geschirr und Besteck vor Verena, die ihn dankend ansah. Ich versuchte, meine Gedanken zu ordnen und mich auf das Servieren zu konzentrieren. Schweigend löffelten wir unsere Suppe, nur ein gelegentliches *Oh, ist das gut* von Holger unterbrach die Stille. Ich räumte die Tassen ab, sodass sich Holger auf den Smalltalk konzentrieren konnte.

»Da wären Sie mir ja beinahe an der Haustür durch die Lappen gegangen, und wir Männer hätten das gute Essen hier ohne Sie genießen müssen. Das wäre ein großer Verlust gewesen. Sie wollten einkaufen gehen? Was machen Sie denn so im Augenblick? Alfred erzählte mir so beiläufig, dass Sie sich endlich wieder mit Ihrem Freund versöhnt haben. Das ist ja eine fantastische Neuigkeit, ich freue mich für Sie.«

Jetzt war es an Verena, die Gesichtsfarbe zu wechseln. Sie sortierte nervös ihr Besteck neu und stierte in den vor ihr stehenden Teller. Ich hatte augenblicklich die Tätigkeit eingestellt und verharrte regungslos vor dem Ofen.

»Das ist ... ich weiß nicht, wie ich das sagen soll ... das hat nicht so geklappt ... ich meine ... da gab es kleine Probleme.«

Ich drehte mich um und kam mit wenigen Schritten zum Tisch.

»Probleme? Hat er dir wehgetan? Sag es mir, hat er ...?«

»Nein, Alfred, er hat mich nicht geschlagen oder so was, wenn du das meinst. Da war etwas Anderes. Das ist eine lange Geschichte.«

»Genau die möchte ich hören ... möchten wir hören, wenn es dir nichts ausmacht. Holger, ich meine, dem Pfarrer Hollerberg können wir vertrauen. Er wird bestimmt darüber schweigen.«

Hollerberg hob drei Finger und ergänzte:

»Können wir trotzdem vielleicht weiteressen, ich habe einen Mordshunger.«

Verena war froh, dass ihr die weiteren Erklärungen für den Augenblick erspart blieben.

»Ich würde euch ja gerne ins Wohnzimmer bitten, aber dort fehlt es augenblicklich an Platz ... die Reisewäsche. Ich mache noch einen Kaffee und dann kannst du uns alles erzählen.«

Geduldig und aufmerksam verfolgten wir Männer den Bericht und unsere belustigten Blicke trafen sich, als Verena abschließend die Szene beschrieb, als der arme Porsche den Frust Verenas zu spüren bekam. Keiner wollte die Geschehnisse kommentieren. Ich dachte, dass Verena selbst sich nicht sicher war, ob sie dazu etwas hören wollte. Sie glaubte bestimmt, sich lächerlich gemacht zu haben. Schließlich kam ein Räuspern von Pfarrer Hollerberg. Er tastete sich vorsichtig an das brisante Thema heran.

»Ich glaube, auch im Namen von Alfred sprechen zu können, wenn ich sage, dass uns das, was Sie erleben mussten, sehr leid tut. Sie können mir das so abnehmen, wie ich Ihnen das sage. Diese üblen und niederen Beweggründe bei Menschen sind mir nicht unbedingt fremd. Ich habe ein paar Tage mehr auf meinen Schultern als Sie beide. Allein deshalb kann ich Ihnen das nur bestätigen. Der Egoismus breitet sich immer stärker aus, die Ellenbogen werden ausgefahren und der Schwache niedergestoßen. Wozu das führt, zeigen uns die vielen Krisenherde in dieser Welt. Das Traurige an der Geschichte ist nur, dass die

Welt durch diese Machtgier immer weniger lebenswert wird. Sie werden es nur noch an wenigen Stellen dieser Erde erleben können, dass Menschen in völligem Einklang mit der Natur und ihrem Umfeld Glück empfinden. Das finden Sie nur da noch, wo die Völker noch keine Berührung mit unserer Hochkultur hatten. Schon damals habe ich mich dagegen ausgesprochen, diese Ureinwohner zwanghaft zu kultivieren, ich wollte sie nicht einmal missionieren. Sie glaubten zwar an verschiedene Götter, doch auch für sie gab es etwas, das alles lenkte. Sie beteten scheinbar Götzen an, wir das Kreuz. Aber warum sollte das schlecht sein, wenn es den Frieden bewahrte? Wir sollten Ihnen nicht etwas aufzwingen, was uns auf Dauer auch in vielen Fällen geschadet hat.«

Interessiert hörten Verena und ich zu, während sich Hollerberg ein Stück Kiwi aus dem Schälchen fischte.

»Was passiert denn jetzt? ... Ich meine mit dir und Joel? Werdet ihr noch einmal über alles reden? Da ist ja immerhin das Kind, das einen Vater braucht. Ich finde das übrigens sehr gut, wie du dich gegen die Abtreibung gewehrt hast. Es ist einfach krank, ein ungeborenes Leben zu zerstören, nur um des eigenen, monetären Vorteils wegen.«

Ich brachte zaghaft den Einwand vor und sah unsicher zu Verena.

»Hat ein Kind einen solchen Vater verdient? Einen Vater, der es aus purer Berechnung töten lassen will? Selbst wenn diese Familie nachgeben würde, lebte es im Grunde abgelehnt in einem goldenen Käfig. Es soll innerhalb der Familie geliebt werden, nicht nur geduldet. Das Thema Joel Kaiser ist für mich durch. Ich werde dieses Kind bekommen und es großziehen, werde ihm Werte vermitteln, die weit weg sind von dem, was diese Ausbeuter darunter verstehen.«

Hollerberg stand auf und breitete seine Arme vor Verena stehend aus. Sie erhob sich und umarmte den Pfarrer mit einem glücklichen Lächeln.

»Das sind gute Worte, mein Kind. Ich bin so stolz auf Sie. Wir werden Ihnen dabei zur Seite stehen, nicht wahr, Alfred?«

Mit den Augen signalisierte er mir ungeduldig, dass ich jetzt Verena übernehmen musste.

»Hatte ich eigentlich erwähnt, dass ich noch einen Termin bei einer älteren Dame in der Nachbarschaft habe? Dauert höchstens eine Stunde, aber leider muss ich euch solange alleine lassen. Bin dann mal kurz weg.«

Es wirkte fast wie eine Flucht, so schnell war Holger Hollerberg aus der Tür. Er ließ zwei Menschen zurück, die ihm sprachlos hinterherblickten.

Die Küche blitzte in vollem Glanz, als wir beide den letzten Teller in die Spülmaschine geräumt und den Tisch abgewischt hatten. Stolz sahen wir auf unser Werk und strahlten uns an. Keiner fand die Worte, die in diesem Augenblick darauf warteten, ausgesprochen zu werden. Nur unsere Blicke waren ineinander verwoben, ließen nicht los, zeigten etwas Unaussprechliches. Zeitlupenartig gingen wir aufeinander zu und blieben erst stehen, als sich unsere Nasen fast berührten. Verena war es, die ihrem Verlangen nachgab und sich mit einem Seufzer in meine Arme warf. Als hätten wir uns Jahre nicht mehr gesehen, umarmten wir uns und genossen minutenlang nur die Nähe des Anderen.

»Verzeih mir, Verena. Ich habe dich einfach gehen lassen, ohne dir zu sagen, was ich empfinde. Ich hätte es dir schon längst gestehen müssen. Vom ersten Tag an, als ich dich unten am Auto sah ... habe ich ... liebe ich dich.«

»Du Dummkopf. Das weiß ich doch. Ich muss dich um Verzeihung bitten. Ich hätte diesen Schwüren von Joel nicht glauben dürfen. Ich wusste doch, wie er war, vom ersten Mal. Ich habe dich alleine gelassen, es muss dich tief verletzt haben. Verzeih mir.«

Fest krallte sie ihre Hände in meinen Nacken und zog meinen Kopf herunter, bis sich unsere Lippen fanden. Wie eine Ausgehungerte presste, saugte sie, als gäbe es kein Morgen mehr. Das heftige Klopfen an der Wohnungstür schreckte uns auf. Ich trennte mich nur ungern von ihr und eilte zur Tür.

»Verdammt, du solltest deine Klingel lauter einstellen. Warum hörst du denn nichts?«

Holger sprach lauter als gewohnt und kniff mir ein Auge zu.

»So, mein Lieber, dann lass uns doch zum eigentlichen Anlass dieses Treffens kommen.«

»Was habt ihr denn so Wichtiges zu besprechen? Bin jetzt etwas neugierig geworden.«

Hollerberg schien echt überrascht, als er mich fragend ansah.

»Was habt ihr denn in der letzten Stunde getan? Hat Ihnen Alfred noch nichts von unserer Reise erzählt? Jetzt aber mal los, mein Freund.«

Stolz präsentierte ich unser großes Vorhaben, wobei Verena überglücklich die Nachricht aufnahm, dass der Pfarrer an meiner Seite war. Ich zeigte ihr im Wohnzimmer die Berge an Wäsche, die noch verstaut werden mussten. Über allem thronte ein Bär, der absolute Zufriedenheit ausstrahlte. Glücklich winkte Verena Bienchen zu, gab ihr sogar einen Kuss auf das pelzige Schnäuzchen.

Als wir uns wieder an den Tisch gesetzt hatten, sahen wir in das Gesicht des Geistlichen, der uns beide verständnislos anblickte.

»Und jetzt? Willst du sie nicht fragen? Soll das jetzt noch den ganzen Abend so weitergehen?«

Ich war ratlos und sah fragend zu Verena, die sich ebenfalls keinen Reim auf die Bemerkung von Hollerberg machen konnte.

»Jetzt frage sie doch verdammt noch einmal, ob sie mitfliegen möchte. Wie soll das noch enden mit euch? Du kannst das doch nicht auf telepathischem Weg regeln. Hat dir Mama nicht beigebracht, dass nur der Fragende Antworten erhält?«

»Aber Herr Pfarrer, das ...«

»Sie sind jetzt noch gar nicht dran. Erst Alfred. Los, du Dummkopf.«

»Holger, selbst wenn sie ja sagt, haben wir doch noch keinen Flug, kein Hotel und so weiter.«

Hollerberg kramte in seinem Jackett und zauberte ein bedrucktes Blatt Papier hervor, das er vor uns auf dem Tisch glatt strich. Ungläubig starrten wir auf das Geschriebene.

»Ja, was glaubt ihr, wo ich gerade war, he? Ich habe für Verena die Flüge optionieren lassen und rein prophylaktisch aus deinem Einzelzimmer ein Doppelzimmer bereitstellen lassen. Jetzt fehlt nur noch ein klares JA und die Flüge können perfekt gemacht werden. Ich freue mich darauf, mit euch in dieses Abenteuer starten zu dürfen. So, jetzt seid ihr dran, ich habe meine Arbeit erledigt.«

Mir stand wahrscheinlich die Ratlosigkeit ins Gesicht geschrieben, die jedoch von einer großen Freude abgelöst wurde, als ich mich an Verena wendete.

»Willst du ...?«

»Ja, ich will«, sprang es mir entgegen, während sie mir um den Hals fiel. Sie nahm mir vor lauter

Freude fast die Luft zum Atmen. Nur Sekunden später ließ sie los und drückte dem Pfarrer einen frechen Kuss auf den Mund, was ihn tief erröten ließ. Noch lange saßen wir zusammen und besprachen mit Feuereifer, wie wir einen Teil der Welt retten wollten.

15. Kapitel

Die feuchtwarme Luft schlug uns mit brutaler Gewalt entgegen und erschwerte das Atmen. Die Passagiere strömten in die Abfertigungs-Halle von Denpasar, um die Einreiseformalitäten zu erledigen. Holger überprüfte nun zum letzten Mal die Formulare, die wir bereits im Flugzeug ausgefüllt hatten, steckte sie zwischen die Pässe und drängte uns hinter die geduldig wartenden Touristen. Die Hitze senkte sich wie ein Netz über uns, sodass wir die Schweißströme kaum bewältigen konnten. Problemlos fanden wir unsere Gepäckstücke und zerrten sie von den Gepäckbändern.

»Da vorne, direkt neben dem Infoschalter, steht unser Fahrer. Seht ihr, er winkt schon und hält das Schild hoch. Und denkt bitte daran, dass man sich hier nur selten die Hand reicht. Macht einfach alles nach, was ich vormache.«

Kurz bevor wir den Kleinbus erreichten, verbeugte sich der erstaunlich zierlich gebaute Fahrer vor uns und hielt dabei die Hände zusammengelegt vor das Gesicht. Ein freundliches Lächeln begleitete sein erstaunlich gutes Englisch, mit dem er uns begrüßte.

»Herzlich willkommen auf Bali, der Insel der Götter. Ich bin Wayan und möchte Sie während Ihres Aufenthaltes begleiten. Ich werde Sie zu den Häusern fahren, die Sie besichtigen wollen. Doch zuerst bringe ich Sie in Ihr Hotel nach Kuta.«

Wieder verbeugte er sich und wir taten es ihm gleich. Die Fahrt dauerte nicht allzu lange, vermittelte mir und Verena jedoch einen vorläufigen Eindruck vom Leben in diesem Bereich der Insel. Immer wieder stieß Verena mich in die Seite, wenn sie ganze Familien auf ihren Mopeds beobachtete.

»Sieh dir das an. Die beiden da haben sogar ein halbes Schwein an der Stange hinter sich hängen. Und die da sitzen mit zwei Kindern und zwei Erwachsenen auf der Maschine. Ich glaub das nicht. Ist das ein Gewusel von Menschen.«

Holger lächelte darüber und bemerkte, dass er damals ebenso fasziniert war von der Lebensart dieser liebenswürdigen Menschen. Der Verkehr schien chaotisch und doch funktionierte alles irgendwie. Die Regel war simpel: Der Stärkere, oder besser, das größere Fahrzeug hatte immer Vorfahrt. Mitten im Straßenwirrwarr stoppte Wayan und zeigte auf eine Nebenstraße, die er mit seinem Kleinbus nicht befahren konnte.

»Bitte gehen Sie schon vor. Der Eingang vom Hotel Poppies ist nur dreißig Meter weiter. Das Gepäck bringe ich Ihnen nach.«

Mehr durch Zufall entdeckten wir den Eingang, der sich hinter prachtvollen Blumenranken eingebettet versteckte. Irritiert durchschritten wir den schmalen Rundbogen und betraten eine völlig andere Welt. Die Stille, die uns umfing, die den Lärm von knatternden Motorrädern nach draußen verbannte, dröhnte in unseren Ohren. Nur das Zwitschern der Vögel, das Rauschen des leichten Windes und das Klingklong der Bambusröhren, die vor jedem Haus hingen, erreichte uns. Man fühlte sich in das Reich der Elfen versetzt, als, wie aus dem Nichts, die zierlichen Balinesinnen auftauchten und mit gesenkten Häuptern die Gäste begrüßten. Wortlos zeigten sie auf die Lobby, die nur wenige Schritte neben ihnen zwischen gewaltigen Blumenranken in die Natur integriert war. Es glich einem Schweben, als die beiden Empfangsdamen mit kleinen Schritten vor uns über die schmalen, gewundenen Wege liefen. Es ging vorbei an prachtvollen Anlagen, die Pflanzen zeigten, die zumindest wir Beide noch nie zuvor gesehen hatten. Die eintretende Dunkelheit ließ diese Traumwelt noch mysteriöser erscheinen, zumal kleine Lampen am Boden eine Vielzahl an Lichtinseln schufen.

Mit offenem Mund betraten wir unsere kleine Villa, die von der Terrasse den Blick auf eine Poollandschaft zuließ, die völlig natürlich zwischen großen Felsbrocken, Blumenranken und kleinen Wasserfällen integriert war. Allmählich verstanden wir, warum diesem Hotel ein legendärer Ruf anhaftete.

»Richtet euch erst einmal ein, ihr Lieben, wir sehen uns nachher zum Abendessen. Ich hole euch so in etwa zwei Stunden ab. Dann könnten wir in der Nähe des Mahnmals essen gehen.«

Holger winkte uns kurz zu und redete beim Weggehen auf seine Begleitung ein. Völlig überwältigt von der Umgebung standen wir noch minutenlang träumend vor dem Haus. Anschließend sahen wir uns in unserem Bungalow um. Wir konnten noch nicht begreifen, dass es auf dieser hektischen Welt derartige Paradiese geben konnte. Spontan zogen vor meinen Augen Bilder unseres Wohnhauses vorbei, die den Hausflur mit der aussagekräftigen Graffiti und dem abgeplatzten Putz zeigten. Vom mit Filzstift gemalten Klingelschild wechselten sie zu den Mülltonnen auf dem Hof, deren Zugang mit Sperrmüll zugestellt war. Eine Industrieromantik, die sogar noch von einigen Individualisten als zumindest interessant und erhaltenswert bezeichnet wurde. Eines Tages würden die zugemüllten Hinterhöfe noch als Weltkulturerbe vorgeschlagen. Niemals hätte ich mir auch nur ansatzweise vorstellen können, wie unglaublich schön die Welt auf dieser Seite der Kugel sein konnte.

Verträumt hatte Verena die Augen geschlossen, als sie meine Lippen auf ihrem Hals spürte. Meine Hände legten sich um ihre Taille und ich summte in ihr Ohr.

»Ist das nicht ein Traum? Hast du dir das so vorgestellt? Nie wieder möchte ich hier weg. Gleich gibt es einen Knall und wir werden aus diesen Traum herauskatapultiert, pass auf.«

»Bloß nicht, das darf einfach nicht aufhören.«

Ich hob Verena hoch und trug sie zum großen Bett, das unter einem riesigen Mückennetz auf einem Sockel thronte. Tief sank sie ein in das flauschige Federbett. Sie hatte ihre Augen noch immer geschlossen und genoss diese Szene mit allen Sinnen. Das Klopfen an der Eingangstür hätten wir beinahe überhört.

Wayan wirkte zerbrechlich neben den großen Koffern, die er von einem Karren hob und auf die Terrasse stellte. Ich steckte ihm einige Rupiah zu und bedankte mich höflich.

»Weißt du was? Wir gehen jetzt schwimmen. Auspacken können wir später noch. Die Badesachen haben wir ja schon oben drauf gelegt, also los.«

Wie die Kinder hüpften wir die wenigen Meter runter zum Pool, der jetzt von diversen Lichtern punktuell beleuchtet wurde, sodass wir einen Augenblick still in Ehrfurcht verharrten.

»Wollt ihr Zwei da festwachsen oder reinkommen. Jetzt aber hopphopp, ins Wasser mit euch.«

Hollerberg hatte es sich zwischen zwei Fontänen gemütlich gemacht und ließ abwechselnd das Wasser über die noch verbliebenen Haare fließen. Mit einem Jauchzen sprangen wir ins Wasser, auf dessen Oberfläche vereinzelte Hibiskus-Blüten schwammen.

»Mal ehrlich, habt ihr es euch so vorgestellt? Wisst ihr jetzt, warum die Menschen, die hier leben, glücklicher aussehen, obwohl sie oft in Armut leben? Geld ist eben nicht alles. Luxus ist diesen Menschen nicht so wichtig, solange sie satt werden und noch etwas übrig haben, um es ihren Göttern zu spenden. Sie leben in Eintracht miteinander und nicht mit dem Messer zwischen den Zähnen, wie in vielen anderen Ländern.«

Noch lange hörten wir dem Pfarrer zu, der uns über Gewohnheiten und Glauben dieses Volkes aufklärte. Nur das Plätschern des Wassers begleitete seine Stimme, als wollte es seine Worte bestätigen. Der Himmel war mittlerweile in tiefes Schwarz getaucht und zeigte eine Sternenvielfalt, wie wir sie noch nie in unserem Leben in dieser Klarheit gesehen hatten.

»Seht ihr, hier hat man nach dem Bombenanschlag im Jahre zweitausendundzwei den Opfern ein Denkmal gesetzt. Früher war das einmal eine Partyzone, jetzt ist es hier ruhiger geworden. Ein Stück weiter können wir gut essen, komm mit. Passt nur auf, dass ihr nicht in die Löcher auf dem Gehweg tretet, darunter fließen die Abwässer.«

Holger zwängte sich zwischen uns und schob uns lachend Richtung Restaurant.

»Es war mir wichtig, dass ihr diese Stadt, diese Lebensart der Menschen in den Zentren kennenlernt, bevor wir Richtung Ubud aufbrechen, was mehr ein Künstlerort ist, aber besser das Leben in den Dörfern zeigt.

Ihr dürft euch nicht täuschen lassen von dem, was ihr seht. Die Balinesen tragen ihren Kummer nicht nach außen, sie wirken immer zufrieden. Wenn ihr hinter die Kulissen, abseits des Tourismus seht, werdet ihr ein anderes Bali sehen können. Der Tourismus zeigt gerade bei den Bauern, bei denen so um die sechzig Prozent unter der Armutsgrenze leben müssen, sein hässliches Gesicht. Die Grundstückspreise sind dermaßen gestiegen, dass kaum noch einer sich eine Parzelle kaufen kann. Teilweise sind die Menschen auf Nachbarinseln umgesiedelt worden, damit sie wenigstens dort überleben können.

Für euch noch interessanter ist die Tatsache, dass gerade hier auf dieser Trauminsel die Krankheit AIDS immer stärker um sich greift und viele Kinder als Waisen, oftmals selbst schon infiziert, zurücklässt. Die Kinder fristen dann in Waisenhäusern ein menschenunwürdiges Dasein. Davon sieht der Urlauber nichts, denn die Häuser liegen abseits der Touristenwege. In Ubud treffen wir eine Familie, die sich liebevoll um diese Kinder bemüht, obwohl sie selbst ums Überleben kämpft. Doch Schluss jetzt, lasst uns endlich die Köstlichkeiten genießen.«

»Schlaft gut, ihr zwei und Gott beschütze euch.«

Holger hatte sich von uns verabschiedet und zog sich diskret in den eigenen Bungalow zurück.

Verena stand in dem mit Natursteinen gefliesten Bad und blickte verträumt auf die liebevoll arrangierten Blumenranken, die aus Mauernischen sogar innerhalb des Hauses wuchsen. Ich spürte ihr tiefes Glück, das sie nach der schlimmen Enttäuschung dringend brauchte. Ruhig verharrte ich im Baddurchgang und genoss dieses Gefühl, ihr etwas von dem gegeben zu haben, das ihr von Joel versagt blieb. Im großen Spiegel, vor dem sie stand, konnte sie mich sehen. Während sie mit der Bürste durch ihr Haar strich, lächelte sie mich an.

»Woran denkst du, Alfred? Ich weiß nicht, wie ich mich für das, was du mir schenkst, jemals revanchieren kann. Das ist für mich noch so ... so unwirklich ... das ist nicht real. Ein solches Paradies kann es einfach nicht geben.«

Sie drehte sich um und wartete auf eine Antwort. Ich stand nur wortlos da, musste die feuchten Augen zur Decke richten.

»Du musst mir nichts vergelten. Ich bin es, der dir danken muss. Du hast mir etwas gegeben, von dessen Existenz ich nicht einmal wusste. Du hast mich ohne Fragen so akzeptiert, wie ich war. Alle haben mich für einen verkorksten Spinner, einen Außenseiter gehalten, der ich ja auch bin. Du hast mir Ängste genommen, hast mich stärker gemacht. Ich habe dir und Holger so unendlich viel zu verdanken. Davon kann ich nur einen kleinen Teil zurückgeben. Es ist so wunderschön, wenn ich dich glücklich sehen kann.«

Ich kam die zwei Stufen herunter, die mich noch von ihr trennten und legte beide Arme um sie, spürte ihre Wärme, die durch das dünne Hemdchen drang. Eine fremdartige Stille, die nur von den Rufen der Tiere des tropischen Waldes durchdrungen wurde, versetzte uns in eine Welt der Ruhe. Wir glaubten, den Herzschlag des Anderen hören zu können, absoluter Frieden erfüllte uns. Verena hob den Kopf und umfasste zärtlich mein Gesicht mit beiden Händen. Langsam näherten sich ihre Lippen, um dann kurz vor der Berührung zu verharren.

»Sag es mir noch einmal, Alfred. Ich möchte, dass du es wieder ausspricht. Es ist gar nicht so schwer, wie du glaubst. Es sind nur Worte, die dir dein Gefühl vorgibt. Drei Worte, die mich vollends glücklich machen können.«

Kaum hörbar kamen sie über meine Lippen. Worte, die ich noch nie ausgesprochen hatte, die ich nur aus kitschigen Liebesfilmen kannte. Endlich war ich mir dessen bewusst, welch tiefe Gefühle sie ausdrücken konnten.

»Ich liebe dich. Ich liebe dich so sehr, dass es schmerzt. Ich weiß nicht, wie ich es erklären soll.«

»Das musst du auch gar nicht, du Dummerchen. Das muss man nicht erklären, es ist einfach nur da. Ich liebe dich auch und hoffe, dass es immer anhalten wird.«

»Haben euch die Tiergeräusche nicht gestört in der Nacht? Das hat man natürlich zuhause nicht und ist gewöhnungsbedürftig.«

Der Blick, den wir uns zuwarfen und dann stumm die Köpfe schüttelten, entging Hollerberg nicht. Er wechselte das Thema und freute sich darüber, dass zwei Menschen endlich zum normalen Leben gefunden hatten.

Holger streute ein paar Chiliflocken über seinen warmen Reis, den er mit dem Rührei vermischte und genüsslich in sich reinstopfte. Wir verzogen das Gesicht und konnten nicht nachvollziehen, dass ein Mensch sich etwas derartig Scharfes schon zum Frühstück antun konnte. Ich hätte in diesem Augenblick einer Portion Haferschleim den Vorzug gegeben, so wie ich es von Mama bis zu meinem Auszug vorgesetzt bekam. Schließlich sollte die Darmflora ausreichend mit gesunden Ballaststoffen versorgt werden.

Ich hatte mir ein Körnerbrötchen, das man erstaunlicherweise hier anbot, mit Käsescheiben belegt. Ein zweiter Teller wartete mit exotischem Obst.

»Was haltet ihr davon, wenn wir uns heute Vormittag die Surfer am Strand ansehen? Das ist hier ein angesagtes Surf-Gebiet mit starken Wellen. Anschließend sollten wir uns ein paar Kilometer außerhalb auf die Dörfer fahren lassen oder uns einen der berühmten Tempel ansehen. Habe ich euch schon erzählt, dass es keine Gegend auf der Welt gibt, die eine solche Tempeldichte hat wie Bali? Ihr müsst wissen, dass jedes Haus auf dieser Insel einen eigenen kleinen Tempel besitzt. Dort opfern die Menschen ihren Göttern täglich eine kleine Gabe. Sie stecken Räucherstäbchen dazu. Das werdet ihr noch oft riechen. Ich finde, gerade das macht einen wesentlichen Teil dieser Insel aus. Ich liebe diesen Geruch und das allgegenwärtige Geräusch der Windspiele.«

Als wir nach vier Tagen Kuta in den Ort Ubud einfuhren, betraten wir wieder eine neue Welt, die wesentlich beschaulicher war, als das quirlige Kuta. Wayan hielt den Kleinbus direkt hinter dem Eisentor, das er zuvor weit aufgeschoben hatte. Um an die Heckklappe mit dem Gepäck zu gelangen, mussten wir uns unter riesigen Büschen von Frangipani und Hibiskus hindurchbücken. Verena blieb verzückt stehen und genoss diese Blütenpracht, die sich über einen großen Teil des Geländes hinwegzog, sogar noch in den Pool hineinragte. Wir bemerkten erst später, dass wir von vielen Augen beobachtet wurden. Eine Gruppe Einheimischer stand dicht gedrängt abseits und freute sich über die erstaunten Gesichter der Ankömmlinge. Holger sah sie zuerst und kam rüber zu uns. Leise flüsterte er uns noch zu:

»Das ist unsere Gastfamilie. Denkt bitte daran, dass ihr vor allem den Kindern niemals auf den Kopf fassen dürft, das ist ein heiliger Ort, den nur die Eltern berühren dürfen. Und wenn überhaupt, nur die rechte Hand reichen - die linke ist für die Hinduisten schmutzig. Ach ja, wenn ihr das Haus betretet, zieht bitte die Schuhe aus.«

Mit großen Schritten ging er auf die wartenden Gastgeber zu und verneigte sich mit zusammengelegten Händen. Er stellte uns vor. Der Herr des Hauses tat es ihm freundlich lächelnd gleich und stellte seine Familie jeweils mit einer Verbeugung vor. Verena und ich wunderten uns etwas darüber, dass der Vater Ni Wayan und die Mutter I Wayan hießen. Allerdings erklärte Holger uns später, dass das lediglich Erstgeborener bedeutete und die Buchstaben davor das Geschlecht kennzeichneten. Die beiden Kinder Gede und Kadek freuten sich sehr über die Bonbontüten, die ihnen Verena feierlich überreichte.

Beim anschließenden gemeinsamen Essen übersetzte uns Fahrer Wayan mit großer Geduld alles, was die Familie über ihr Waisenhausprojekt berichtete. Schnell war mir klar, dass ich hier sehr viel bewirken konnte, was den armen Kindern auf lange Zeit nutzen würde. Der Besuch in einer dieser Einrichtungen berührte unser Herz ganz tief. Auch hier hatten die Kinder ein wunderschönes Lied einstudiert, das sie nach dem gemeinsamen Mittagessen vortrugen. Vorsorglich hatte ich schon in Deutschland eine große Anzahl T-Shirts ohne Werbeaufschriften in diversen Kindergrößen eingekauft, die hier als Geschenk, neben den Bonbons, für große Freude sorgten. Feierlich wurde der Scheck, den ich sehr großzügig ausstellte, entgegengenommen. Es berührte mich sehr, als Ni Wayan mich mit tränenfeuchten Augen nach zwei weiteren Tagen verabschiedete. Der Fahrer Wayan übersetzte mir seine Abschiedsworte, mit denen er uns Dreien den Schutz aller Götter beschwor und noch einmal den Dank der Kinder ausdrückte. Seine Frau I Wayan überreichte Verena einen handgeschnitzten Garuda, ein schlangentötendes halb mensch-, halb adlergestaltetes Reittier. Der Mythologie nach sollte er als Götterbote den Menschen Nachrichten und Anweisungen der Götter überbringen. Ein Geschenk, das Verena immer an den Besuch im Paradies erinnern würde.

Die Reise führte unsere kleine Gruppe noch über die thailändische Insel Koh Chang, wo wir ein Seniorenheim für Menschen unterstützten, die nicht von ihren Angehörigen, wie es hier eigentlich üblich war, unterstützt werden konnten. Schließlich sollte eine Reise nach Nordborneo den Abschluss bilden. Ein Besuch, der eine Lawine an Ereignissen lostreten sollte.

16. Kapitel

Kuala Lumpur mit seinen unglaublichen Sehenswürdigkeiten lag hinter uns. Gemeinsam warteten wir vor dem Portal des Hotels Mandarin Oriental, das unmittelbar neben den Petronas Towers stand, auf den Transport zum Airport. Unser vorläufig letztes Ziel sollte Kuching in der Provinz Sarawak in Nordborneo sein. Holger hatte uns mit seinen Berichten und seiner so traurigen Liebesgeschichte eingestimmt und neugierig gemacht.

Ihm war die Freude anzusehen, wie sich die Beziehung zwischen Verena und mir entwickelte. Wir konnten die Hände nicht mehr voneinander lassen und traten ausschließlich im klammernden Duo auf. Je näher der Augenblick kam, in dem Holger das geliebte Land wiedersehen sollte, umso nervöser wurde er. Auch sein Traum war es einmal, mit der Liebe seines Lebens durch diese Welt gehen zu dürfen. Der Traum zerplatzte durch einen fallenden Baum, den er eigentlich retten wollte.

Die Maschine schraubte sich in den strahlendblauen Himmel über Kuala Lumpur und drehte Richtung südchinesisches Meer, überflog die Insel Pulau Tioman und zeigte uns über lange Zeit nur das Blau des Ozeans. Meine Flugangst hatte sich mittlerweile weitestgehend gelegt, meine Nervosität wuchs jedoch unerklärlicherweise mit jeder Flugmeile, bis vor uns zwischen Wolkenfetzen der grüne

Küstenstreifen Sarawaks auftauchte. Stumm starrte Holger in das Magazin, das offen vor ihm lag, ohne auch nur eine Zeile zu lesen. Auf der einen Seite musste ich Rede und Antwort stehen für alle Fragen, die Verena in purer Aufregung an mich richtete, während mein besorgter Blick auf Holger ruhte, der völlig apathisch wirkte. Ich konnte es nicht erklären, aber in diesem Augenblick bereute ich, diese Insel als letztes Ziel ausgesucht zu haben. Besorgt musste ich feststellen, dass diesen Mann ungemein traurige Erinnerungen zutiefst beschäftigten.

Unsere Fahrt zum Zielort Kampung Budaya dauerte etwa eine Stunde. Holger versuchte seine Depression vor uns zu verbergen, konnte jedoch nicht verhindern, dass Verena mir einen fragenden Blick zuwarf. Sie kannte schließlich nicht den wahren Grund für seine Niedergeschlagenheit. Ich küsste sie flüchtig auf die Wange und folgte einer Angestellten, die die Koffer auf einem Gepäckwagen vor uns zum Chalet schob, das in direkter Nähe zum Strand lag. Das Abendrot hatte sich schon über den Horizont geschoben und den Himmel blutrot verfärbt. Während ich die Koffer in die Strandvilla trug, ruhte Verenas Blick, fasziniert von dieser Farbenpracht, auf dem ruhig daliegenden Meer. Keiner von uns bemerkte, dass sich Holger, der in Steinwurfnähe ein zweites Chalet bewohnte, zum Strand bewegte.

Mit ausgebreiteten Armen lagen wir auf dem Riesenbett und hingen für Augenblicke unseren Gedanken nach.

»Nur noch eine Woche ... ich kann es nicht glauben. Ist diese schöne Zeit dann schon wieder vorbei? Sag, dass ich mich irre, Alfred. Kneif mich und sag, dass es nicht wahr ist und wir für immer hierbleiben dürfen.«

»Ich kann dich gerne kneifen, aber lügen werde ich nicht, mein Schatz. Aber wir müssen zuhause noch so viel regeln. Wir werden noch viele Reisen machen, das verspreche ich dir. Denke auch einmal daran, dass du ... na, du weißt schon.«

Zärtlich legte ich ihr erst die Hand, dann mein Ohr auf den Bauch und horchte konzentriert.«

»Du bist verrückt. Ich bin doch erst gerade schwanger geworden, das dauert noch einige Monate, bis der Klapperstorch anklopft.«

Sie warf sich lachend über mich und wir küssten uns lang anhaltend. Beide wälzten wir uns ausgelassen auf dem großen Bett und wurden erst auf den Besucher aufmerksam, als der einen Schatten über uns warf.

»Habt ihr keinen Hunger, ihr Turteltauben?«

Holger füllte den gesamten Rahmen der offenstehenden Tür aus und betrat langsam den Raum. Die Hände hatte er tief in den Taschen vergraben, das Lächeln wirkte nicht so echt, wie man es von ihm kannte. Es war für mich spürbar, dass er uns

Normalität vorspielen wollte. *Konnte es sein, dass er sogar eine gewisse Eifersucht in sich trug, da er sich jetzt so nah an dem Ort befand, an dem er mit seiner geliebten Aisyah glücklich sein wollte?*

»Lasst uns gehen, der Mann hat recht ... ich spüre den kleinen Hunger. Man erzählt sich, dass es hier mit einer Freiheitsstrafe nicht unter zwei Nächten bestraft wird, wenn auf ein gutes Abendessen verzichtet wird.«

Ich kreischte laut auf, als sie mir die kleine Faust in die Seite stieß. Ausgelassen steckte Verena sich eine große Blüte in das Haar, als wir die Tür abschlossen. Holger nahmen wir in die Mitte und marschierten den Weg entlang zum Restaurant. Der Geistliche musste noch viele Fragen zum Leben vor Ort beantworten, bis wir die ersten Speisen genießen durften.

Verena hatte Gefallen gefunden an den vielen fremdartigen Gerichten und versuchte ständig, bei den Angestellten herauszufinden, wie diese Speisen zubereitet wurden und welche Gewürze dabei Verwendung fanden. Die neugierigen Fragen drangen sogar bis in die Küche vor und amüsierten die Köche.

»Hätten Sie Lust, mich in die Hotelküche zu begleiten?«

Die Frage stellte ein typisch klein gewachsener, schlanker Mann an ihrer Seite, der mit Würde eine hohe Kochmütze auf seinem Kopf balancierte. Das überaus freundliche Lächeln wurde von einem schelmischen Ausdruck in den Augen angenehm unterstützt.

»Mein Name ist Budi. Ich bin der Chefkoch in diesem Haus. Mir ist zu Ohren gekommen, dass Sie sich für unsere Essenzubereitung interessieren. Das ist uns eine große Ehre. Deshalb möchte ich Sie einladen, dem Küchenpersonal zuzusehen. Das Team würde sich darüber freuen.«

Verena war fasziniert von dem fast reinen Englisch, mit dem er umzugehen wusste. Nachdem sie Holger und mir wild winkend klargemacht hatte, dass sie den Koch begleiten würde, hakte sie sich auflachend in den dargebotenen Arm Budis ein. Das gesamte Küchenpersonal blickte auf, als die Beiden eintraten und applaudierten begeistert.

Mittlerweile lag das Meer ruhig in tiefem Schwarz vor mir, nur wenige Lichter markierten die Wege zwischen den Chalets. Trotzdem suchte ich den Strand auf, um mir, an einer Palme gelehnt, Gedanken über die vor mir liegenden Tage zu machen. Ein leises Rascheln ließ mich nach links blicken, wo ich glaubte, die Umrisse eines Mannes erkennen zu können. Ich ging näher heran und erkannte Holger, der nach einem kräftigen Schluck die Flasche wieder neben sich abstellte.

»Bevor du fragst. Habe ich mir am Airport im Duty-free-Shop besorgt, hier kriegst du ja so was kaum. Setz dich. Kannst du auch nicht schlafen?«

»Ich dachte, du hättest aufgehört. Hattest du nicht davon gesprochen?«

»Ich habe gelogen. Ist dir noch nicht aufgefallen, dass ich oft lüge? Ich sage zumindest nicht immer die ganze Wahrheit.«

Zumindest ein leichtes Lallen zeugte davon, dass schon eine größere Menge seinen Kehlkopf passiert haben musste. Sein Blick war starr auf das Meer gerichtet.

»Du hast mich bisher noch nie angelogen. Das nehme ich dir nicht ab.«

»Habe ich dir nicht gesagt, dass ich mich darüber freuen würde, noch einmal hierher zurückkommen zu dürfen?« Er nahm erneut einen Schluck. »Das war gelogen.«

»Warum, in Dreiteufelsnamen, soll das gelogen gewesen sein? Du hast alles mit einem Feuereifer vorangetrieben. Du konntest es nicht abwarten, diese Reise zu machen. Was hat sich daran geändert, was hat DICH verändert?«

»Das kannst du nicht verstehen, du hast das damals nicht erleben müssen.«

»Dann erkläre es mir, ich möchte verstehen, was dich bedrückt. Das bist du mir schuldig.«

»Warum sollte ich es dir schuldig sein. Ich bin dir nichts schuldig, mein Freund.«

Ich riss ihm die Flasche aus der Hand und warf sie weit weg. Mit leisem Glucksen lief der Schnaps in den Sand. Die Hilflosigkeit, mit der ich dieser Situation gegenüberstand, wandelte sich allmählich in Zorn.

»Du bist es gewesen, der genau hierher wollte. Du bist es gewesen, der mir erklärte, dass ich genau hier viel Gutes bewirken kann. An dieser Stelle wollten wir gemeinsam Menschen oder Tieren helfen, die sich selbst nicht helfen können. Verdammt, war das alles eine billige Lüge? Hast du erst jetzt entdeckt, dass es ein Fehler war? Das nehme ich dir nicht ab, dass du den Glauben an der guten Sache verloren hast ... an unserer Sache.

Wenn es mit Aisyah zusammenhängt, kann ich zumindest deine Niedergeschlagenheit verstehen. Es musste schwer für dich sein, das erleben zu müssen. Aber, Holger ... es ist endlos lange her ... und du hast gewusst, was dich hier erwartet. Du kannst jetzt nicht alles aufs Spiel setzen, woran wir beide geglaubt haben ... woran ich immer noch glaube.«

Ich hatte ungewollt die Stimme gehoben, die Erregung hatte mich gepackt. Kampflustig rutschte ich näher heran und fasste Holger an der Schulter, schüttelte ihn.

»Holger, du kannst jetzt nicht aufgeben. Du wirst mich doch jetzt, kurz vor dem Ziel, nicht alleine lassen. Ich brauche dich hier. Nur du hast die

Verbindungen. Bitte ... der Sache zuliebe ... denke an die Menschen, an die Tiere, die uns brauchen.«

»Ich habe fest daran geglaubt, dass ich vergessen kann, was damals geschah, was mir diese Verbrecher genommen haben. Du kannst dir nicht vorstellen, wie ich dieses Mädchen geliebt habe ... ich wäre an ihrer Stelle gestorben, wenn es möglich gewesen wäre. Als ich zurück nach Deutschland kam, war ich gebrochen, hatte keinen Mut mehr. Der Glauben an den Herrn hat mir wieder Kraft gegeben. Ich habe Angst, Alfred. Ich habe Angst davor, wieder in diesen Wald zu gehen und die Rodungen zu sehen, die Schuld daran sind, dass Aisyah von mir gehen musste.«

Minuten vergingen, bis ich reagierte.

»Das verstehe ich gut. Dann lehne dich gegen deine Angst auf, lehne dich gegen die auf, die dir das angetan haben. Du wirst zwar nie an die Schuldigen herankommen, wirst sie nie zur Rechenschaft ziehen können. Aber wir können denen helfen, die jeden Tag darunter leiden müssen und zu schwach sind, sich zu wehren. Wir beide wollten die Aufzuchtstation unterstützen, die Elefantencamps, die Bauern. Lass uns das tun. Ich weiß selber, dass wir die Welt nicht retten oder die Zeit zurückdrehen können, aber wir würden einige Steine aus dem Weg räumen. Da ist noch etwas, für das es sich lohnt.«

»Ich habe sie so geliebt ...«

Wie ein Hilfeschrei kam es über die Lippen des älteren Mannes, bevor er sich an mich klammerte, an einen Mann, der sein Sohn sein konnte. Ein Weinkrampf schüttelte seinen Körper. Die Tränen spürte ich durch mein T-Shirt.

Grässliche Träume hatten Verena in den Morgenstunden begleitet, die einen Schweißfilm auf ihre Haut zauberten. Hierfür war in der Regel die feuchtwarme Luft dieser Region verantwortlich, die selbst in der Nacht nicht unter vierundzwanzig Grad sank. Doch in diesem Fall war der Verursacher wohl in den vielen scharfen Speisen zu suchen, die sie am Abend probiert hatte.

An Schlaf war nicht zu denken. Ich wollte sie aber auch nicht stören und verzog mich auf die Terrasse. Nach vergeblichen Schlafversuchen im Korbstuhl schrieb ich ihr einen Zettel, legte eine Frangipani-Blüte daneben und ging frühstücken. Als ich zurückkam, saß sie mit Bienchen bereits beim Essen, das ich ihr in die Villa bestellt hatte.

»Das sehe ich gerne. Ihr Zwei seid ja schon wach und habt endlich mit der Nahrungsaufnahme begonnen. Alles zu eurer Zufriedenheit?«

Verena streichelte Bienchen über den Kopf, die frech grinsend auf ihrem Schoß sitzend die Vorzugsbehandlung sichtlich genoss. Hier bahnte sich eine enge Freundschaft an.

»Was war los? Du musst ja fürchterliche Träume gehabt haben.«

»Erinnere mich bitte nicht daran, das war einfach grässlich. Nie wieder esse ich abends so scharfe Sachen. Das war ganz komisch ... hör zu.

Mir fällt aber nur noch das Ende vom letzten Traum ein. Ich saß in einem Boot mit vielen Kindern. Plötzlich wurden wir von einer gigantischen Welle angehoben und drohten auf den riesigen, schroffen Klippen zu zerschellen. Wir schrien vor lauter Angst, ohne dass du wohl nur einen Ton gehört hast. Die Kinder hatten sich alle in der Mitte des Bootes zusammengeklammert. Kurz bevor wir aus großer Höhe auf die Felsen knallten, wurde ich wach. Als ich die Augen öffnete, wurde mir klar, dass ich das arme Bienchen umklammert hatte. Die süßen Knopfaugen sagten mir, dass es nur ein schlimmer Traum war. Oh Gott, Bienchen, war das schrecklich. Du hast mich gerettet. Papa hat sich ja nach draußen verzogen, anstatt mich zu wecken.«

Jetzt wieder leicht zitternd drückte sie das Fellbüschel fest an sich und versuchte, den Atem zu beruhigen.

»Entschuldige bitte. Ich habe mich erst aus dem Staub gemacht, als du mir das Knie in die Nieren gestoßen hast. Nachdem du damit begonnen hast, in dieser Fäkaliensprache zu schimpfen, habe ich mich auf die Terrasse gesetzt. Die Mücken werden das zum Nationalfeiertag vorschlagen.«

»Das ist ja schrecklich. Erinnere mich bitte daran, dass ich abends nicht mehr so viel von dem scharfen

Essen zu mir nehme. Bienchen tut mir so leid. Sie musste wohl die ganze Nacht meine Aggressivität aushalten.«

»Dann bin ich ja beruhigt, dass dir das Wohlergehen dieses frechen Teddys wichtiger ist, als meines.«

Gespielt eingeschnappt warf ich mich auf das zerwühlte Bett und starrte an die Decke. Ich hörte erstaunt den Dialog zwischen Verena und Bienchen.

»Siehst du, Kleine, jetzt ist Papa beleidigt. Ich werde mich da wohl entschuldigen müssen. Iss du solange ruhig weiter.«

Schlangengleich bewegte sie sich auf das Bett zu und fixierte ihr Opfer. Urplötzlich warf sie sich über mich und begann damit, mich an allen empfindlichen Stellen zu kitzeln. Mit einem Aufschrei versuchte ich, mich der vielen Arme zu erwehren, die einem Polypen gleich, meinen Körper berührten. Schwer atmend, aber lachend, lagen wir nebeneinander und versuchten, den Puls zu beruhigen.

»Alfred? Kann ich dich etwas fragen? Du darfst aber nicht böse sein, das musst du mir versprechen.«

»Aber natürlich, mein Engel.«

»Warum hast du bisher noch nie versucht, Sex mit mir zu haben? Gefalle ich dir nicht? Was hält dich davon ab? Mache ich etwas falsch?«

Das Lächeln auf meinem Gesicht erstarb augenblicklich und ich drehte den Kopf zur Seite, damit Verena die aufsteigende Gesichtsröte nicht erkennen sollte. Schließlich drehte ich ihr sogar den Rücken zu, sodass sie ihre Arme auf meinen Rücken legte und vorsichtig über meine Schulter schaute. Lange schon hatte ich diese Frage erwartet und nach einer plausiblen Erklärung gesucht. Die innere Angst vor dem ersten Mal war tatsächlich übermächtig.

»Bitte rede mit mir. Das darf doch so nicht mit uns weitergehen. Ist es das Kind, das ich von einem Anderen in mir trage? Das kann es doch nicht sein ... Joel ist doch längst Vergangenheit. Sprich mit mir. Wir sind doch erwachsene Menschen, die über alles sprechen können.«

Die forschenden Gedanken jagten erneut durch meinen Kopf, ohne auch nur ansatzweise eine passende Antwort zu finden. Die Gespräche mit Mama mischten sich immer wieder dazwischen, die ständig die Richtung vorgaben. Sex war schmutzig und diente einzig der puren Lustbefriedigung der Männer. Frauen waren stets Opfer, die wehrlos den animalischen Trieben der Kerle ausgeliefert waren. Selbst wenn die Frau schon schwanger war, wollten die Männer immer weiter in sie eindringen, um ausschließlich ihren Trieb zu befriedigen. Männer waren wie Tiere. Während einer besonderen Lehrstunde, in der sie leicht beschwipst war, ergänzte sie ihre starren Ansichten durch eine außergewöhnliche Variante. Sie verriet mir plötzlich, dass es auch Frauen gab, die Lust an diesen Sexspielen entwickelt hatten und dieser Lust in verwerflicher Art und Weise nachgeben. Sie verführten und animierten die Männer sogar.

Das leichte Rütteln an meiner Schulter unterbrach meine Gedankenspiele.

»Alfred, ich rede mit dir. Wir können das Thema nicht für alle Zeiten totschweigen und sollten auch nicht so tun, als hätten wir das Keuschheitsgelübde abgelegt. Du bist Finanzbeamter und kein Priester, der im Zölibat leben möchte. Glaubst du denn wirklich, ich hätte noch nie bemerkt, dass du es selbst möchtest. Wenn wir uns küssen, sagt mir dein Körper, dass er danach verlangt. Du darfst dein Verlangen nicht ständig hinter irgendetwas verstecken.«

Ich drehte mich wieder auf den Rücken und sah Verena gerade in die Augen, so als würde ich in ihren Gedanken bohren, nach der Wahrheit, der Aufrichtigkeit in ihren Worten suchen. Langsam zog ich sie an mich und drückte meine Lippen auf ihre. Wie ein Ertrinkender nahm ich die Gefühle auf, die Verena durch ihre Küsse ausdrückte.

»Ich liebe dich so sehr, Verena. Aber ... ich habe Angst.«

Sie stemmte sich hoch und blickte entsetzt auf meine Lippen, die diese für sie unfassbaren Worte geformt hatten.

»Angst, Liebster. Wovor fürchtest du dich?«

»Ich habe Angst, dich zu verletzen oder etwas falsch zu machen. Du hast schon Erfahrung, ich ... ich bin noch Jungfrau.«

Die letzten Worte ließen sie zusammenzucken. Sie legte ihren Mittelfinger auf meine Lippen und zischte ein beruhigendes *Pscht*.

»Was sagst du da? Du kannst mich nicht verletzen, mein Schatz. Du besitzt so viel Güte und Sanftheit, dass du zu Grobheiten gar nicht fähig wärst. Ja, ich habe Erfahrung, das ist richtig. Doch die waren nicht immer schön. Ich bin davon überzeugt, dass du dazu fähig bist, einer Frau die Zärtlichkeit zu geben, nach der sie sich im tiefsten Inneren sehnt. Ich will dir helfen, dich weg von den Vorurteilen führen, die dich hemmen. Vergiss all das, was du bisher über die körperliche Liebe glaubtest zu wissen. Genieße die Realität. Dein Körper sendet dir doch eindeutige Signale und die Natur gibt dir vor, wie es funktioniert.«

Sie kniete neben mir auf dem Bett und zog ihr Hemdchen aus, das sie auf den Boden fallen ließ. Ihr makelloser Körper, diese kleinen, straffen Brüste bannten meinen Blick. Ohne ihre Augen von meinem Gesicht zu nehmen, knöpfte sie mein Sweatshirt auf und zog es bedächtig über meinen Kopf. Der Bermudashorts, der langsam über meine Beine gezogen wurde, entblößte den Slip, der deutliche, verräterische Anzeichen erkennen ließ, dass mein Verlangen eindeutig vorhanden war. Als auch der Slip den Boden neben dem Bett berührte, streckte ich die Arme nach ihr aus und begann damit, jeden

Zentimeter ihres Gesichtes mit Küssen zu bedecken. Ungestüm versuchte ich, sie auf mich zu ziehen.

»Pscht, ruhig mein Schatz. Nimm dir Zeit und lass mich das machen. Schließe deine Augen und genieße.«

17. Kapitel

Holger wartete schon ungeduldig am Bus, als wir Hand in Hand am kleinen Parkplatz auftauchten. Er stellte keine Fragen, was das späte Erscheinen betraf. Eine erklärende Verlegenheit stand uns wohl im Gesicht geschrieben. Auf der Fahrt, die eineinhalb Stunden andauerte, bereitete er uns auf die Aufzuchtstation für Orang Utans vor, von der es in diesem Teil Borneos zwei gab.

Wir erfuhren, dass es diese menschenähnlichen Tiere früher in großer Zahl auf dieser einzigartigen Insel gab und dass sie nun vom Aussterben bedroht waren. Als er über die Verursacher sprach und deren unkontrollierte Rodungen, war ihm die innere Wut, sein tief verwurzelter Hass, anzumerken. Holger klärte uns über die Bemühungen auf, herrenlose Orang Utan-Babys dort aufzunehmen und auf ein Leben in der Wildnis vorzubereiten. Adoptivmütter kümmerten sich um den Nachwuchs anderer Affen, die ihre Jungen oftmals auf der Flucht vor Holzfällermaschinen zurücklassen mussten. Er hoffte darauf, uns die Tiere bei der Nachmittags-Fütterung zeigen zu können. Vormittags hätten wir sicherlich noch mehr Glück gehabt, stellte er nach dem Besuch fest.

Beeindruckt von der immensen Arbeit, die alle Mitarbeiter der Station leisten mussten, war es für mich selbstverständlich, einen hohen Betrag zu spenden. Es berührte mich, als ein hochrangiger Mitarbeiter versprach, einem männlichen Orang Utan-

Baby meinen Namen zu geben. Ich fand es toll, dass ich damit eine Patenschaft übernommen hatte. Verena war dermaßen beeindruckt von dieser Geste, dass sie mir spontan einen Kuss gab. Die Einheimischen übersahen zwar etwas irritiert, aber dennoch großzügig diese in diesem strenggläubigen Land nicht gern gesehene Reaktion.

Wir befanden uns auf der Rückfahrt nach Kuching, als unser Wagen abbremste und am Ende eines langen Staus zum Stehen kam. Auf der Straße war ein Schwertransporter mit einer riesigen Motorsäge von der Fahrbahn abgekommen und mit dem Auflieger in den Graben gerutscht. Das Zugfahrzeug stand quer auf der Fahrbahn. Die Stimmung im Auto sank mit jeder Minute, die Holger der Situation ausgesetzt war. Mit aller Seelenruhe verharrte unser Fahrer Wayan auf seinem Platz und lauschte der Musik, die er leise im Hintergrund laufen ließ.

Die Klimaanlage sorgte für halbwegs erträgliche Temperaturen, die Musik machte schläfrig, als wir aufschraken. Holger hatte die Seitentür aufgerissen und marschierte, so es sein lädiertes Knie zuließ, mit ausladenden Schritten am Fahrbahnrand auf die Unfallstelle zu. Ich ahnte, was mein Freund vorhatte und erklärte Verena, dass sie unbedingt im Fahrzeug bleiben sollte, egal, was passiert. Schnell holte ich auf und riss Holger an der Schulter herum.

»Was tust du da? Willst du uns alle in Gefahr bringen? Glaubst du, mir gefällt es, dass diese Wahnsinnigen den gesamten Wald abholzen? Aber wir können hier und jetzt nichts dagegen tun, außer uns in Gefahr zu bringen. Du musst doch am besten wissen, zu welchen Mitteln diese Verbrecher greifen, wenn sie Gegner aus dem Weg räumen wollen.«

Mit wutverzerrtem Gesicht schrie Holger zurück.

»Glaubst du wirklich, dass wir durch Wegsehen mehr erreichen? Genau darauf baut sich deren Erfolg auf. Verdammt, die haben in den letzten Jahren über die Hälfte des tropischen Tieflandwaldes hier und auf Sumatra abgeholzt. Und das nur, um jetzt mit Palmöl, das stattdessen angebaut wird, Reichtümer zu scheffeln. Die Gewinne aus Akazienwäldern und Eukalyptus für die Zellstoffherstellung füllen jetzt deren Geldspeicher. Ich könnte kotzen. Und unsere Politiker verhandeln seit Jahrzehnten über ausgewiesene Schutzflächen. Es ist viel zu spät ... die Erde ist bereits tot. Oh mein Gott, warum lässt du das zu?«

Holger hatte sich in Rage geredet und war auf die Knie gesunken, um den Herrn anzuflehen. Die Menschen, die in den wartenden Autos erst still zusahen, schienen intuitiv zu spüren, was die Ursache dieses Wutanfalls sein konnte. Nacheinander stiegen sie aus ihren Autos und schüttelten ihre Fäuste in Richtung des Transporters. Immer stärker wurden Parolen geschmettert, was ich jedoch nicht verstehen konnte. Einige Passanten kamen näher und schlugen

Holger auf die Schulter. Genau diese Menschen waren von dem Raubbau an der Natur am Schlimmsten betroffen, da sie den Boden für ihre Landwirtschaft nicht nutzen durften. Letztendlich verlor die gesamte Menschheit einen wichtigen Teil der Natur und beschleunigte damit den Klimawandel.

Die Sirenen der Polizeifahrzeuge waren bereits in der Entfernung zu hören. Die Angestellten der Baufirma hatten vorsichtshalber die Behörden informiert, da sie wussten, wie schnell sich ein kleiner Aufstand zum Flächenbrand ausweiten konnte. Ich zerrte meinen Freund zum Fahrzeug und versuchte, ihn zu beruhigen.

»An eurem Holz ersticken sollt ihr. Der Herr wird eine Plage über euch kommen lassen, im Feuer werdet ihr ersticken!«

Mit erhobener Faust gegen die Arbeiter, ließ er sich widerstrebend ins Fahrzeug ziehen, kurz bevor die Polizei die Unfallstelle abriegelte und sich schützend, mit Gewehren im Anschlag, vor die Arbeiter postierte.

»Seht ihr. Die Behörden schützen diese Bestien noch. Die Regierung kassiert ja auch genug Schmiergelder für jede Abholzungsgenehmigung.«

Nur mit Mühe konnte ich den Tobenden zurückhalten, dessen Hand schon wieder auf dem Türgriff lag.

»Es tut mir leid, dass ich euch vorhin in Gefahr gebracht habe. Ich habe vergessen, dass du ein Kind unter dem Herzen trägst.«

Holger legte eine Hand auf Verenas Arm. Seine Entschuldigung wirkte ehrlich, obwohl die innere Wut ihn immer noch aufwühlte. Wir hatten unser Abendessen bestellt und diskutierten angeregt über die Geschehnisse des abgelaufenen Tages. Der warme Wind trocknete schnell die Feuchte, die sich auf der Haut absetzte. Alles wirkte unendlich friedlich. Der Duft von tropischen Blumen und Räucherstäbchen verwöhnte die Nasen und die Bambusröhren ließen ihre beruhigenden Töne vom Wind in die Welt tragen. Es fiel schwer, zu glauben, dass schon einige Kilometer entfernt, unvorstellbar große Maschinen an einem Tag viele Quadratkilometergroße Flächen dem Erdboden gleichmachten. Flächen, auf denen jahrhundertealte Bäume Tieren bisher ein Zuhause gaben. In die Stille hinein vernahmen wir die Worte des Geistlichen.

»Ich werde weitermachen.«

»Du wirst woran weitermachen?«

»Alfred, du musst das verstehen. Ich kann zuhause in Deutschland nichts bewirken. Ich bin in Gedanken immer hier bei den Menschen, die sich nicht wehren können. Diesem Volk wird das Land genommen, damit große Unternehmen den Aktionären noch mehr an Dividenden bieten können. Ich kann jetzt nicht zurück nach Deutschland und so tun, als existiere dieser Frevel nicht.«

»Aber was kannst du tun? Du bist nur ein Mann gegen diese Gesellschaften. Du kannst nicht gewinnen. Darüber musst du dir im Klaren sein. Du begibst dich nur in große Gefahr.«

»Das weiß ich auch. Aber ich kann den Menschen zumindest Mut machen, damit sie sich auflehnen, damit die Öffentlichkeit weltweit aufgeklärt wird. Ich habe mich entschlossen. Ihr Zwei müsst eure Mission ebenfalls erfüllen. Ihr glaubt gar nicht, wie stolz ich auf euch bin. Aber lasst uns jetzt über etwas Anderes reden. Ich muss noch weiter darüber nachdenken.«

Die Terrasse gab den Blick frei auf das Meer, das schon seit Jahrmillionen die Wellen gegen das Ufer trieb. Wir Männer hingen unseren Gedanken nach. Verena wollte vor dem Zubettgehen noch Duschen.

»Wo willst du wohnen?«

Wie aus heiterem Himmel stellte ich die Frage.

»Ich denke, dass ich wieder in den Osten gehen werde. Irgendwo dorthin hat sich der Stamm zurückgezogen, bei dem ich damals mit Aisyah lebte. Ich hatte meinen Platz im Leben gefunden und wieder verlassen müssen. Jetzt bin ich zurück und will das vollenden, was ich begonnen habe.«

Nur die leichte Brandung begleitete unsere Gedanken, denen jeder von uns Beiden nachhing.

»Da ist noch etwas Anderes, mein Freund.«

»Erzähl.«

Ohne den Blick von der weiten See abzuwenden, wartete ich auf das, was mein Freund noch zu sagen hatte.

»Die Leber wird mir nicht mehr allzu lange Zeit geben. Ich muss jetzt schon täglich Schmerzmittel nehmen, damit ich den Tag überstehe. Ich möchte hier in Würde Abschied nehmen können. Kannst du dir vorstellen, dass ich mich an Maschinen anschließen lassen würde, die alles nur hinauszögern. Da kennen die Einheimischen hier bessere Mittel, um einen Schmerz auszuschalten. Du solltest auch wissen, dass man in diesem Teil der Welt die Toten verbrennt und die Totenfeier fröhlich begeht, denn das wahre Dasein beginnt erst im Jenseits. Bitte sage Verena nichts davon. Versprochen?«

Den ersten Schock hatte ich überwunden und legte meinen Arm um Holger.

»Ich werde dir niemals vergessen, was du für uns getan hast. Denn du hast uns einen Weg gezeigt, wie wir Glück mehren und verteilen können. Ich werde dir einen größeren Betrag hier auf ein Konto legen und jeden Monat Geld überweisen ... solange du möchtest.«

Wir lauschten weiter schweigend dem Rauschen des Wassers.

Still lagen wir nebeneinander und hingen unseren Gedanken nach, die sich mit der Entscheidung des

Pfarrers beschäftigten. Noch hatten wir einige gemeinsame Tage, um ihn eventuell davon abzubringen.

»Er wird mir fehlen, dieser Draufgänger. Aber wenn wir wieder einmal in dieser Gegend sind, können wir ihn ja besuchen.«

Ich kommentierte diese Überlegung von Verena nicht, brummte nur kurz, was sie als Zustimmung wertete. Ich wusste, dass dieser Abschied für immer sein würde. Es zerriss mir das Herz.

»Alfred? Mir kommt da ein verrückter Gedanke. Was hältst du davon, wenn ich Hollerberg frage, ob er die Patenschaft für das Kind übernehmen würde?«

Nachdem eine Minute ohne Antwort verstrichen war, stemmte sich Verena auf einen Ellbogen hoch und kontrollierte, ob ich zwischenzeitlich eingeschlafen war. Dass in mir ein Kampf ablief, ob ich ihr die Wahrheit über Holger doch verraten sollte, konnte sie nicht ahnen. Ich hatte ihm schließlich mein Wort gegeben.

»Was ist mit dir los? Warum gibst du mir keine Antwort? Weinst du etwa?«

Ich wischte mir über die Augen und sah aus dem Fenster, durch das ich nur den dunklen Sternenhimmel erkennen konnte. Ich suchte die Lösung in einer Notlüge.

»Das ist eine gute Idee. Wir werden ihn aber erst fragen, sobald das Kind da ist. Es soll doch eine Überraschung werden.«

»Das gefällt mir. So machen wir das.«

Verena ließ sich wieder ins Kissen fallen. Das Gefühl wurde übermächtig, dass ich ihr etwas Wichtiges verschwiegen, sie zum ersten Mal belogen hatte.

Viel zu schnell vergingen die folgenden Tage, in denen uns Holger auch in den Bako-Nationalpark führte. Mit einem zusätzlichen Guide erlebten wir auf engen Pfaden hautnah den dichten Dschungel Malaysias und ließen uns auf Begegnungen mit den berühmten Nasenaffen ein. Geschenke, die wir an die Ibans verteilten, öffnete uns die Herzen der Ureinwohner. Die Begeisterung für dieses Land wuchs bei jeder neuen Begegnung und Besuchen von Sehenswürdigkeiten.

Die Aufregung wuchs vor allem bei Verena, als der Flug zu den unvorstellbar großen Mulu-Höhlen im Osten des Landes anstand. In der Nähe von Brunei hatte uns Holger ein faszinierendes Naturschauspiel prophezeit, womit er recht behalten sollte.

Verena krallte ihre Fingernägel in meinen Arm, als die zweimotorige Propellermaschine zur Landung über dem dichten Blätterwald ansetzte, der aber keine Lücke zeigte, um das schaukelnde Fluggefährt aufsetzen zu lassen. Als sie im allerletzten Augenblick die Öffnung zwischen den Bäumen sah, stellte ich mit Erleichterung fest, dass sie nach einer Zeit der Atemlosigkeit wieder frischen Sauerstoff in ihre

Lungen sog. Mir selber war ebenfalls übel geworden, was Verena jedoch nicht bemerkt hatte.

»Ich lebe ... ich lebe tatsächlich. Dem Himmel sei Dank. Wie kommen wir hier wieder raus, bei der kurzen Start- und Landebahn? Herr Hollerberg ... das war aber knapp.«

Holger, der sich schon abgeschnallt um das Gepäck bemühte, musste sich laut auflachend wieder setzen. Er hatte den Flug ungewohnt wortkarg hinter sich gebracht, ohne große Erklärungen zu den vielen freien Landflächen, die baumlos unter uns vorbeizogen. Zwei Tage lang besichtigten wir die riesigen Caves, wie man die Höhlen hier nannte, die teilweise bis zu achtzig Kilometer weit in die Erde führten und bis heute noch nicht restlos erforscht waren. Die Fahrt mit den Langbooten der Ibans begeisterten uns so sehr, dass wir häufig übersahen, wie Holger unter den Eindrücken der zurückgedrängten Natur litt.

Die Koffer füllten sich allmählich und signalisierten, dass der Augenblick, den alle gerne noch hinausgezögert hätten, unerbittlich näher kam. Verena hatte in den Malls von Kuala Lumpur ausgefallene Kleidung eingekauft, die in den Geschäften der Heimat wohl niemals angeboten wurden. Entsprechend rar wurde der zur Verfügung stehende Raum im Reisegepäck. Ich hatte die Reißverschlüsse mühsam zugezogen, nachdem Verena mit ihren zur Verfügung stehenden sechsundfünfzig Kilogramm wilde Sitzübungen darauf veranstaltet hatte. Stolz und reichlich verschwitzt blickten wir, auf dem Bett sitzend, auf unser Werk und lenkten unsere Gedanken ungewollt auf die Abschiedsszene. Verena bemerkte, wie ich mich plötzlich versteifte, und folgte meinem Blick. Bienchens Knopfaugen waren vorwurfsvoll auf uns gerichtet und brannten wortlos die Frage in unser Bewusstsein: *Was geschieht jetzt mit mir? Die Koffer sind voll.*

»Ach du lieber mein Vater, und jetzt?«

Verena griff verzweifelt in ihre Haare und sah mich fragend an.

»Hierlassen!«

»Wird uns gar nichts Anderes übrig bleiben, die Koffer sind voll.«

Diese harte Entscheidung stand wie ein Donnerhall im Raum und ließ die Luft einfrieren. Beide sahen wir uns bestätigend an und warfen uns gleichzeitig lachend auf das Fellbüschel. Wir zogen die Kleine in unsere Mitte und knuddelten vergnügt mit ihr herum.

»Mensch, Mäuschen, das hast du doch wohl nicht geglaubt, dass wir dich hier in der Fremde zurücklassen, oder? Du kommst in den Rucksack. Das ist doch klar.«

Verena hielt Bienchen über ihren Kopf und schüttelte sie ausgelassen.

»Bei euch wirkt sich das Reisefieber ja auf seltsame Art aus. Jetzt quatscht ihr schon mit Plüschbären. Aber so richtig Sorgen mach ich mir erst, wenn der antwortet.«

Keiner von uns Beiden hatte das Klopfen gehört, bevor Holger eintrat. Er zwang sich ein Lächeln ab und setzte sich an den kleinen Tisch neben der Tür. Seinen Augen fehlte heute das verschmitzte Lächeln, das ihn so sympathisch erscheinen ließ. Sie drückten Kummer aus, den er mit sich herum trug. Noch am Abend davor hatten wir den letzten Versuch gestartet, ihn von seinem Vorhaben abzubringen. Sein Entschluss stand unumkehrbar fest.

»Es wird Zeit für euch. Jetzt packt mal endlich eure Utensilien zusammen, und dann ab zum Bus, Wayan kommt in etwa dreißig Minuten. Die nächste Maschine kommt nämlich erst am nächsten Tag.«

Die ersten Kilometer zum Airport legten wir wortlos zurück, bis Holger endlich sein Schweigen brach.

»Ich habe gestern Abend noch einen Mann im Foyer getroffen, der glaubte zu wissen, dass die Iban-Gruppe, die ich suche, sich in das Gebiet rund um Bukit Pagon zurückgezogen hat. Das ist gar nicht so weit von Mulu entfernt und zieht sich bis nach Brunei rein. Werde mich, wenn ihr noch auf dem Weg nach Kuching seid, um eine Fahrgelegenheit dorthin bemühen. Vielleicht gibt es ja sogar dort einen kleinen

Flughafen. Sobald ich weiß, wo ich mich aufhalten werde, schicke ich euch eine Nachricht. Deine Einzahlung auf das Konto war übrigens mehr als großzügig, Alfred. Damit werde ich bestimmt hier Einiges bewegen können. Du kannst mir Nachrichten an die bekannte Email-Adresse schicken. Ich denke, dass selbst dort irgendwo ein Internet-Shop eingerichtet ist.«

»Du musst mich unbedingt auf dem Laufenden halten, damit wir eventuell Aktionen koordinieren können. Vielleicht kann ich ja von Deutschland aus die Medien auf euch aufmerksam machen.«

Wayan bog auf den kleinen Parkplatz des Airport Gunung Mulu ein und begann damit, die Koffer auf einen Transportwagen zu stemmen.

Das Einchecken war in wenigen Minuten erledigt, da lediglich zwölf Passagiere den heutigen Flug nach Kuching gebucht hatten. Die Stimmung drohte auf den absoluten Tiefpunkt zu sinken, bis Holger aufstand und sich vor uns stellte. Die wenigen Passagiere, die sich noch im Umfeld aufhielten, sahen erstaunt rüber und verfolgten das Geschehen. Holger legte jeweils eine Hand auf unsere Köpfe und erhob feierlich die Stimme.

»Es war eine großartige, erfüllende Zeit mit euch. Ihr habt stets im Sinne des Herrn gehandelt, der euch das sicher irgendwann vergelten wird. Euch und dem Kind, das hoffentlich gesund geboren wird, wünsche ich für die Zukunft alles Gute. Gottes Segen erhaltet ihr durch mich hier und in diesem Augenblick.

Es segne und behüte euch der allmächtige und barmherzige Gott, der Vater, der Sohn und der Heilige Geist.«

Hollerberg schlug ein Kreuz und küsste uns auf die Wange. Lange hielt er uns fest in den leicht bebenden Armen, bis der Aufruf zum Einsteigen durch die kleine Halle dröhnte.

»Wir werden uns wiedersehen, das weiß ich. Danke für alles, was ihr mir gegeben habt. Kommt gesund nach Hause ... und vergesst mich nicht, so wie auch ich euch niemals vergessen werde.«

So viele Abschiedsworte hatte jeder von uns im Stillen gesucht und vorbereitet. Nicht eines war jetzt passend genug, um sie diesem großartigen Mann zu hinterlassen. Stumm, mit tränengefüllten Augen umarmten wir ihn und drängten zum Abfertigungsschalter. Holgers Augen verfolgten jeden unserer Schritte und ein letztes Lächeln stahl sich hinein, als er in das vergnügte Gesicht Bienchens blickte, deren Oberkörper Verena aus dem Rucksack herausragen ließ. Holger flüchtete zum Ausgang und drehte sich nicht mehr um.

Die Propellermaschine beschleunigte erstaunlich kräftig und raste mit zunehmender Geschwindigkeit auf die grüne Wand der Baumriesen zu. Verenas Augen waren geschlossen, der Atem stoppte. Kurz bevor wir steil in den blauen Himmel schossen, entdeckte ich den Mann, der abseits der Rollbahn den Start verfolgte. Seine Hände schienen uns nochmals einen Segen hinaufzuschicken. Seine Lippen formten tatsächlich die Worte:

Herr, gib ihnen die Kraft, diesen Weg weiter zu gehen.

18. Kapitel

Ich wusste nicht, was ich vom heutigen Besuch erwarten durfte. Das letzte bedeutungsvolle Treffen mit ihr lag schon lange zurück und ich konnte immer noch nicht glauben, dass es bei Menschen vom Schlage Mamas zu derart gravierenden, und dann noch bleibenden Veränderungen kommen konnte. Den Glauben an Wunder hatte ich schon in frühester Jugend verloren. Für mich war es erschreckend, dass Mama bis heute nicht für nötig erachtet hatte, mich über die Falschmeldung mit dem Storch aufzuklären. Nicht, dass ich immer noch dran glaubte, aber hier ging es mir mehr ums Prinzip.

Am Fenster stehend beobachtete ich den Sportwagen, der problemlos im ersten Versuch zwischen zwei Lieferwagen einparkte. Klaus stieg aus und öffnete galant die Beifahrertür, um Mama beim Aussteigen behilflich zu sein. Das dankbare Lächeln, das ihr sonst übliches Gezeter ersetzte, führte bei mir zu ersten Irritationen. Laut sprach ich es in den Raum, sodass auch Verena die Worte verstand, die letzte Vorbereitungen für das Kaffeetrinken traf.

»Da unten sind zwei Personen vorgefahren, wobei eine von denen entfernt Ähnlichkeiten mit meiner Mutter aufweist. Zumindest kann ich sie an der Kleidung erkennen. Ich habe Angst davor, dass ich plötzlich aus diesen Traum gerissen werde und sie erscheint wieder in der Originalausführung.«

»Alfred, bitte etwas mehr Optimismus. Du solltest mehr an das Gute im Menschen glauben.«

»Das tue ich ja auch normalerweise, aber wir sprechen gerade über meine Mutter. Da solltest du schon andere Maßstäbe ansetzen.«

Das Läuten der Türglocke unterbrach die Frotzelei für den Augenblick. Verena eilte zur Tür und starrte auf den Mann, der seiner Begleiterin einen Kuss auf die Stirn drückte. Elke Reimann schenkte ihm dafür ein dankbares Lächeln und näherte sich Verena mit vorgestreckter Hand. Ich, der endlich aus der Küche herbeieilte, erfasste nur noch die Endphase einer ausgesprochen herzlichen Begrüßung. Klaus gab genau in dem Augenblick Verena wieder frei, als ich in die Diele einbog.

»Das riecht hier ja schon herrlich nach Kaffee, mein Junge. Den können wir auch gebrauchen. Nicht wahr Klaus? Ein Stau nach dem Anderen, die Autobahn war ein einziges Chaos. Lass dich umarmen, mein Sohn. Mein Gott, seid ihr braun geworden. Da habt ihr euch bestimmt nur am Strand rumgewälzt, oder?«

Mama drückte verschwörerisch ein Auge zu und umarmte mich anschließend herzlich. Klaus schlenderte, Verena immer noch mit einem Arm umfassend, auf mich zu. Der feste Händedruck unterschied sich gewaltig von dem seichten Getatsche, das er bei dem ominösen Abendessen gezeigt hatte.

Fasziniert beobachtete ich das Gehabe, das ich bisher nur bei frisch verliebten, pubertierenden Pärchen gesehen hatte. Auf mich wirkten die ständigen Berührungen und Schmachtblicke wie eine Parodie auf die letzten Annäherungsversuche in einem Seniorenheim. Meine Nervosität wuchs. Nach dem Kaffee zogen wir Männer uns ins Wohnzimmer zurück, weil die Frauen ein gemeinsames Thema gefunden hatten, das sich weit entfernt von männlichen Interessenbereichen bewegte.

»Es ist gut, dass wir uns einmal unter vier Augen unterhalten können. Ich muss etwas mit Ihnen besprechen, wovon meine Mutter auf keinen Fall erfahren darf. Ich möchte Sie quasi als Anwalt engagieren.«

Verblüfft betrachtete Klaus den Sohn seiner Lebensabschnittsgefährtin.

»Bevor wir aber ins Detail gehen, habe ich eine Bitte.«

Jetzt war es an mir, mein Gegenüber erstaunt anzusehen.

»Ich habe Elke vor einiger Zeit den Kopf gewaschen und ihr deutlich vor Augen geführt, dass sie ihre, sagen wir einmal *seltsame Art*, unbedingt ablegen müsse, da wir ansonsten getrennte Wege gehen würden. Das werdet ihr mitbekommen haben und euch auch bestimmt Gedanken dazu gemacht haben, warum sie im Augenblick so verändert erscheint. Ich glaube, dass sie fast ihr ganzes Leben eine Rolle gespielt hat, eine Person, die sie eigentlich gar nicht ist. Da muss in früheren Zeiten was passiert sein, damit sie sich in diese eigentlich fremde Frau verwandelt hat. Ich glaube, dass wir nun die echte Elke Reimann erleben dürfen. Wir haben uns besprochen und sind übereingekommen, dass wir in wenigen Monaten heiraten werden.«

Die Nachricht schlug bei mir wie eine Bombe ein. Bevor ich antworten konnte, sprach Klaus weiter.

»Da wir dann ja sozusagen Verwandte werden, schlage ich schon jetzt vor, dass wir das unpersönliche Sie einfach weglassen ... ich heiße Klaus.«

Er streckte mir die Hand hin, in die ich ohne Bedenken einschlug.

»Das ist eine wunderbare Nachricht. Mama wirkt so glücklich, dass ich mir schon fast Sorgen gemacht habe.«

Klaus lachte auf und schlug mir mit der Hand aufs Knie.

»So, und nun zu deinem Anliegen. Hoffentlich kann ich dir helfen.«

Ausführlich berichtete ich von den Geschehnissen der jüngsten Vergangenheit, wobei ich Klaus des Öfteren ein anerkennendes Nicken abringen konnte. Wir besprachen diverse Möglichkeiten, Holger in Malaysia zu unterstützen, wobei immer wieder neue Probleme auftauchten, die wir aus dem Weg räumen mussten.

»Das hört sich äußerst interessant an und bedeutet eine tolle Aufgabe, die es zu bewältigen gilt. Wegen des Geldes, also wegen deines Lottogewinns musst du dir keine Gedanken machen. Ich werde Niemandem davon erzählen. Aber ich verstehe dich sehr gut. Ich habe es in meinem Beruf oft genug erleben müssen, wie die Gier nach einem möglichen Erbe, den Kopf wuschelig machen kann. Ich fange morgen damit an und werde dich ständig auf dem Laufenden halten.«

Klaus reichte mir gerade in dem Augenblick die Hand, als beide Frauen, mit Kaffeetassen bewaffnet, in der Tür zum Wohnzimmer erschienen.

»Oha, da findet gerade eine Verschwörung statt. Wir stören doch nicht etwa?«

Auch Verena sah erstaunt auf uns, bei denen es in kürzester Zeit zu einem Agreement gekommen war. Zumindest erweckte es für sie den Anschein.

»Klaus tut mir lediglich einen Gefallen und hilft mir in einem Rechtsfall. Können wir auch einen Kaffee bekommen?«

Die Frage platzte genau in einen Zeitraum, in dem die Gespräche kurz pausierten und alle nach ihren Tassen griffen. Mama blickte abwechselnd von Verena zu mir, während ich gedankenverloren über meinen Drei-Tage-Bart strich.

»Verena berichtete darüber, dass sie schwanger ist. Sie macht kein Geheimnis daraus, dass das Kind von einem anderen Mann ist, was ja auch nicht schlimm ist. Wie gedenkt ihr zwei eigentlich damit umzugehen? Ich meine, falls ihr den Gedanken habt, weiter zusammen zu bleiben, wovon ich einfach ausgehe ... wenn ich euch so betrachte«, schob sie lächelnd hinterher.

»Aber Elke, das geht uns doch ...«

Klaus war anzusehen, dass ihm die Situation absolut peinlich war.

»Lass nur Klaus. Das ist scheinbar eine Frage, die wir vor uns herschieben und die einmal beantwortet werden muss. Mir jedenfalls brennt sie auf der Seele.«

Ich sah Verena an, die sich von diesem Thema überrollt fühlte und verunsichert wirkte. Als sie Mama von der Schwangerschaft erzählte, konnte sie sich nicht vorstellen, dass es anschließend zu weiterführenden Überlegungen kommen würde.

»Liebes, darüber werden wir reden, aber nicht hier und nicht heute. Es wäre aber schön, Klaus, wenn du uns dazu einige rechtlichen Fragen beantworten würdest, sobald es akut wird. Da wir gerade dabei sind, Neuigkeiten auszutauschen. Ich hätte da noch eine kleine Überraschung ... zumindest für dich, Mama.«

Sie setzte vorsichtig ihre Tasse auf dem Tisch ab und lächelte mich in freudiger Erwartung an. Die Hände faltete sie in den Schoß.

»Du wirst dich sicherlich gewundert haben, warum ich in letzter Zeit so oft nach Südostasien gereist bin. Mal nur mit Verena, zuletzt aber auch in

Begleitung eines gut befreundeten Pfarrers. Das hatte einen besonderen Grund, zumal das ja auch hohe Kosten verursachte, die ich nicht nur aus meinen Rücklagen tragen konnte. Da half mir Fortuna ein wenig, der ich einen stattlichen Gewinn im Lotto zu verdanken habe.«

Mama griff zur Tasse, zog jedoch die Hand wieder zurück, als ich weitersprach. Ihre Augen hingen an meinen Lippen.

»Dieser Lottogewinn hat mein Leben ziemlich auf den Kopf gestellt, wie man sehen kann. Doch bisher weiß niemand außer euch und dem Pfarrer von dem Reichtum. Das muss auch so bleiben. Mama, das musst du mir ebenfalls versprechen, so wie es Klaus schon getan hat.«

»Aber mein Junge, ich freue mich doch so für euch. Warum sollte ich das denn für Jeden rausposaunen? Ich weiß ja bisher noch nicht einmal, wie viel du gewonnen hast. Hoffentlich könnt ihr davon etwas für eure Zukunft zurücklegen ... ich meine, wenn ihr eine Familie gründet.«

»Das wird sicherlich möglich sein. Aber wir haben uns vorgenommen, den größten Teil davon für gute Zwecke zu spenden.«

»Das ist ja wunderbar, mein Junge. Ich bin so stolz auf dich. Wie viel willst du denn spenden?«

Alfred wartete einen Augenblick, bis Mama ihre Tasse wieder abgesetzt hatte. Er wollte nicht riskieren, dass der Milchkaffee seinen erst vor wenigen

Monaten gekauften Bouclé-Teppich versaute. Er befürchtete, die Flecken dann nie mehr entfernen zu können.

»Ich werde fast elf Millionen in diese Spendenaktionen investieren.«

»E ... elf ... elf Millionen hast du gesagt? Klaus, er hat elf Millionen gesagt. Du wusstest davon und hast mir nichts gesagt?«

»Elke, ich habe auch erst vor wenigen Minuten davon erfahren. Warum regst du dich auf? Ich finde es ganz toll, was er da vorhat. Ich werde ihm dabei helfen. Du kannst stolz sein auf deinen Sohn.«

»Das bin ich auch. Aber ich verstehe nicht, warum er so lange ein Geheimnis daraus gemacht hat. Ich bin schließlich seine Mutter und habe es verdient, dass mein Sohn mir Vertrauen schenkt. Ich habe doch auch nie Geheimnisse vor ihm gehabt.«

Mama hielt sich die Hände vor das Gesicht und weinte hemmungslos. Klaus rückte näher heran und legte seine Arme um sie.

»Elke, jetzt sei vernünftig und spiel nicht wieder die unverstandene Mutter. Du hast Alfred auch nie ins Vertrauen gezogen. Du hast ihm ein komplett falsches Lebensbild vermittelt. Du hättest ihm schon viel früher vertrauen müssen und ihm die Wahrheit über das Leben sagen sollen. Du wunderst dich heute, dass er dich nicht sofort eingeweiht hat. Mich wundert es überhaupt nicht. Ich weiß nur, dass er es nicht aus niederen Beweggründen tat, sondern nur, weil er nicht einschätzen konnte, wie du damit umgegangen wärst. Und sind wir ehrlich zueinander ... ich hätte es bis vor einigen Tagen auch nicht gewusst.«

Mama rückte ein wenig ab von Klaus und wischte sich mit dem Taschentuch über die Augen, die jetzt auf mich gerichtet waren.

»Ist das wahr, was Klaus soeben zu mir gesagt hat? Habe ich wirklich alles falsch gemacht? Habe ich dich nicht mit Liebe erzogen, ganz ohne Hilfe deines Vaters? Sag mir, ob ich eine schlechte Mutter war.«

Ich hätte mir die Zunge dafür rausschneiden können, weil ich den Lottogewinn zumindest in der Familie offenbart hatte. Doch der Moment musste ja irgendwann einmal kommen, an dem ich Mama mit ihrem Fehlverhalten konfrontieren musste.

»Mama, ich glaube nicht, dass dir das wirklich bewusst war. Ich meine, dass du mir mit deinen radikalen und dabei weltfremden Ansichten über das Leben, über Frauen, geschadet hast. Ich hatte niemals einen Grund, an deiner Liebe zu zweifeln. Klaus hat auch nicht gesagt, dass du mich nicht liebst. Er war nur der Meinung, dass du bei meiner Erziehung ein paar klitzekleine Fehler gemacht hast. Ich habe trotzdem überlebt. Ich danke dir ja für alles, was du für mich getan hast. Das musst du mir glauben. Doch verstehe mich auch, wenn ich ab und zu an deiner Fähigkeit gezweifelt habe, Dinge richtig zu beurteilen. Du hast mir vor einigen Tagen gezeigt, dass in dir ein völlig anderer Mensch steckt, als der, den du immer vorgespielt hast. Ich wollte heute meiner echten Mama das volle Vertrauen schenken.«

Niemand sprach, als ich endete. Die Stille war beängstigend. Als wäre es ein Zeichen des Himmels, kippte Bienchen plötzlich vornüber und plumpste direkt vor meiner Mutter auf den Boden. Ich kam um den Tisch herum, um sie wieder aufzuheben, als Mama nach mir griff. Sie zog mich neben sich und klammerte sich aufschluchzend an meinen Hals. Nur das Atmen der vier Menschen war hörbar. Plötzlich schob sie mich zurück und sah mir in die Augen. Ich erwartete den nächsten hyterischen Anfall und knetete Bienchens Fell, die still auf meinem Schoß saß.

»Was habe ich dir angetan, mein Junge? Ich wollte dir nur eine gute Mutter sein, als dein Vater ging. Ich werde das wieder gutmachen ... wir werden das wieder gutmachen.«

Mama suchte die Hand von Klaus, der sie ihr lächelnd reichte.

»Ich glaube daran, dass noch alles gut werden kann. Das größte Glück für mich wäre, wenn ihr zwei eure Träume leben und in Zukunft noch viel Gutes bewirken könnt. Solltet ihr geglaubt haben, dass ich auf das Geld geschielt hätte, dann lasst euch gesagt sein, dass Klaus und ich gut auf eigenen Beinen stehen können. Wenn dir deine Mutter auf irgendeine Weise behilflich sein kann, lass es mich wissen.«

»Was hatte das vorhin zu bedeuten? Warum wurde überhaupt über das ungeborene Kind geredet? Ich kann das nicht zuordnen, warum sich deine Mutter für dieses Kind interessiert.«

Verena lag auf dem Bett und wollte mit ihrer Frage nicht warten, bis ich aus dem Bad kam.

»Hör mal Verena, warum hast du ihr überhaupt davon erzählt?«

Mich erstaunte ebenfalls die Tatsache, dass Mama das Thema Kind überhaupt angesprochen hatte. Ich hatte ihr das bisher verschwiegen.

»Da habe ich mir nichts bei gedacht. Ich will kein Geheimnis daraus machen, zumal man es ja sowieso schon bald sehen kann. Aber es ist schon irritierend, wenn sich Außenstehende meinen Kopf zermartern.«

»Das hat sie bestimmt nicht böse gemeint, Verena. Es ist ja auch eine wichtige Entscheidung, die du treffen musst.«

Ich kam auf einem Bein hüpfend aus dem Bad, da ich den Einstieg in die Schlafhose beim ersten Mal verpasst hatte.

»Sieh das mal so. Ich liebe dich und möchte immer mit dir zusammen sein. Das Kind ist von einem Mann, den du einmal glaubtest zu lieben, das muss ich akzeptieren. Du musst aber auch der Wahrheit ins Gesicht sehen, dass dieser Mann dein, das heißt besser, euer Kind, lieber tot sehen würde. Jetzt gehen wir einmal fest davon aus, dass er Ansprüche auf dieses Kind nicht anmelden wird, also auf das

Sorgerecht verzichtet. Dann wird die Frage sein, wer wird als Vater auftreten. Das Kind würde nicht verstehen, dass der Mann, mit dem seine Mutter das Leben teilt, nicht sein Vater ist. Wie sollte es damit umgehen? Ich dürfte mich nicht als leiblicher Vater ausgeben, da ich es ja rein biologisch nicht bin. Aber versteht das ein Kind, bevor es reifer geworden ist? Ich wäre auf jeden Fall bereit, die Vaterrolle zu übernehmen. Das wollte ich dir schon lange sagen. Nimm dir Zeit und denke darüber nach, was für dein Kind das Beste ist. Du musst dich nicht sofort entscheiden, aber ich finde, das solltest du wissen. Ich würde es wie mein leibliches Kind lieben und erziehen.«

Verena hatte jedes meiner Worte wie ein Schwamm aufgesogen und sich wortlos auf die Seite gedreht. Die Gedanken schwirrten ihr durch den Kopf und wollten keine klare Linie zulassen. Ich legte mich neben sie und gab ihr Zeit, diese wichtige Entscheidung zu überdenken. Als ich das Licht gelöscht hatte, starrte ich an die Decke. Verenas Atemzüge kamen sehr langsam und unregelmäßig, was mir zeigte, dass sie angestrengt nachdachte. Schon längst hatte ich in den ersten Schlaf gefunden. Ich spürte trotzdem, als sich vorsichtig eine Hand auf meine Brust legte und ich ein geflüstertes *Ich liebe dich auch* vernahm.

Als mich der Anruf von Klaus erreichte, zog ich mich ins Wohnzimmer zurück und fieberte dem Bericht entgegen. Klaus hielt sich nicht lange mit der Vorrede auf und kam zur Sache.

»Ich habe mich mal über eine Schweizer Organisation, die dort unten schon lange arbeitet, informiert, wie eine Rettungsaktion vorangetrieben werden kann. Die unkomplizierteste Möglichkeit sehe ich darin, dass ein Einheimischer, der uneigennützig für den Erhalt der Wälder kämpft, unterstützt wird. Dazu könnten wir einen Hilfsfonds gründen, der zweckgebundene Gelder für den Kauf von Landstrichen zur Verfügung stellt. Diese Waldgebiete sind dann geschütztes Privateigentum und dürften nicht mehr ohne Genehmigung gerodet werden. So kannst du zumindest dem Stamm, mit dem dieser Holger gegen die Verbrecher kämpft, ein Überleben ermöglichen. Sollte die Regierung da mitspielen und denen keine Steine in den Weg legen, hast du wenigstens ein kleines Ziel erreicht. Ob sich diese Holzfirmen an die Grenzen halten, kann dir keiner garantieren. Man hört da ja schlimme Sachen.«

Lange dachte ich über diese Möglichkeit nach.

»Hast du denn mittlerweile herausfinden können, welche Gelder dafür freigemacht werden müssten? Ich kann mir nur schwer vorstellen, über welche Landfläche wir reden und was es da unten kostet. Aber da könnte ich ja Holger einspannen. Der soll mir eine Vertrauensperson nennen, mit der wir dann alles

Weitere in die Wege leiten. Sieh mal, ich kann die Insel auch nicht retten, aber vielleicht kann ich wenigstens einem Stamm die Lebensgrundlage wieder zurückgeben.«

»Wenn du die Daten hast, kann ich mich ja mit dem Vertrag beschäftigen, der die Zweckgebundenheit garantiert. Holger kann sich dann vor Ort um alles kümmern und den Behördenkram regeln. Notfalls musst du noch mal reisen.«

19. Kapitel

»Kann ich dich auch wirklich alleine lassen. Du musst mir versprechen, dass du sofort ins Krankenhaus gehst, wenn da eine Komplikation auftritt.«

»Jetzt mach mal halblang, Alfred. Ich habe noch Monate Zeit und die Gynäkologin hat mich erst letzte Woche untersucht. Jetzt steige endlich ins Taxi, sonst verpasst du noch deinen Flug. Alles dabei? Koffer, Kamera, Tickets, Bienchen?«

»Die hätte sich schon von selbst gemeldet, wenn ich sie nicht eingepackt hätte. Du kannst übrigens auch Mama anrufen, wenn ...«

Verena warf die Arme hoch und sah mich entsetzt an.

»Ich hoffe, dass dieser Notfall nicht eintreten wird. Du tust ja so, als wärst du monatelang unterwegs. Ihr seid doch in einer Woche wieder hier. Klaus wird wohl sonst einen Telefonterror erleben, dafür wird deine Mama schon sorgen. Verschwinde jetzt endlich. Gib mir noch einen Kuss und dann ab. Ich hoffe, ihr findet Holger und seine Freunde auch in diesem Urwald.«

Bevor ich die Taxitür schloss, winkte ich noch mal hoch zum Fenster. Ich konnte es mir nicht erklären, warum mich gerade vor dieser Reise ein so ungutes Gefühl begleitete.

Klaus hatte zwei Fälle an eine befreundete Kanzlei übergeben, nur um seinen Klienten und zukünftigen Stiefsohn auf eine Reise an das andere Ende der Welt zu begleiten. Mama hatte er die eigentlich beruflich bedingte Reise als Kennenlernmöglichkeit, besser als Männer-Kurzurlaub verkauft, was sie letztendlich auch akzeptierte. Seine Neugierde war geweckt, was diese geschäftliche Transaktion betraf. Es reizte ihn sowohl als Anwalt, als auch in seiner Funktion als Notar. Ihn interessierte, wie andere Länder Eigentumsübereignungen bewerkstelligten, vor allem, wenn die Korruption dermaßen stark verbreitet war. Wenn da nicht diese irre lange Anreise wäre.

»Die letzten Berichte waren ja relativ positiv, was den Kaufvertrag betrifft. Eigentlich müssten die Waldgebiete schon eingetragen sein, wenn wir dort ankommen. Da gab es noch kleinere Probleme mit den Grenzgebieten zu Brunei. Holger wird das schon geschaukelt haben.«

Klaus sah auf die Uhr, und warf noch einen Blick auf die digitale Landkarte des Bordfernsehens, die ihre Position kurz vor der Landung in Kuching anzeigte.

»Wie lange haben wir jetzt noch hier Aufenthalt?«

»Das sind nur eineinhalb Stunden. Dann noch zwei Stunden Flug in der kleinen Maschine und drei

Stunden mit dem Jeep durch die Wälder. War doch nur ein Katzensprung.«

Der böse Seitenblick von Klaus sprach Bände. Er beklagte sich bereits seit der Zwischenlandung in Dubai über Rückenbeschwerden. Er brachte wenig Verständnis dafür auf, dass ein mehrfacher Millionär lieber sein Geld in Wälder investierte, anstatt sich einen Businessflug zu gönnen. Allein die Vorstellung, jetzt noch mindestens sieben Stunden durch die grüne Hölle zu müssen, ließ seine Laune auf den Nullpunkt sinken. Wäre das superbe Honorar nicht gewesen, hätte er diesen Auftrag von Anfang an abgelehnt.

Der verdreckte Kleinbus stoppte abrupt hinter einer Kurve, um den Zusammenprall mit einem Baum zu verhindern, der von einer massiven Kette über den schlammigen Weg gezogen wurde. Ein Arbeiter, auf dessen Arbeitskleidung groß der Name Asiatic Kerama prangte, zeigte unserem Fahrer an, dass er warten müsse.

»Siehst du, Klaus. Das ist es, was Holger meint. Allein dieser Baum hat viele hundert Jahre gebraucht, um diese Größe zu erreichen, und hat vielleicht einer Orang Utan-Familie eine Heimat gegeben. Jetzt werden hier in Zukunft Monokulturen stehen, die uns das verdammte Palmöl liefern. Stell dir einmal vor, dass hier und auf Sumatra täglich Flächen abgeholzt werden, die eine Größe von achtundachtzig Fußballfeldern ausmachen. Und Ähnliches findet in Sibirien und Südamerika statt. Ich darf nicht darüber nachdenken, was das für unser Weltklima bedeutet.

Kurz darauf wurden wir durchgewunken und passierten mehrere hundert Meter frisch abgeholzte Flächen. Eine querliegende Metallstange hielt uns erneut auf, an der ein Schild mit der Aufschrift *Private - Do not pass* im Wind schaukelte.

»Ich glaube, hier sind wir richtig.«

Mein Blick fiel auf den bedauernswerten Klaus, der Mühe hatte, die Schweißströme fortzuwischen, bevor sie ihm in die Augen liefen. Das plötzliche Bremsen warf uns beide gegen die Vordersitze, auf denen wir große Teile des Gepäcks deponiert hatten. Die weit aufgerissenen Augen unseres einheimischen Fahrers waren angsterfüllt auf die beiden Gewehrläufe gerichtet, die auf das Auto gerichtet waren. Die dazugehörigen Männer kamen vorsichtig näher. Die Sprache, in der sie sich mit dem ängstlichen Fahrer verständigten, war mehr bellend und vollkommen fremd. Schließlich stellten sie sich auf die Türeinstiege und befahlen dem Fahrer wohl, langsam weiterzufahren.

»Sie sagen, dass ich dem Weg folgen soll, damit wir im Dorf verhört werden können. Keine Angst, die sind ungefährlich.«

Ich hoffte darauf, dass sich der Fahrer nicht irrte und diese Männer, auf deren T-Shirts plakativ PUMA aufgedruckt war, zu Holgers Stamm gehörten. Ein Blick in sein ängstliches Gesicht ließ die Vermutung zu, dass er uns direkt in die Hölle fahren müsste. Beruhigend legte ich meine Hand auf den zitternden Arm von Klaus. Unsere Augen suchten den Weg vor dem Wagen ab. Die auf Stelzen gebauten Langhäuser einer Ansiedlung tauchten im Halbdunkel einer Lichtung auf. Von allen Seiten näherten sich spärlich bekleidete Menschen und stierten neugierig und wild durcheinanderplappernd in das Auto.

Die Vermutung lag nahe, dass sie bereits jetzt darüber diskutierten, welche Kräuter sie mit in den Kochtopf werfen und wen sie von uns beiden als Ersten verspeisen würden. Ich holte meine Geheimwaffe heraus, die aus einem Karton bestand, in dem etliche Papiertüten lagerten, die verschiedenste Sorten Bonbons enthielten. Ich kurbelte das Seitenfenster herunter und reichte eine Handvoll davon heraus. Lehmbeschmierte Hände rissen mir die Leckereien aus der Hand und mit großem Gekreische wälzten sich zumeist Kinder auf dem Waldboden.

»Halt ... um Gottes willen. Lasst das. Sie sind das nicht gewöhnt.«

Der Schrei kam von hinten und ließ mich innehalten. Gleichzeitig stahl sich ein zufriedenes Lächeln auf mein Gesicht und ich öffnete meine Tür. Einer der beiden Männer, die hinter dem Wagen aufgetaucht waren, erinnerte entfernt an einen Mann, den ich vor Monaten auf der Insel zurückgelassen hatte. Das Haar war zwar nicht voller geworden, aber der Pferdeschwanz fiel ihm bereits über den Rücken.

Unter dem wuscheligen Vollbart war die Freude über das Wiedersehen zu erkennen. Ich musste nach Luft ringen, als mich Holger endlich wieder auf der Erde absetzte.

»Ich kann es gar nicht glauben, dass du es geschafft hast und wir uns sehen können. Das hier ist Shaffy, der Dorfälteste oder man kann auch Häuptling sagen.«

Er bückte sich einen kurzen Augenblick runter zu mir und flüsterte ergänzend: »Der Vater von Aisyah.«

Er warf einen Blick ins Auto und betrachtete den zweiten Gast neugierig.

»Ist das der Anwalt, von dem du mir geschrieben hast, dieser Klaus?«

Er reichte Klaus die Hand und half ihm aus dem Fahrzeug.

»Hier tut Ihnen niemand was. Die sind satt. Und den letzten Anwalt habe die vor fünf Jahren gefressen.«

Als er in das entsetzte Gesicht von Klaus sah, konnte er sich nicht mehr halten vor Lachen. Shaffy sprach ihn an, und schien nachzufragen, warum er so vergnügt war. In der Sprache der Eingeborenen übersetzte Holger ihm den Scherz. Er reagierte genauso wie Holger, nur dass sein Lachen in einem Frequenzbereich stattfand, den Maria Callas nur in ihren besten Zeiten hätte erreichen können.

»Kommt rein, seid unsere Gäste. Ihr kommt gerade richtig zum Essen. Die Männer haben heute ein Wildschwein erlegt. Eine besondere Köstlichkeit auf dem Grill.«

Klaus hatte während der Essenvorbereitung abseits des Geschehens die Gelegenheit, sich mit der Erscheinung des Geistlichen zu beschäftigen. Nach den Erzählungen, die ich ihm geliefert hatte, erwartete er bei diesem Waldmenschen sicher keinen *Lex Barker,* der sich einst als *Tarzan* durch die Bäume schwang. Aber dieser ausgemergelte, schmuddelig wirkende Typ erinnerte ihn eher an einen Berber, der unter den Seine-Brücken schlief. Trotzdem beeindruckte ihn dieser Mann, der ein Teil dieser Ibans geworden war, ein Mitglied ihres Stammes. Er besprach mit ihm, mir und dem Häuptling Shaffy die Inhalte der Spendenvereinbarung. Gleichzeitig prüfte er die Besitzurkunden, die in Kuching von den Behörden ausgestellt worden waren. Die ausgewiesenen Flächen waren scheinbar ordnungsgemäß auf den Stammesfürsten eingetragen worden.

Holger nahm mich nach dem Essen zur Seite, während Klaus von den Kindern des Dorfes zum Speerwerfen gezwungen wurde, was ihm zunehmend Spaß bereitete. Wir saßen auf einer Anhöhe und ließen den Blick über ein tiefes Tal gleiten, über dessen Baumriesen Nebelschleier waberten. Ununterbrochen durchdrangen die Schreie der Vögel und die Rufe der Brüllaffen die Stille. Ein unendlicher Frieden, der nur vom Geräusch der Motorsägen gestört wurde, die in einiger Entfernung ihr zerstörerisches Werk mit aller Gewalt fortführten.

»Geht es dir gut hier. Was macht deine Leber?«

»Du wirst es nicht glauben, aber dieser Schamane hat es wirklich geschafft, dass ich keine Schmerzen mehr spüre. Ich kann dir nicht sagen, wie es in diesem verfluchten Organ wirklich aussieht, aber der hat mit seiner Mixtur ein kleines Wunder vollbracht. Gut, dieses Lesen in den Knochenteilchen bei Neumond wird darauf wohl keinen Einfluss gehabt haben. Doch dürfen wir die Heilwirkungen der hiesigen Pflanzen nicht unterschätzen. Ich fühle mich wohl. Wie geht es Verena? Das Kind müsste doch bald kommen, oder nicht?«

»Alles gut. Die letzten Wochen waren etwas stressig für sie, da sie ständig einen leichten Brechreiz spürt, aber das ist unbedenklich, sagt die Ärztin. Ich werde uns wohl in der nächsten Zeit eine Eigentumswohnung kaufen. Außerdem hat Verena mich dazu überredet, dass wir uns endlich ein Auto anschaffen. Das erleichtert das Leben doch hier und da. Ein angemessener Betrag wird auf ein Konto, das wir fürs Kind eröffnen, angelegt. Es soll einen guten Start ins Leben haben. Ja, den Rest werden wir sukzessive in einzelne Projekte investieren.«

»Das ist eine kluge Entscheidung, mein Sohn. Du musst auch an die Zukunft deiner Familie denken. Wann denkt ihr denn ans Heiraten?«

»Wir haben lange darüber diskutiert und beschlossen, im nächsten Frühjahr, gemeinsam mit Klaus und meiner Mutter, zu feiern. Werde auf jeden Fall das Kind adoptieren, damit es einen richtigen Vater hat. Du wirst natürlich dabei sein, da gibt es keine Widerrede.«

Holger, der mit einem Zweig einen Riesenkäfer zwischen seinen Füßen zu einer schnelleren Gangart anstieß, sprach das aus, was ich insgeheim erhofft hatte.

»Darüber wollte ich sowieso mit dir reden. Eigentlich habe ich genau das mit deiner Hilfe erreicht, wovon ich immer geträumt hatte. Die Menschen hier haben eine Heimat, die Ihnen nicht mehr genommen werden kann. Meine Aufgabe ist erfüllt, ich kann und will bei ihnen nichts mehr verändern. Sie sollen so weiterleben dürfen, wie sie es seit Jahrhunderten gewohnt sind. Ich habe daran gedacht, bald wieder zurück in meine Gemeinde zu gehen. Was hältst du davon?«

Ich legte den Arm um meinen Freund und suchte nach Worten. Die Rührung schnürte mir den Hals zu.

»Du hättest mir nichts Schöneres sagen können. Alle zuhause werden dich mit offenen Armen aufnehmen. Ich möchte dich noch um etwas bitten.«

Erwartungsvoll blickte mich Holger an.

»Wärst du bereit, die Patenschaft für unser Kind zu übernehmen? Verena besteht darauf. Ich selbst hätte mir ja einen zivilisierteren Paten vorgestellt, aber du weißt ja, wie die Frauen sind. Wenn die einmal so eine verrückte Idee haben, bringt sie keiner mehr davon ab. Was ist nun damit, du Waldmensch?«

Holger stieß mir die Faust in die Seite und wendete sein Gesicht ab, blickte über die weiten Flächen des Tieflandwaldes. Ich spürte bei ihm die Rührung, die ihn erfasst hatte. Sein stummes Nicken ersetzte jedes gesprochene Wort.

Klaus stieg nur widerstrebend in den Jeep, der uns wieder zurück zum Airport bringen sollte. Es bereitete ihm zwar anfangs Probleme, in der Hängematte unter dem Mückennetz zu schlafen, doch das legte sich schon in der zweiten Nacht. Ich hatte zuvor immer Bedenken, dass dieser verweichlichte Körper ohne Boxspringbett keine Ruhe finden würde. Es war nicht der einzige Irrtum, dem ich unterlag, denn sogar das Essen der Ibans schien ihm zu munden. Holger und ich verzichteten darauf, ihn über die Zusammensetzung der Mahlzeiten aufzuklären.

Das ganze Dorf hatte sich um den Wagen versammelt. Noch immer trugen die Bewohner die abenteuerliche Bemalung, die sie extra für den vergangenen Abschiedsabend aufgelegt hatten. Holger nahm mich fest in die Arme und bedankte sich zum tausendsten Mal für die Hilfe und das Vertrauen. Er würde bald folgen, wenn hier alles in trockenen Tüchern wäre. Von lautem Gebrüll und Trommeltönen begleitet, verließ der Wagen die

Lichtung und verschwand in den unendlichen Weiten des Tieflandwaldes. Ich freute mich schon jetzt auf das Wiedersehen mit Holger in wenigen Wochen.

20. Kapitel

Die Erschöpfung der letzten durchwachten Nächte war mir sicher anzusehen. Die tiefen Ränder unter den Augen mussten unweigerlich an die Wolkenfarben eines heraufziehenden Gewitters erinnern. Die Nerven flatterten. Dreißig Minuten, die ich, nur von kurzen Phasen der Erholung unterbrochen, damit verbrachte, die Entfernung der Wartezimmerwände zueinander abzuschreiten. Meine Fantasien reichten mittlerweile so weit, dass ich mich an diesen dubiosen Traum erinnerte, der mir vor Monaten die Geburt zweier Plüschteddys vorgegaukelt hatte.

Ich hatte es immerhin versucht.

An ausgewählten Abenden hatten wir gemeinsam die Schwangerschaftskurse besucht, um auf den großen Augenblick der Geburt vorbereitet zu sein. Verena bewunderte mich für mein Bemühen, dem Kind eines Anderen ein guter Vater sein zu wollen. Sie genoss sogar meine Berührungen, wenn ich sie bei den Atemübungen von hinten umfasste. Es sollte jedoch anders kommen, als wir es uns vorgestellt hatten.

Das Taxi hatte uns vor der Klinik abgesetzt und Verena konnte sich endlich in den Krankenstuhl setzen, mit dem ich sie in die Gynäkologie fuhr. Der

Anruf zuvor hatte die Abteilung auf ihre Ankunft vorbereitet, sodass ich Verena in gute Hände übergeben konnte.

»So, Herr Reimann, dann werden wir Frau Rüter für die Geburt vorbereiten. Sobald die Wehen in kürzeren Abständen kommen, informieren wir Sie. Zuvor können Sie sich aber schon umziehen. Schwester Marianne wird Sie begleiten und Ihnen die Schutzkleidung geben. Sie kennen das ja aus den Vorbereitungskursen. Sie können Frau Rüter jetzt loslassen, sie ist hier in guten Händen ... loslassen bitte!«

Ich bemerkte gar nicht, wie fest ich Verenas Hand umklammert hielt. Ich beugte mich zu ihr und küsste sie. Verena sah mich dankbar an und verzerrte ihr Gesicht, da genau in diesem Augenblick eine neue Schmerzwelle ihren Körper durchzog.

»Kommen Sie mit, Sie können hier nicht helfen.«

Schwester Marianne zog mich Richtung OP-Räume und versuchte, mich abzulenken.

»Ist das nicht ein schönes Gefühl, wenn man Vater wird?«

»Ja, ich weiß nicht, eigentlich bin ich ja nicht so richtig der Vater.«

Die Schwester stoppte und blickte mich zweifelnd an.

»Wie meinen Sie das? Wie kann man nicht so richtig ein Vater sein? Man kann nicht ein bisschen Vater sein. Das ist so irrwitzig, als würden Sie behaupten, Sie wären nur ein bisschen tot. Sind Sie jetzt der richtige Vater, oder nicht?«

»Ich will das Kind adoptieren, das ist von einem anderen ... Vater.«

Schwester Marianne wollte da nicht tiefer in die Materie einsteigen. Sie legte mir kopfschüttelnd die Kleidung raus, die ich im OP zu tragen hatte. Mit zittrigen Fingern zog ich mich um und wartete mit flatternden Nerven auf meinen Einsatz. Hinter der Milchglasscheibe, die mich vom OP trennte, bemerkte ich Schatten, die sich durch den Raum bewegten. Der Klumpen, der sich in meinem Magen gebildet hatte, wuchs auf die Größe eines Fußballs an. Der Kopf einer Schwester, die einen Mundschutz trug, schob sich durch die Türöffnung und signalisierte mir, dass auch ich meinen Mundschutz hochziehen sollte. Dieser versteckte zumindest die wegen der Anspannung zusammengepressten Lippen. Ich versuchte, Selbstsicherheit auszustrahlen, obwohl beim Anblick der Gerätschaften und der auf dem flachgestellten Stuhl liegenden Verena meine inneren Organe damit begannen, ein Eigenleben zu entwickeln. Ich wurde hinter Verena geführt, sodass ich meine eingeübte Position hinter ihr einnehmen konnte. Der dankbare, jedoch auch von Schmerzen getrübte Blick meiner Liebsten ließ mich tief durchatmen, mein Körper straffte sich. Jetzt hieß es, unbedingt Stärke zu zeigen.

Das Team stand um den Stuhl herum und blickte abwartend auf den Teil Verenas, den Mama immer als verbotene Zone bezeichnet hatte. Ich konnte mich gerade jetzt daran erinnern, dass ich als Sechsjähriger eine schlimme Tracht Prügel erhielt. Ich hatte an einem Sommernachmittag das dicke Gesundheitsbuch stibitzt und durchgeblättert, in dem es eine ausklappbare, dreidimensionale Darstellung des weiblichen Körpers zu sehen gab. Mama erschien genau in dem Augenblick, als ich den Unterleib einer genauen Betrachtung unterziehen wollte. Ich ließ die aufgeklappten Eierstöcke wieder auf die Gebärmutter zurückfallen und tauchte unter dem ersten Schlag Mamas weg. Das Buch tauchte nie wieder in meinem Dunstkreis auf.

Ein markerschütternder Schrei Verenas riss mich zurück in die Realität und sorgte für kontrollierte Aktivität bei dem Team. Routiniert versorgte man sie mit guten Ratschlägen.

»Pressen Sie. Ja, jetzt hecheln ... normal weiteratmen ... pressen ... so ist es gut ... jetzt wieder hecheln.«

Ich hätte gern den Schweiß von meiner Stirn gewischt, der sich beim zweiten Schrei gebildet hatte. Doch Verenas Hände hatten sich wie Schraubstöcke um meine gelegt, konnten aber auch nicht verhindern, dass mein Körper mit einem leisen Stöhnen der Erdanziehung folgte. Eine neben mir stehende

Schwester konnte einen schmerzhaften Aufprall neben dem Tisch im letzten Moment vermeiden.

»Bringt mir den Mann hier raus. Schwester Astrid, versorgen sie ihn draußen. Machen Sie schnell, das Kind müsste gleich kommen.«

Immer wenn sich eine Krankenschwester mit heruntergelassenem Mundschutz auf mich zubewegte, erstarrte ich zur Säule und der Magen drohte zu rebellieren. Mittlerweile machten sich vereinzelte Schwestern schon einen derben Spaß daraus, selbst ihre Toilettengänge an dem Wartezimmer vorbeizuführen. Mutlos geworden sah ich nur noch müde auf, als Schwester Karin den Raum betrat, der jetzt mit vier Männern besetzt war, die den Ausnahmezustand ausgerufen hatten. Einer von ihnen hatte neben dem bereits vorhandenen hohen Alkoholpegel noch Freunde und Getränke-Nachschub mitgebracht, der unter den Wartenden heimlich aufgeteilt worden war. Obwohl sie wusste, dass ich es war, rief sie trotzdem laut zwischen das aufgeregte Männervolk.

»Wer von Ihnen kann sich daran erinnern, dass man ihn auf den Namen Reimann getauft hat?«

Absolute atemlose Stille. Jeder sah den Anderen an und wartete darauf, dass sich der Betroffene meldete. Schließlich zerrte Schwester Karin mich am Arm hinaus und stemmte beide Hände in die Seiten.

»Was ist los mit Ihnen? Sie sind gerade Vater eines strammen Jungen geworden. Meinen herzlichen Glückwunsch. Und jetzt verschwinden Sie endlich ins Zimmer zu Ihrer Frau. Ach ja ... Zimmer zwölf.«

Als müsste ich die Hürde eines Vorstellungsgespräches nehmen, stand ich vor der Tür und strich über die Haare, bevor ich zaghaft klopfte. Als sich auch beim zweiten Klopfen nichts tat, drückte ich vorsichtig die Klinke herunter und schielte ins Zimmer. Verena hatte das Gesicht zum Fenster gedreht, die Augen waren geschlossen. Leise zog ich mir einen Stuhl heran und setzte mich neben das Bett. Mein sorgenvoller Blick ruhte auf dem Gesicht, das ich in diesem Augenblick gerne liebkost hätte. Die Schmerzen der letzten Stunden hatten ihre Spuren darauf hinterlassen. Nur wenige Minuten vergingen, bis sich die Tür ein weiteres Mal öffnete und Schwester Karin mit einem Bündel auf dem Arm erschien. Als sie bemerkte, dass Verena schlief, legte sie das Baby wortlos in meine Arme. Sie drückte mir beruhigend beide Augen zu, was wohl einem weiteren Glückwunsch gleichkam und verschwand wieder.

Meine Gesichtsfarbe hatte sich mittlerweile der des Neugeborenen angeglichen. Mit den Fingerspitzen drückte ich die Decke beiseite, die den Blick auf das kleine Gesicht versperrte. Ein glückliches Lächeln stahl sich um meinen Mund.

»Ja, wen haben wir denn da? Du bist aber ein Süßer. Du hast ja auch die schönste Mama der Welt, mein Kleiner.«

»Das macht ein Vater nicht. Du musst das Kind nicht schon belügen, bevor es richtig sehen kann, Alfred.«

Die müde Stimme riss mich aus dem Zwiegespräch und jagte mir einen gehörigen Schreck ein.

»Wie gefällt er dir? Darf ich ihn auch mal kurz haben, du Egoist?«

Mit einem gequälten Lachen streckte Verena die Arme aus und nahm vorsichtig ihr Kind entgegen. Sie spitzte die Lippen und forderte damit von mir einen Kuss, den ich gerne gab. Glücklich betrachtete sie ihren Sohn und spürte, dass der ihren Daumen mit seinen kleinen Fingern kräftig umspannte.

»War es schlimm, mein Schatz?«

»Das ist schon längst wieder vergessen. Aber du siehst aus, als hättest du das Kind bekommen. Hast du nicht geschlafen?«

»Geschlafen? Ich? Wie kann ich schlafen, wenn du solche Schmerzen hast? Nein, ich glaube, ich habe die Schwestern völlig kirre gemacht. Ich bin so froh, dass ihr zwei gesund seid.«

Wir sprachen noch eine Weile miteinander, bevor Verena mich, den frischgebackenen Vater, anstieß.

»Haben wir heute nicht Dienstag? Du hattest dich doch mit Klaus verabredet. Dann musst du jetzt los.

Ich rufe dich an, sobald du uns hier abholen kannst. Los jetzt, ich bin in guten Händen.«

Klaus stand schon vor der Tür, als ich mit dem Bike scharf vor ihm bremste.
»Jetzt wird es mal Zeit für ein Auto, du hast schließlich Familie mit Gepäck.«
Klaus klopfte mir auf die Schulter, bevor ich das Fahrrad im Keller fest ankettete.

»Meinen herzlichen Glückwunsch zum Vater. Deine Mama fährt heute Nachmittag ins Krankenhaus und bewundert ihren Enkel in spe. Ich habe dir übrigens Informationsmaterial mitgebracht. Du wolltest doch alles über diesen NRW-Hilfsfonds für Polizisten wissen, oder habe ich dich falsch verstanden?«
»Nein, das hast du richtig verstanden. Zeig mal her. Wer ist denn da der Verantwortliche? Ah, das ist der Landespolizeidirektor Schwimmer. Klaus, hör mir zu, ich habe mir Folgendes überlegt.«
Erstaunt über so viel Weitsicht, hörte er mir gebannt zu und willigte ein, auch diese Aufgabe zu übernehmen.

Das Telefon holte mich aus meinen Träumen. Sechs Uhr morgens war schon eine ungewöhnliche Zeit für normale Telefonate. Sofort läuteten bei mir die Alarmglocken, da ich Komplikationen in der Klinik vermutete.

»Alfred? Tut mir leid, wenn ich dich so früh aus den Federn hole, aber ich bin Frühaufsteher, damit ich ohne den Kanzleibetrieb ruhig alles vorbereiten kann. Aber das nur am Rande. Ich sehe morgens immer zuerst den Nachrichtenticker durch und da ist mir eine Meldung ins Auge gefallen. Man hat einen Mann entführt.«

»Aber Klaus, dafür wirfst du mich aus dem Bett? Das ist nicht wahr, oder?«

»Komm wieder runter. Das ist nicht irgendwer, es ist Holger Hollerberg.«

Ohne meine Reaktion abzuwarten, fuhr er fort.

»Eine der malaysischen Regierung nicht unbekannte Gruppe, die den Gerüchten nach für diverse Großunternehmen in Malaysia und Indonesien die Schmutzarbeit erledigt, hat einen deutschen Geistlichen im östlichen Teil von Sarawak entführt. Sie stellen ein Ultimatum, nach dem innerhalb von achtundvierzig Stunden die Genehmigung dafür vorliegen muss, dass eine Straße durch ein ausgewiesenes Schutzgebiet gebaut werden darf. Das Auswärtige Amt hat sich bereits eingeschaltet und spricht vor Ort mit Regierungsvertretern, die zu den Verhandlungen abkommandiert wurden. Es heißt hier, dass der entführte Deutsche, der diesbezüglich genehmigungsberechtigt wäre, seine Unterschrift verweigert hat. Nun muss der eingetragene Besitzer des Geländes, ein Stammeshäuptling, entscheiden. Sollte auch dieser die Genehmigung verweigern, kann nur noch die Regierung durch einen eigenen Entscheid die Hinrichtung des Pfarrers verhindern. Es bleiben nur noch zwölf Stunden Zeit und die Regierung will zumindest nach außen zeigen, dass sie sich von Kriminellen, wie sie die Täter nennen, nicht erpressen lassen. Das heißt, dass jetzt nur noch der Häuptling zählt. Bist du noch dran?«

Ich war wie gelähmt. Wortlos hatte ich Klaus zugehört und zwischenzeitlich mit bebenden Fingern mein Laptop eingeschaltet. Ich suchte die Nachrichtenseite und wurde in dem Augenblick fündig, als ein Bild von Holger eingeblendet wurde. Man hatte ihn auf einen Stuhl gebunden und es sah so aus, als hätte er Schmerzen. Ein Blutfaden war in seinem rechten Mundwinkel zu sehen.

»Wie kommen wir mit diesem Verhandlungsteam auf schnellstem Weg zusammen? Ich zahle jede Summe, wenn sie Holger freilassen. Mach was, Klaus.«

»Verdammt Alfred. Das ist zu spät, abgesehen davon, dass die niemals Privatpersonen einweihen würden. Es tut mir leid, wenn ich dir das sagen muss, aber dafür bist du eine Nummer zu klein. Glaubst du wirklich, dass es hier um vier oder fünf Millionen Euro geht? Nein, da sind ganz andere Summen im Spiel. Die Umgehung dieses Gebietes bedeutet für die Straßenbaufirma einen Milliardenverlust, ganz abgesehen von dem Imageverlust. Die können sich gar nicht erlauben, klein beizugeben. Das würde dort unten Schule machen und den Menschen Mut machen, gegen sie zu arbeiten. Nein, wenn der Häuptling stur bleibt und die Regierung ebenfalls, ist Holger tot. Wir müssen abwarten und dürfen die Hoffnung nicht aufgeben.«

Wie ein wildes Tier lief ich durch die Wohnung und suchte nach einem Ausweg.

»Ich rufe dich gleich zurück, Klaus, das ist mir auf den Magen geschlagen. Ich muss mal eben.«

Die Stunden vergingen, in denen ich Höllenqualen litt. Immer wieder suchte ich neue Nachrichtenseiten im Internet, in der Hoffnung, dass eine Agentur eine positive, erlösende Nachricht ausstrahlte. Weltweit sorgte dieses Nervenspiel schon für Aufsehen. Es hatten sich schon Gruppen zusammengetan, die über Twitter eine Petition erreichen wollten. Ich wollte mir gar nicht vorstellen, unter welcher Anspannung Häuptling Shaffy derzeit stand, der sich entscheiden musste zwischen Holgers Leben und der Unantastbarkeit seines Schutzgebietes. Die Uhr tickte unaufhaltsam - es war nur noch ein Zeitfenster von neunzig Minuten. Die Fernsehsender hatten dieses Ereignis mittlerweile als Topmeldung entdeckt und ließen im Bildhintergrund eine Uhr rückwärts laufen. Ich hatte mir gerade die gefühlt zwölfte Tasse Kaffee eingeschüttet, die ich in der

Regel nicht austrank, als die Bilder Menschen zeigten, die ihre Arme hochrissen und jubelten. Ich stellte den Ton lauter und hörte die erlösende Nachricht, dass der Häuptling seine Unterschrift doch gegeben hatte. Ich schrie meine Erleichterung heraus, warf Bienchen in die Höhe und drückte sie weinend an meine Brust.

»Gott im Himmel ... ich danke dir dafür.«

Am Düsseldorfer Flughafen hatte die Pressestelle dafür Sorge getragen, dass das Entführungsopfer bei seiner Ankunft nicht dem Medienrummel ausgesetzt wurde. Mitarbeiter des Auswärtigen Amtes hatten Holger auf seiner Rückreise begleitet und abgeschirmt. Ich wartete in einem abgelegenen Teil des Terminals und beobachtete den Pulk, der eine Person in ihrer Mitte durch die Gänge führte.

Holger hatte mich längst bemerkt, als ich auf ihn zusteuerte. Er wurde langsamer und blieb dann ganz stehen. Ich blickte in Augen, deren Licht erloschen war. Unendliche Traurigkeit stand darin. Den Vollbart hatte er sich abrasiert, sodass wieder der ursprüngliche Holger Hollerberg vor mir stand, allerdings in der Light-Version. Ich ging auf ihn zu und umarmte ihn still. Holger zeigte erst keine Bewegung. Die Umstehenden verfolgten die zögerlichen Bewegungen, als Holger die Arme um mich legte.

»Verzeihe mir bitte. Es war alles umsonst. Ich habe versagt.«

»Du hast alles richtig gemacht. Ich bin so stolz auf dich, Holger. Wir werden nicht aufgeben. Aber du ... du bist jetzt für uns das Wichtigste. Komm mit, dein Patenkind möchte dich sehen.«

Auf dem Display konnte Kretschmer erkennen, dass der Anruf aus dem eigenen Haus kam. Missmutig drückte er den Knopf für die Freisprecheinrichtung.

»Kretschmer hier. Was gibt es Herr Hauptkommissar?«

Gelangweilt drehte er die Augen an die Decke. Er wartete darauf, was sein Vorgesetzter, der ihm vor wenigen Monaten trotz seiner längst verdienten Beförderung vorgezogen wurde, mitzuteilen hatte.

»Na ja, wenigstens sind Sie im Hause. Fünf Minuten haben Sie, dann treffen wir uns beim Kriminalrat Klöpper ... Fünf Minuten.«

Die Leitung war unterbrochen worden. Die Köpfe seiner Kollegen Hefer und Titus, die das bedrohlich kurze Gespräch mitgehört hatten, erhoben sich über die kleine Aktenmauer, die Kretschmer vor sich auf dem Schreibtisch aufgebaut hatte.

»Ui, das hörte sich aber verdammt komisch an. Die haben bestimmt rausgekriegt, dass du die kleine Nutte aus Borbeck zweimal die Woche ...«

»Haltet bloß eure Schnauze. Verarschen kann ich mich selber.«

Grinsend verschwanden die Köpfe wieder. Kretschmer legte die angebissene Brotscheibe zurück in die Frischhaltedose, wischte sich die Brotkrümel von der Hose und zerrte das zerknubbelte Jackett von der Stuhllehne. Schnaufend erschien Hauptkommissar Pohlmann am Treppenaufgang und näherte sich mit einer Miene, die nichts Gutes ahnen ließ.

»Sie können sofort reingehen, der Herr Kriminalrat wartet schon auf Sie.«

Frau Riester ging voraus und klopfte an die Bürotür. Ein brummiges *Rein mit den Beiden* ließ die zwei Ermittler verunsichert eintreten.

»Setzen Sie sich meine Herren. Ich habe wenig Zeit und will direkt auf den Punkt kommen. Herr Kretschmer, ich habe eine Anfrage vom Leiter der Landeskriminaldirektion auf dem Tisch liegen, die ich gerne schnellstmöglich beantworten würde. Es geht um einen Fall, den Sie schon seit geraumer Zeit bearbeiten und der scheinbar noch nicht abgeschlossen wurde. Es geht da um ...«, er blätterte in seinen Unterlagen, »um einen Banküberfall, an dem ein Alfred Reimann beteiligt gewesen sein soll. Wie weit sind Sie bei Ihren Ermittlungen?«

Die Blicke seiner Vorgesetzten erzeugten bei Kretschmer ein starkes Unbehagen, zumal ihm ein augenblickliches Sodbrennen zusätzlich Probleme bereitete.

»Dieser Reimann wurde in der Sache vernommen, da der berechtigte Verdacht bestand, damals die Bankfiliale ausrauben zu wollen. Kurz vor dem Überfall muss etwas schief gelaufen sein, wobei er sich eine Verletzung zugezogen hat. Trotzdem bedrohte er eine Angestellte, eine Frau Schönborn, die in Ohnmacht fiel. Anschließend nahm er Kunden und Angestellte als Geiseln. Wir konnten durch einen schnellen, gezielten Zugriff eine weitere Eskalation verhindern. Leider mussten wir ihn auf freien Fuß setzen, da wir ihm innerhalb der gesetzlichen Frist die Tat nicht zweifelsfrei nachweisen konnten. Waffen konnten ebenfalls nicht sichergestellt werden.«

»War´s das? Mehr haben Sie nicht? Können Sie mir auch nur einen Grund nennen, warum Sie diesen Fall Reimann bis zum heutigen Tag verfolgen? Können Sie mir einen Grund nennen, warum Sie ohne richterliche Genehmigung bei der kontoführenden Bank vorstellig wurden und Kontoeinsicht verlangten? Was genau wollen Sie beweisen?«

Kretschmer steckte den Finger hinter den Hemdkragen, der innerhalb der letzten Minuten erheblich enger geworden war. Seine Verlegenheitsröte verriet, wie unangenehm ihm diese Unterhaltung wurde. Hauptkommissar Pohlmann schaltete sich ein. Für ihn war der Fall, der damals für Aufregung und Lacher in der örtlichen Presse gesorgt hatte, längst abgeschlossen.

»Worauf warten Sie, Kretschmer? Der Herr Kriminalrat hat Ihnen eine Frage gestellt.«

»Ich arbeite nun schon viele Jahre erfolgreich in diesem Dezernat und kann behaupten, dass ich einen Riecher für diese schweren Jungs bekommen habe.

Dieser Reimann kam mir vom ersten Augenblick an verdächtig vor. Er konnte wohl, als er das Scheitern seines Vorhabens bemerkte, alle Spuren beseitigen und wahrscheinlich sogar seine Komplizen rechtzeitig warnen. Aber so was macht man nicht mit mir. Ich konnte feststellen, dass kurz nach dem Überfall eine außergewöhnlich hohe Summe auf seinem Konto einging und er kurze Zeit später ebenfalls große Summen überwies. Ich vermute, dass er seinen Komplizen, trotz des Misslingens, einen versprochenen Anteil auszahlen musste. Ich wollte die Empfänger herausbekommen, Herr Kriminalrat. Den kriege ich noch.«

Der Angesprochene blätterte weiter in der angeforderten Ermittlungsakte. Seine Stimme hatte trotz der Ruhe, mit der er sprach, einen gefährlichen Unterton bekommen, den Kretschmer aber in seiner grenzenlosen Überheblichkeit nicht richtig einschätzte.

»Erklären Sie mir mal, wie der schwere Junge, wie Sie ihn nennen, während Sie ihn festnahmen, die Waffen entsorgen konnte. Lassen Sie mich an Ihrem Wissen darüber teilhaben, warum dieser ausgeschlafene Bursche, ausgerechnet mit einem Fahrrad zum großen Coup anreist, das er auch noch vor der Bank mit einer schweren Kette sichert. Befürchtete er eventuell einen Diebstahl seines Fluchtgerätes? Sind Sie sich sicher, dass es wirklich sein echtes Gesicht war, das er bei diesem dreisten

Überfall zeigte. Er würde diese Gesichtsmaske dann allerdings noch heute tragen, Sie Wahnsinniger.«

Der Kriminalrat war aufgesprungen und schrie Kretschmer die letzten Worte ins Gesicht.

»Bevor ich zu einem Termin beim Polizeipräsidenten verschwinde, will ich Ihnen beiden noch etwas mitteilen. Vorgestern erschien ein Anwalt in der Landeskriminaldirektion, um etwas abzugeben, das uns zu großer Dankbarkeit und Demut verpflichtet. Er überreichte einen Scheck über fünfzigtausend Euro, ja Sie hören richtig ... über fünfzigtausend Euro für unseren Hilfsfonds für Polizisten. Was hat das mit Ihnen zu tun, werden Sie sich sicher fragen. Das will ich erklären. Dieser Anwalt vertritt eine Person, die anonym bleiben möchte und solche Transaktionen an verschiedene Institutionen in seiner grenzenlosen Güte veranstaltet. Wer hinter dieser großzügigen Spende steht, werden wir nicht herauszufinden versuchen. Aber er verband seinen Besuch mit einer kleinen Bitte, die uns zu denken geben sollte. Er bat darum, das Ermittlungsverfahren gegen einen seiner Klienten, das völlig unbegründet, ohne auch nur den geringsten Beweis, weiter vorangetrieben wird, zumindest wohlwollend zu überprüfen.

Und jetzt, lieber Herr Kretschmer, raten Sie Genie einmal, über welchen Fall wir hier reden. Ich habe berechtigte Zweifel daran, ob Sie weiter an diesem Schreibtisch ihr Unwesen treiben sollten. Ich werde mir in den nächsten Tagen, gemeinsam mit

Ihrem Vorgesetzten, über eine adäquate Beschäftigung Ihrerseits Gedanken machen. Dieser Fall, Herr Kretschmer, ist hiermit ein für allemal geschlossen.«

Mit seiner Faust schlug er bekräftigend auf die Akte und warf sie Hauptkommissar Pohlmann in den Schoß.

»Und jetzt ... gehen Sie mir aus den Augen!«

Pohlmann schubste Kretschmer, der sich verwirrt erhoben hatte, schnell aus dem Büro des Kriminalrates.

»Verdammt Kretschmer, du bist ein Riesen-Arschloch.«

21. Kapitel

Es war ein bezauberndes Bild, das ich genießerisch in mich aufnahm. Der kleine Fratz nuckelte in aller Seelenruhe an seinem Daumen, während zwei Knopfaugen, die ihn aufmerksam beobachteten, über seinen Schlaf wachten. Verena hatte darauf bestanden, Bienchen, sozusagen als *Wachbär* zum Schutz ihres Neugeborenen einzusetzen. Ich musste zumindest für den Augenblick auf die Anwesenheit meines Teddys in der Nacht verzichten.

Die letzten Stunden waren ausschließlich von Hektik geprägt, von der diese Beiden in dem Kinderbett nicht viel mitbekamen. Der Smoking war eine Maßanfertigung, darauf hatte Verena bestanden, obwohl ich auch mit dem Abendanzug von der Stange zufrieden gewesen wäre. Für mich waren diese Mehrausgaben nur reine Verschwendung, obwohl ich zugeben musste, dass mir dieser teure Stoff doch ein besonderes, ein festlicheres Aussehen verlieh. Nun ja, man heiratete ja schließlich nicht jede Woche.

Verena war schon in den frühen Morgenstunden von Freundinnen abgeholt worden, die ich zuvor noch nie zu Gesicht bekommen hatte, da sie aus der Zeit mit Joel stammten. Sie waren die Brautjungfern, hatte mir Klaus erklärt, den ich eigentlich jeden Augenblick erwartete. Ich hatte mich für den Festtag bei dem gleichen Schneider ausstatten lassen. Klaus besaß darin erheblich mehr Erfahrung als ich, da es sich bei ihm um einen Wiederholungstäter handelte. Auf unserem gemeinsamen Flug hatte er berichtet, dass sich seine erste Frau mit einem wohlhabenden Klienten aus dem Staub gemacht hatte, mit dem er sie auf einem Empfang bekannt gemacht hatte. Klaus hatte scherzhaft dazu erklärt, dass Frauen etwas Animalisches besäßen. Sie wären von Natur aus Fluchttiere. Wenn sie an der nächsten Ecke glauben, was Besseres gefunden zu haben, machen sie sich dorthin auf den Weg und verlassen dafür sogar ihr Rudel. Als er mein entsetztes Gesicht bemerkte, ergänzte er sofort, dass Verena und Mama natürlich hier die rühmliche Ausnahme bilden würden.

Verena hatte sich am Morgen von mir verabschiedet, um ihr Brautkleid abzuholen, in dem ich sie auf keinen Fall vor der Trauung sehen durfte. Vorher war noch der Gang zu ihrem Stammfrisiersalon Conny Giese in Rüttenscheid angesagt. Das gleiche Programm galt für Klaus, der sich anschließend mit mir verabredet hatte, damit wir die letzten Stunden der Freiheit gemeinsam verbringen konnten. Große Unternehmungen waren nicht angesagt. Mit Baby? Unmöglich. Die Organisation dieses Tages war für uns alle der pure Stress, da neben der Doppeltrauung auch gleichzeitig die Taufe des Kleinen stattfinden sollte. Holger hatte die Feierlichkeiten in der Kirche mit seiner bisherigen Vertretung Pfarrer Pieper, organisiert. Gemeinsam wollten sie die Zeremonie zu einem einmaligen Erlebnis für die Beteiligten werden lassen.

Die Türglocke kündigte Klaus an, der dann auch mit müden Schritten die Tür hinter sich schloss.

»Ich bin völlig geschafft. Deine Mutter kann zu solchen Anlässen schon ziemlich nervig sein. Sie hat sich mehr mit dir beschäftigt als mit uns selbst. Ob der Junge denn auch an dies und das gedacht hat ... ob das Kind auch ein schönes Taufkleidchen erhalten hat und so weiter und so fort. Habe sie vorhin an dem Brautmodengeschäft abgesetzt und den Fahrer des Hochzeitswagens für vierzehn Uhr dorthin bestellt. Wir treffen uns dann, wie besprochen, um fünfzehn Uhr an der Kirche. Bin mal gespannt, wie sie aussieht in ihrem Brautkleid, teuer genug war es ja immerhin.«

Er sah sich im Zimmer um und fand schließlich Glas und Wasserflasche.

»Könnte jetzt eigentlich was Stärkeres gebrauchen. Wo ist übrigens der Kleine? Bin ja schließlich bald so eine Art Opa. Ist der lieb oder quengelt der herum?«

Ich winkte Klaus zu mir und legte dabei einen Finger auf die Lippen. Zwei erwachsene Männer schlichen ins Schlafzimmer und blickten verträumt auf die Szene *Kind mit Bär*. Wer bisher glaubte, dass dieser Gesichtsausdruck bei Männern nur beim Betrachten eines chromblitzenden Achtzylindermotors möglich gewesen wäre, wurde hier eines Besseren belehrt.

»Lassen wir den Kleinen noch etwas schlafen, ist ja noch Zeit.«

Ich zog den werdenden Großvater aus dem Zimmer und schloss leise die Tür. Zum gefühlt hundertsten Mal suchten meine Finger nach der kleinen Schachtel, die ich tief in der Hosentasche deponiert hatte. Aus etlichen TV-Komödien hatte sich die Szene in meinem Kopf eingebrannt, dass der Bräutigam die Ringe vergessen hatte. Klaus spürte den prüfenden Blick des jüngeren Leidensgenossen auf sich.

»Ist was nicht in Ordnung mit mir?«

»Hast du ...?«

»Was soll ich haben, was ist mit dir?«

Klaus wusste nicht, worauf ich hinaus wollte.

»Hast du deine Ringe dabei?«

»Ach so, das meinst du. Warum sagst du das nicht gleich? Natürlich habe ich die ... Warte mal, die sind ... die sind ... au, verdammt.«

Ungläubig starrte ich auf das schreckverzerrte Gesicht von Klaus und kam näher.

»Angeschmiert ... hier sind sie.«

Wie ein Kind freute sich Klaus über seinen Scherz, der bei mir fast einen Herzstillstand ausgelöst hätte.

»Das Gleiche ziehst du doch wohl nicht noch mal bei der Trauung ab, oder? Dann kannst du dir sofort einen Notarztwagen bestellen. Meiner Mutter fehlt in solchen Situationen jegliches Verständnis für

Situationskomik. Der Tag wäre zumindest für dich gelaufen.«

»Du machst mir Angst, Stiefsohn. Kann ich vor der Trauung noch ein Gespräch mit meinem Anwalt führen? Gibt es da eine Ausstiegsklausel?«

Beide schlugen wir uns vergnügt auf die Schulter.

Das Kirchenportal, das die Nachmittagssonne in gleißende Helligkeit getaucht hatte, zeigte zwei elegant gekleidete Männer, die nervös von einem Fuß auf den anderen traten. Ich, als der Jüngere von beiden trug ein Deckenbündel, von dem ein langer Schleier fast bis auf die Erde reichte. Liebevoll betrachtete ich das Baby, das mit geschlossenen Augen jegliche Aufregung des Vaters ignorierte. Auf den Treppen hatten sich Menschengruppen versammelt, die leise miteinander sprachen. Plötzlich trat, wie auf ein stilles Kommando, absolute Stille ein. Ein weißer, amerikanischer Straßenkreuzer aus den sechziger Jahren glitt leise blubbernd heran. Klaus hatte dem Wunsch Verenas entsprochen, und diesen alten Chevy Impala Convertible besorgt. Klaus und ich wurden von mehreren Gästen in das Kirchenschiff gedrängt, bevor das Fahrzeug vor dem Portal anhielt. Wir mussten uns vor dem noch verwaisten Altar aufstellen. In uns machte sich das Gefühl aller Bräutigame dieser Welt breit, dass wir in diesem Augenblick in das Tal der Bedeutungslosigkeit abgerutscht waren. Alle Aufmerksamkeit konzentrierte sich auf das Geschehen vor der Kirche.

Der Fahrer stellte den Motor des Achtzylinders aus und ging um das Fahrzeug herum. Galant half er Verena beim Aussteigen, die Mühe hatte, ihr weites Brautkleid zu ordnen. Elke hatte sich für ein elegantes, aber enger sitzendes, beiges Kleid entschieden, da sie der allgemeinen Regel gefolgt war, das Kleid für die zweite Hochzeit schlichter zu wählen. Ein allgemeines *Ooh* zog sich durch die Reihen der wartenden Gäste und verhaltener Applaus zog auf, von dem wir, die schlotternden Männer in der Kirche nur andeutungsweise etwas mitbekamen.

Die Gäste strömten nun in die Kirche und verteilten sich auf den Bänken. Ohne, dass wir es bemerkten, öffnete sich hinter dem Altar eine Tür und zwei in Talar gekleidete Pfarrer traten heraus. Schon lange nicht mehr hatte ich meinen Freund in seiner Dienstkleidung gesehen. Holger war eine gewisse Nervosität anzumerken. Mehrfach steckte er seinen Finger hinter das Beffchen, um sich mehr Luft zu verschaffen. Der Organist, der Mendelssohn Bartholdys Hochzeitsmarsch anstimmte, lenkte alle Aufmerksamkeit auf den Eingang.

Mit den ersten Tönen traten zwei Frauen zwischen die Reihen, deren Erscheinung alle zuvor geführten Gespräche verstummen ließen. Unsere Blicke waren gebannt auf den Eingang gerichtet. Ich hielt für Augenblicke den Atem an und wischte die schwitzigen Finger diskret an den Hosenbeinen ab. Der Kleine, den ich zuvor an eine der weiblichen Gäste übergeben hatte, bekam nichts von alledem mit. Er schlummerte weiterhin friedlich.

Zwei kleine Mädchen hielten Verenas langen Schleier vom Boden ab. Die Brautjungfern führten die Bräute zum Altar, wo sie neben ihren Zukünftigen stehenblieben. Verena sah traumhaft aus. Ein gückliches Lächeln umspielte ihren Mund, als sie mich ansah.

»Alfred, du musst atmen!«

Verena flüsterte mir die Worte unauffällig zu. Ich antwortete ihr ohne Rücksicht darauf, dass alle in der Kirche mithören konnten.

»Du siehst fantastisch aus.«

Allgemeines Gemurmel machte deutlich, dass ich damit die Meinung der Versammelten auf den Punkt brachte. Beide Pastoren lächelten verständnisvoll, bevor sie die Gäste und die Brautpaare begrüßten. Sie erklärten vor dem Gottesdienst, dass sie am heutigen Tag eine Doppelhochzeit und eine anschließende Taufe durchführen durften, die für einen von ihnen eine besondere Bedeutung habe. Die Ansprache hatte Holger heute etwas kürzer gefasst, da die Trauzeremonien für ihn im Vordergrund standen.

Pfarrer Pieper übernahm feierlich die Trauung von Klaus und Elke, die sich glücklich bei den Händen hielten und anschließend gespannt auf die

Kinder blickten, die nervös ihre Finger kneteten. Holger trat näher an uns heran.

»Mir wird heute eine besondere Ehre zuteil, der ich mir, nachdem ich schon vielen Menschen bei der Trauung gegenüberstand, bewusst bin. Wenn ich an dieser Stelle aufzählen müsste, welche guten Taten diese Menschen schon jetzt in jungen Jahren an ihren Mitmenschen begangen haben, würde es fast ein Buch füllen. Mir persönlich haben sie einen großen Traum erfüllt, sie haben einen Teil meines Lebens wieder auferstehen lassen. Dafür danke ich ihnen aus tiefstem Herzen. Es erfüllt mein Herz, wenn ich ihnen hier unter dem Dach unseres Herrn den Segen geben darf, der sie auf ihrem von jetzt an gemeinsamen Weg begleiten soll.

Hört deshalb aus dem Brief des Paulus an die Philipper: *Macht meine Freude dadurch vollkommen, dass ihr eines Sinnes seid, gleiche Liebe habt, einmütig und einträchtig seid.*«

Holger vollzog die übliche Trauzeremonie und legte seine Hände zum Segen auf unsere Köpfe. Mit zitternden Fingern schoben wir uns die Ringe auf die Finger, wobei ich, ohne dass es jemand außer Holger merkte, Verenas Zeigefinger als erstes Ziel aussuchte.

»Ihr, liebe Freunde, habt mich gebeten, eine Musik auszusuchen, die dem Anlass angemessen wäre. Das habe ich gerne getan, hört sie nun alle.«

Augenblicklich verstummten die Gespräche, die zuvor noch leise geführt worden waren. Von der

Empore erklang erst die einsetzende Orgel, bevor die Stimme eines Tenors das *Hallelujah von Cohen* anstimmte. Die Luft schien zu vibrieren, die Gesichter der Gäste zuckten. Einige konnten ihre Tränen der Rührung nicht zurückhalten. Ich zog meinen Freund zwischen mir und Verena, alle drei sahen wir gebannt hinauf zum Sänger, der diesen Welthit mit großer Inbrunst vortrug. Vorsichtig tupfte Holger der Braut die Tränen von der Wange, bevor sie Spuren in ihrem Make-up hinterlassen konnten.

Niemand wagte, das erste Wort zu sprechen, die Ergriffenheit hatte alle fest in den Händen. Die einzige Ausnahme bildete der kleinste Besucher, der in die aufgetretene Stille hineinbrabbelte. Ein befreites Lachen ging durch die Reihen und es wurde jedem bewusst, dass noch ein heiliges Sakrament vollzogen werden musste. Pfarrer Pieper richtete das Wort an die Gemeinde und sprach einige Worte über den Sinn der Taufe, bevor er uns, die Eltern und die Paten an das Taufbecken bat. Verena hatte eine Cousine für dieses Amt gewinnen können, die extra aus München angereist war und den Kleinen ergriffen vor das Taufbecken hielt.

Dreimal übergoss Pfarrer Pieper den Kopf des Kindes mit Wasser und verkündete.

»Ich taufe dich auf den Namen Julian Holger Reimann, im Namen des Vaters, und des Sohnes und des Heiligen Geistes. Möge Gott, der Herr, seine Hand über euch halten und euch beschützen. Amen«

Ohne Klagen hatte Julian die Zeremonie über sich ergehen lassen. Er lächelte selbst dann zufrieden, als er in die Arme seines Patenonkels gelegt wurde. Mit einer Hand erwischte er das Ende von Onkel Holgers Pferdeschwanz. Glücklich presste der den Jungen an seine Brust, gab ihm einen Kuss auf die Stirn und folgte den beiden Paaren, die den Applaus entgegennahmen. Die Orgel begleitete ihren Gang zum offenen Kirchentor. Holger sprach leise mit seinem Patenkind, seine Worte blieben allen Umstehenden jedoch verborgen.

Vor der Kirche wurden die Pärchen mit Reis beworfen. Hin und wieder waren auch kleine Plüschbären dabei, die ich sorgsam aufsammelte. Wir vier stiegen in den Hochzeitswagen, in den Holger den kleinen Julian reichte.

Klaus hatte nicht zuviel versprochen, als er uns eine Traumhochzeit prophezeit hatte. Das Restaurant war für diese geschlossene Feier in ein Blumenmeer verwandelt worden. Alle Tische tauchten wie einzelne Inseln ein in eine einzigartige Deko. Woher der Florist diese riesigen Frangipani-Töpfe hatte, mit denen der Brauttisch eingerahmt war, blieb sein Geheimnis. Überall im Saal verzauberte der Klang von Bambus-Windspielen die Menschen.

Hinter den Brautpaaren hatte er eine kleine, durch Vorhänge abgeteilte Nische schaffen lassen, in der das Kinderbett aufgestellt war, in dem Julian friedlich schlummerte. Wann immer ich diesen Bereich kontrollierte, konnte ich Holger entdecken, der die Hand des Kleinen und die Tatze von Bienchen festhielt. Einen solchen Freund zu haben, war für mich das Größte, zumal er ja auch Verbindungen nach oben hatte. Meine Augen leuchteten bei dem Gedanken, dass meine treuesten Freunde über das Wohlergehen des Sohnes wachten. Ich war endgültig in der normalen Welt angekommen.

Blumen können nicht blühen
ohne die Wärme der Sonne.
Menschen können nicht Mensch werden
ohne die Wärme der Freundschaft.

Phil Bosmans

Bisher erschien vom gleichen Autor:

Der erste Thriller dieses Autors erschien bereits im Januar 2015 als E-Book und Taschenbuch. Er hält den Leser gefangen in einer ungemein fesselnden Story. Wortwitz, Sex & Crime schaffen reine Lesesucht.

Als Taschenbuch und Ebook

www.haraldschmidt-ebooks.de

Inhalt

Die beschauliche Idylle des Sauerlandes möchte der aus Kanada stammende Schriftsteller Patrick Schreiber eigentlich nutzen, um Depressionen und Alkoholprobleme in den Griff zu bekommen. Der Herbstwald offenbart ihm allerdings ein schreckliches Geheimnis und einen Serienmörder, der ihm weit überlegen scheint. Mit Gewalt wird er in einen Sog aus Mord, Lynchjustiz und Intrigen gezogen. Um diese ungewöhnlich brutalen Frauenmorde aufzuklären, schaltet sich der bärbeißige LKA-Mann Franz Kalkove ein.

Fehlende Spuren lassen die Ermittlungen lange ins Leere laufen. Weitere Morde können dadurch geschehen. Die Dorfgemeinschaft entpuppt sich als trügerische Fassade. Erst als sich diese beiden eigenwilligen Typen solidarisieren, scheint eine Lösung dieses Falles möglich. Dazu müssen Schreiber und eine alte Liebe aber erst durch eine wahre Hölle gehen.

Mit Wortwitz wird der Leser durch das Geschehen geführt, ohne dennoch auf den erwarteten Grusel verzichten zu müssen. Nach der Lektüre wird man die kleinen Orte und Wälder rund um das Sauerländische Winterberg mit ganz anderen Augen sehen. Nichts wird mehr so sein wie vorher.

Ein weiterer Thriller, der im Mai 2015 erschien, fesselt den Leser durch eine Story, die besonders Eltern unter die Haut geht. Kindesmisshandlung und ein Serienmörder, der es auf Jungen abgesehen hat, bringen eine Familie an den Rand des Ertragbaren.

Als Taschenbuch und Ebook in Online-Shops und im Buchhandel

http://www.haraldschmidt-ebooks.de

Inhalt

Täglich gibt es in Deutschland etwa vierzig Fälle von Kindesmissbrauch. Die Dunkelziffer ist jedoch höher, denn viele Opfer und ihre Angehörigen schweigen, aus Scham, aus Angst. Heilt die Zeit diese Wunden? Kann der Mensch erlittenes Leid vergessen? Tina muss sehr bitter erfahren, was es bedeutet, wenn Gespenster der Vergangenheit lebendig werden. Wohlbehütet aufgewachsen, begegnen ihr plötzlich Grausamkeiten, die sie sich nie hätte vorstellen können. Die Gräueltaten eines Sexualtäters verknüpfen sich unaufhaltsam mit dem Schicksal ihrer Familie.

Ein Thriller, der nicht loslässt. Er nimmt den Leser mit in eine Welt, die direkt neben uns existiert. Eine Welt, mit der viele Menschen selbst Erfahrungen sammeln mussten und es aus unterschiedlichsten Gründen totschweigen.

Der Autor möchte mit seiner Geschichte nachdenklich machen und zu Diskussionen anregen. Gibt es hier nur Schwarz und Weiß, nur Gut und Böse?

Eine Geschichte, frei erfunden, doch grausam nah an der Realität.

Misshandlung an Frauen, die Sehnsucht nach wahrer Liebe, selbstlose Aufopferung und Trennungsschmerz weben eine tragische Romanze, die das Herz berührt.

Als Taschenbuch und Ebook in Online-Shops und im Buchhandel

http://www.haraldschmidt-ebooks.de

Inhalt:

Als Nicole Manfred Kirchner begegnet, glaubt sie, den Richtigen für ein bleibendes Glück gefunden zu haben. Als das Monster die Maske fallen lässt, ist es schon zu spät. Nicole muss einen sehr hohen Preis bezahlen: Sexueller Missbrauch, grausame Misshandlung und kriminelle Machenschaften treiben Nicole fast in den Freitod.

Ihr Weg kreuzt den eines älteren Mannes. Nun erfährt sie, dass es auch Menschen gibt, die Hilfsbereitschaft und Freundschaft über ihre eigene Sehnsucht nach Liebe stellen. Doch Manfred Kirchner ist nicht der Mann, der sein Opfer so schnell aus den Klauen lässt. Das Schicksal treibt ein makabres Spiel und zwingt zwei Menschen an die Grenze des Zumutbaren.

Wird Nicole sich befreien können? Erkennt sie das wahre Glück und greift danach? Kennt das Glück wirklich kein Erbarmen?

Der Autor lässt den Leser wie schon in seinen beiden vorangegangenen Romanen tief in die dunklen Seiten des menschlichen Zusammenlebens eintauchen und bietet viel Stoff für Diskussionen. Ein ergreifender Frauenroman, der für Männer nicht geeignet ist. Sie würden das Buch und den Autor hassen.

Eine beklemmende Vorstellung, dass mein eigenes Kind durch einen von mir selbst verschuldeten Unfall schwer verletzt wird. Wie gehe ich mit dieser Schuld um? Wie reagiere ich, wenn die bisher vollkommene Beziehung zur Partnerin plötzlich in Frage gestellt wird? Überwindet die wahre Liebe auch solche Prüfungen?

Als Taschenbuch und Ebook in Online-Shops und im Buchhandel

Inhalt

Vera und Peter Sobier genießen mit ihrem zwölfjährigen Sohn Patrick ein sorgenfreies Familienglück. Das endet abrupt, als der erfolgreiche Rechtsanwalt einen folgenschweren Verkehrsunfall verursacht. Patrick erleidet ein Schädel-/Hirn-Trauma und fällt in ein Koma. Peter Sobier kommt mit leichten Verletzungen davon und sucht verzweifelt einen Weg, mit seiner schweren Schuld leben zu können. Die Liebe zu Vera wird auf eine harte Probe gestellt.
Die härteste Zerreißprobe ihres Lebens fordert den Eltern alles ab, denn das Schicksal kann grausam sein. Verzweiflung, Glaubenskonflikte und Hoffnungslosigkeit zerfressen den Geist des Vaters. Außergewöhnliche Signale, die der Sohn aus seiner finsteren Welt aussendet, verändern die Sicht aller Beteiligten.
Wird die Liebe der Eltern den vielen Prüfungen standhalten?
Hat Patrick eine Chance, jemals wieder zurück ins Leben zu finden?

Auch in diesem Roman versteht es der Autor, den Leser tief eintauchen zu lassen in einfühlsame, aber auch emotional geführte Dialoge. Wie schon in früheren Titeln nimmt er ihn mit auf eine Gefühlsachterbahn - bis zum überraschenden Ende.

Die Geschichte eines kalabrischen Jungen, der vor der Rache der heimischen Mafia-Gruppierung, der Ndrangheta nach Deutschland fliehen muss.

Basierend auf tatsächlichen Begebenheiten.

Als Taschenbuch und Ebook in allen Online-Shops und im Buchhandel erhältlich.

Inhalt

Als der vierzehnjährige Claudio ungewollt durch einen Freund in die Drogengeschäfte der ›Organisation‹ hineingezogen wird, beginnt sein Leidensweg. Verrat und Misstrauen bringen ihn in allergrößte Gefahr. Zu seiner eigenen Sicherheit muss er Kalabrien, Familie und Freunde verlassen. Auf sich selbst gestellt, begibt er sich auf den steinigen Weg nach Deutschland. Hier hofft er, sich aus dem Netz der Mafia, der Ndrangheta, befreien zu können.

Doch das Leben zeigt ihm mit aller Härte, was es bedeutet, der Vergangenheit entfliehen zu wollen.

Kann Claudio untertauchen in einer für ihn völlig fremden Welt?

Wird er eine Zukunft mit eigener Familie aufbauen können?

Findet er ›LA DOLCE VITA‹ auch in Deutschland?

Inspiriert von einer wahren Geschichte, schildert der Roman in ungeschönten Bildern, wie das Verbrechen versucht, ein Leben zu zerstören.

Ein Sumpf von Gewalt, Drogen und Korruption, aber auch tiefe Freundschaften begleiten den Jungen auf der Suche nach einer neuen Heimat.